후계자 3

후계자 3

초판1쇄 인쇄 | 2022년 1월 21일
초판1쇄 발행 | 2022년 1월 28일

지은이 | 이원호
펴낸이 | 박연
펴낸곳 | 한결미디어

등록 | 2006년 7월 24일(제313-2006-000152호)
주소 | 서울시 마포구 모래내로 83 한올빌딩 6층
전화 | 02-704-3331
팩스 | 02-704-3360
이메일 | okpk@hanmail.net

ISBN 979-11-5916-160-5 979-11-5916-157-5(set) 04810

후계자 3

대한민국

이원호 지음

한결미디어 HANGYEOL MEDIA

차례

1장
떠나보내다

"한국인이라면 남한 쪽일 리는 없어."

보고를 들은 이동욱이 말했다.

"북한이야."

"내 생각도 그렇습니다."

사장실 안.

둘뿐이었지만 김여진이 정색하고 말했다.

"알하단 가게의 주인 알하단에게 감시를 붙이지요."

"강영주에게도 연락해. 누가 구시가지 시장에 갔는지 알아보도록."

이동욱의 목소리에도 활기가 띠어졌다.

이렇게 엉킨 실타래의 실 끝이 잡힌 것이다.

이곳은 리스타랜드.

바닷가의 별장에서 이광과 해밀턴, 안학태가 나란히 앉아 있다.

이광을 중심으로 좌우에 둘이 앉아 바다를 바라보는 중이다.

방금 해밀턴은 이동욱한테서 북한계 이민자의 조직 결성에 대한 보고를 받았다.

오후 3시, 눈앞에 펼쳐진 바다는 진청색이다.

"북한 이민자가 3백만입니다. 이들이 아프리카 각국에서 주도권을 잡게 되면 그야말로 리스타의 대업은 물거품처럼 꺼져버리게 될 것입니다."

해밀턴이 말했을 때 이광이 쓴웃음을 지었다.

"우리가 그것도 예상하고 있었지 않나?"

"이민으로 한반도의 남북한 관계가 겉으로는 공존 관계로 발전되겠지만 아프리카는 이제 대립을 지나 전쟁 상황이 될 것입니다."

"우리가 역공작을 하는 거야, 해밀턴."

이광이 정색하고 해밀턴을 보았다.

"아프리카에 온 북한 이민자를 흡수, 통합시키면 남북한으로 그 여진이 몰려갈 테니까."

그때 해밀턴이 자리에서 일어나 이광에게 목례를 하고는 베란다 끝 쪽으로 가더니 주머니에 든 휴대폰을 귀에 붙였다. 전화가 왔기 때문이다.

이윽고 통화를 마친 해밀턴이 돌아와 앉지도 않고 이광에게 보고했다.

"IS가 카이로에 온 것 같습니다. 그런데 IS가 북한 측과 비밀 회동을 했다는 것입니다."

이번에는 이광의 얼굴도 굳어졌다.

해밀턴이 말을 이었다.

"일단 발각되었으니 IS와 북한 측 접선자의 목적에 대해서 알아내 보겠습니다."

"이번에 또 사고가 나면 곤란해요, 해밀턴."

안학태가 주의를 주었다.

"지난번의 테러 영향으로 이민 신청자가 15퍼센트나 감소했단 말이오. 테러로 죽느니 차라리 한국에 남아서 살겠다는 사람들이 늘어나고 있어요."

해밀턴이 고개를 끄덕였다.

거기에다 IS와 북한이 함께 음모를 꾸민다면 '아프리카연방'까지 흔들리게 된다.

오후 5시가 되었을 때 이동욱의 안가(安家)로 두 사내가 찾아왔다. 메이슨과 잘라드다.

작전을 끝내고 10일간의 휴가를 보내던 둘이 돌아온 것이다.

둘은 다마스쿠스에 침투해서 오사마를 사살하고 돌아온 포상 휴가를 받았다.

"너희들이 할 일이 많아."

앞에 앉은 둘에게 이동욱이 대뜸 말했을 때 메이슨이 대답했다.

"기조실에서 들었습니다."

"지루했는데 연락 받자마자 달려왔습니다."

둘은 휴가 중이던 5일 만에 연락을 받고 귀가한 것이다.

이동욱이 둘을 번갈아 보았다.

"너희들 둘이 다시 나하고 전쟁을 해야겠어. 상대는 이곳에 침투한 IS와 북한 조직이다."

이동욱이 말을 이었다.

"지금 IS의 거처를 수색하고 있어. 그리고 IS와 접촉한 북한 담당자가 누구인지 추적 중이야. 이놈까지 처단해야 돼."

"알겠습니다."

둘은 이동욱의 수족이다. 다마스쿠스에서도 손발을 맞춰온 사이다.

오후 6시 반, 정치위원 회의.

'아리랑식당'에 모인 정치위원은 모두 12명, 말석에 강영주도 자리를 차지하고 있다. 원탁의 중앙에 앉은 최용호가 위원들을 둘러보았다.

좌우에 앉은 조기성, 윤군필은 지난밤 무사르와의 회동 때 동행한 간부들이다.

최용호가 입을 열었다.

"현재 조직은 각 정치위원이 1개 중대를 맡는 규모지만, 앞으로 그것이 대대급, 연대 급으로 팽창될 것이니까 정치위원 동무 여러분은 그 준비를 해야 될 거요."

그렇다. 말석의 강영주도 2백 명 가까운 북한 이민을 통솔하고 있는 것이다.

최용호가 말을 이었다.

"우리 간부들은 기반을 조성하려고 먼저 파견된 상황이니까 여러분은 이집트의 뿌리 역할이오. 여러분은 지금 중대장 급이지만, 이민이 늘어날수록 규모가 커져서 대대장, 연대장이 되는 것입니다."

모두 긴장했고 최용호의 목소리가 방을 울렸다.

"오늘은 여러분께 과제를 부여하겠소. 대단히 중요한 과업입니다."

최용호의 시선이 정치위원들을 훑고 지나갔다.

"남조선 이민자 포섭 문제요. 각 중대는 경쟁적으로 남조선 측 이민자를 포섭, 실적을 올리기 바랍니다."

그러고는 최용호가 덧붙였다.

"그 실적에 따라서 동무들을 평가하게 될 것입니다."

회의가 끝났을 때 강영주가 하경애에게 다가가 섰다. 식당 화장실 앞이다. 화장실 앞 복도에는 둘뿐이다.

"언니, 장사 잘돼요?"

"아유, 안 돼."

고개를 저은 하경애가 한숨까지 뱉었다.

"식당이 너무 많아서 경쟁이 심해."

하경애는 한식당을 오픈했는데 자본금이 강영주의 식품 가게보다 더 들었다.

"회비 내기도 벅차."

강영주가 지그시 하경애를 보았다.

하경애도 정치위원으로 42세, 평양에서 식당 지배인을 했다.

물론 당원이다.

강영주와 하경애는 식당 건너편의 카페에 들어가 차를 시켰다.

오후 9시 반.

둘 다 히잡을 써서 얼굴만 내놓은 아랍 여자 차림이다.

하경애가 고개를 들고 강영주를 보았다.

"내 식당에서 2백 미터 거리 안에 한국 식당이 3개나 있어. 나까지 4곳이지. 나만 빼놓고 모두 남조선 식당이야."

"저런."

"그놈들은 요리 종류가 많고, 경험도 많아서 경쟁력이 월등해."

하경애가 고개를 저었다.

"내 식당은 평양, 함흥냉면만 내놓았는데 남조선 손님이 오지도 않아."

하경애의 식당은 한국 손님 대상인 것이다.

그때 강영주가 물었다.

"언니, 자금 사정은 어때요?"

"엉망이야."

"개업한 지 석 달이죠?"

"계속 적자야."

하경애가 한숨을 쉬었다.

"이렇게 반년만 가면 망해."

"내 식품 가게는 그럭저럭 운영이 되는데."

"부럽다. 내가 너무 욕심을 부렸어."

"세금도 못 내시겠네."

"다음 달부터 내야 하는데 큰일 났어. 어디서 빌리든지 해야지."

다시 한숨을 쉰 하경애가 강영주를 보았다.

"돈 좀 빌려줄래?"

"아유, 언니, 나도 겨우 세금 준비하고 있는데."

강영주가 말을 이었다.

"언니, 다음 달에 낼 세금이 얼마나 돼?"

"미화로 3000불이야."

"아휴, 난 1700불인데."

"대출금이 많아서 그래."

리스타에서 받은 대출금에 비례해서 세금을 정한 것이다.

그때 강영주가 입을 열었다.

"내가 노력해볼게요, 언니."

찻집에서 나온 알하단이 발을 떼었다.

오후 7시 반.

가게 문을 닫고 옆쪽 골목 안의 찻집에 들러 30분쯤 잡담하는 것이 알하단의 취미다.

식당 골목은 손님이 끊겨서 한적하다.

골목을 나온 알하단이 1차선 차도로 들어섰을 때다.

갑자기 옆에서 사내 하나가 다가섰기 때문에 알하단이 고개를 들었다.
어두워진 거리에서 사내의 얼굴이 드러났다.
30대쯤의 건장한 체격.
그때 사내가 빙그레 웃었기 때문에 알하단이 숨을 들이켰다.
"누구야?"
주춤 발을 멈춘 알하단이 물었을 때다. 뒤에서 인기척이 났다.
놀란 알하단이 고개를 돌린 순간이다.
눈앞에 수염에 덮인 사내의 얼굴이 드러났고 다음 순간.
"퍽!"
둔탁한 충격음과 함께 뒷머리에 격렬한 충격을 받은 알하단이 정신을 잃었다.

눈을 뜬 알하단은 우선 뒷머리의 통증에 신음했다.
눈의 초점이 잡히자 이곳이 방 안이며 주위에 사내들이 둘러서 있는 것을 보았다. 그리고 자신의 몸이 의자에 묶여 있어서 팔다리를 움직일 수가 없다.
그때 앞에 선 사내가 말했다.
"알하단, IS의 연락처를 대라."
알하단의 시선을 받은 사내가 빙그레 웃었다.
"네 현재 상황을 이해하도록 해. 대지 않으면 넌 여기서 죽는다."
사내가 말을 이었다.
"네가 죽기 전에 네 가족을 먼저 하나씩 죽여줄 테니까."

1시간 후.
안가 2층에서 이동욱이 메이슨의 보고를 받는다.
"구시가지 알마르다니 모스크 뒤쪽의 2층 저택입니다."

메이슨이 말을 이었다.

“2층 대저택인데 전(前) 국방장관 하무드의 소유입니다.”

“전 국방장관?”

“예, 지금도 군(軍)의 실력자지요. 군의 정보사령관 카밀락이 하무드의 조카입니다. 형의 아들이지요.”

“그렇다면 하무드가 IS 동조자인가?”

“그런 것 같습니다.”

이동욱의 눈빛이 흐려졌다.

이윽고 눈의 초점을 잡은 이동욱이 메이슨을 보았다.

“하무드 저택에 대한 자료를 모아야겠어. 그것도 빨리.”

“한국인 영업장은 무방비 상태야.”

무사르가 한드록에게 말했다.

“몸바사에서처럼 한군데 모이는 경우를 기다릴 여유는 없으니까 영업장들을 폭파시키기로 하자.”

“알겠습니다.”

한드록이 무사르를 보았다.

거구인 한드록은 무사르의 심복이다.

“아브딘 지구에 식당과 의류가게가 많습니다. 그곳에 수류탄을 던지든지 시한폭탄을 두고 가지요.”

“내일 다섯 곳만 폭파시키도록 해.”

무사르가 말을 이었다.

“하루에 다섯 곳씩 계속해서 폭파시킬 거다.”

밤 9시 반.

대저택은 불을 환하게 밝히고 있었는데 본채와 부속채 3동, 창고 2동까지 갖춰졌고 본채는 2층이다.

"그러고 나서 이집트를 떠나 다른 '리스타연방'으로 가는 거야."

그때 한드록이 물었다.

"무사르 님, 북한과의 연합은 다른 국가에서도 연결되는 겁니까?"

"당연하지. 카이로가 북한 조직의 중심이다. 최용호가 조직의 중심이었고 다른 국가의 책임자를 만나면 연결돼."

고개를 끄덕인 한드록이 방을 나갔다.

대저택 안에는 IS 정예 요원 60여 명이 집결되어 있다.

알바그다디가 다마스쿠스에서 탈출한 후에 기세를 잃은 IS의 위신을 다시 세워야 한다.

"전쟁이야."

이동욱이 김여진을 돌아보며 말했다.

안가의 거실 안, 오후 10시.

이동욱이 작업복을 갈아입고 나서 거울에 비친 옷차림을 점검하고 있다.

검정색으로 물들인 야전복 상하에 옆에는 AK-47을 세워 놓았다. 야전복 벨트에는 베레타 92F 권총과 탄창이 끼워졌고 주머니에는 수류탄이 2발 들어 있다. 바지 안쪽 종아리에 길이 20센티의 대검을 찼는데 무겁지만 시퍼렇게 날을 갈아서 면도도 할 정도다.

그때 뒤에 선 김여진이 거울 속의 이동욱을 보며 말했다.

"오늘 밤, 무사르를 잡는 거야?"

"가능하면 생포해서 알바그다디를 찾아야지."

"누가 먼저 잡기 경쟁인가?"

"그런 셈이지. 그놈들도 곧 테러를 일으킬 테니까."

이동욱이 몸을 돌렸을 때 김여진이 두 팔로 허리를 감아 안았다.

김여진이 고개를 들고 이동욱을 보았다.

"삭막해."

"할 수 없지."

잠깐 주춤했던 이동욱이 김여진을 마주 안았다.

"이게 내 생활인데."

"우리 생활이라고 해봐."

"우리 생활."

이동욱이 웃지도 않고 김여진을 보았다.

"피곤하면 서울에 가서 쉬고 와, 한 달쯤. 가서 가족도 만나고."

"안 돼."

"뭐가 안 돼."

"당신을 놔두고 갈 수는 없어. 더구나 지금 같은 비상시국에 휴가라니."

이동욱의 허리를 감은 팔에 힘을 준 김여진이 고개를 들었다.

붉은 입술이 반쯤 벌어져 있다.

"기다리고 있는 사람이 있다는 걸 생각해."

"그래."

"앞장서지 말고."

그때 풀썩 웃은 이동욱이 자신도 모르게 고개를 숙여 김여진의 입을 맞췄다.

김여진이 기다렸다는 듯이 두 팔로 이동욱의 목을 감아 안았다.

메이슨, 잘라드, 박기준, 고영수까지 4개 팀에 이동욱도 직접 본부팀을 이끌었기 때문에 5개 팀 50명이다.

하무드 대저택에 대한 탐색은 이미 끝냈기 때문에 모두 조감도가 머릿속에 박혀 있다. 오후에 CIA로부터 저택의 위성사진까지 받아본 것이다.

저택 안에는 IS요원 60여 명이 주둔하고 있다.

다마스쿠스에서 오사마가 은신하고 있던 '붉은 별장'을 초토화시키고 돌아온 이동욱이다.

오늘은 테러의 총책 무사르가 타깃이다.

밤 11시 반.

저택 2층의 거실에서 TV를 보던 무사르는 퍼뜩 고개를 들었다. 귀에 익은, 그러나 섬뜩한 소음을 들었기 때문이다. 총성, 소음기를 낀 발사음이다.

몸을 일으킨 무사르가 탁자 위에 놓인 벨을 눌렀다.

아래층과 연결된 비상전화다.

그 순간이다.

방 안의 불이 꺼졌다. 전화도 통하지 않는다.

고개를 든 무사르는 창밖이 칠흑 같은 어둠에 덮인 것을 보았다.

정전이다.

그때.

"투투투투투투투투."

요란한 발사음이 분명하게 울렸다. 근처에서 울린다.

무사르는 옆쪽 응접실로 뛰었다. 응접실에 AK-47이 있는 것이다.

담장을 넘은 이동욱이 여유 있게 전진했다.

이곳은 정문 앞마당. 이미 저택 안으로 진입한 5개 팀은 제각기 맡은 지역으로 접근하고 있다.

"투투투투투."

이미 전투는 시작되었다.

"타타타탕."

마침내 IS의 반격도 시작되었다.

그러나 정전이 되어서 주위는 어둡다.

인근 주택, 건물까지 다 정전되었기 때문에 불빛도 들어오지 않는다.

이동욱은 팀원을 따라 본관 옆문으로 진입했다.

저택 사방에 저격병이 배치되어 있다.

각각 저택 지붕 위, 건물의 창문, 건너편 모스크의 계단 위에 저격총을 거치해 놓고 저택 안을 겨냥하고 있는 것이다.

10미터 앞도 보이지 않는 어둠 속이었지만 저격총의 야간용 스코프에는 타깃이 선명하게 드러난다.

거리가 3백에서 4백까지였지만 저격수에게는 10발 9중. 적과 아군이 구별되는 터라 마당, 창가에 나온 타깃은 어김없이 저격되었다.

공격조는 모두 야간용 스코프가 장착된 헬멧을 쓰고 있어서 앞쪽 적이 보인다.

일단 근처의 전원을 차단시킨 터라 장님과의 전투다.

"타타타탕."

앞쪽에서 발사음과 함께 불빛이 번쩍였고 이어서 이쪽의 대응사격.

"투투투투투투."

다음 순간, 적이 몸을 비틀면서 쓰러졌다.

이동욱이 앞에 총을 든 자세로 계단을 뛰어 올랐고 뒤를 팀원들이 따른다.

이동욱이 앞장서는 바람에 놀라 바짝 다가오더니 하나가 앞으로 뛰어 나갔다. 본관의 2층으로 오르는 것이다.

무사르는 이쪽에 있을 것이다.

"타타타타타타."

계단을 올랐을 때 좌측에서 요란한 총성이 울리더니 이동욱의 앞으로 나갔던 팀원이 AK-47을 내던지며 쓰러졌다. 방탄조끼를 입었지만 맞은 것 같다.

"투투투투투."

"두르르륵. 두르르륵."

이쪽의 일제 사격.

복도 끝에 엎드렸던 적이 무기를 내던지며 쓰러졌다.

"찾아라!"

이동욱이 오른쪽으로 내달리며 소리쳤다.

뒤를 팀원 셋이 따른다.

"타타타타타탕."

메이슨은 본관 현관으로 진입해서 아래층을 소탕하는 중이다.

손에 헤클러 앤 코흐제 MP5를 쥐고 있었는데 탄창을 갈면서 소음기도 빼내었다.

이미 저택 안은 총성이 요란했기 때문에 이쪽도 소음기를 뺀 팀원이 많다.

앞쪽에서 어른거렸던 적을 사살한 메이슨이 소리쳤다.

"우측 방에 한 놈이 들어갔다!"

그러자 팀원 하나가 앞쪽으로 달려갔다.

본관 안에는 이제 2개 팀이 진입했다.

이동욱이 이끄는 본부팀은 이미 2층으로 올라갔고 메이슨의 1팀은 지금 아래층을 소탕하는 중이다.

"타타타타타탕."

바로 옆에서 팀원이 왼쪽을 향해 사격했다.

지금까지 메이슨은 5명을 사살했다.

다른 팀원들도 제각기 2, 3명씩은 사살했을 것이다.

저택에 진입한 지 5분밖에 되지 않는다.

모두 사전에 각 팀별, 각 팀원별 구역과 목표를 배정했기 때문에 헛동작이 없다.

"타타타탕."

총성과 함께 총탄이 쏟아졌고 메이슨도 배에 거친 충격을 받았다.

맞았다.

그러나 방탄조끼 위다.

"타타타타타타타."

이쪽의 일제사격을 받은 앞쪽의 적이 침묵했다.

2층 거실로 나왔던 무사르가 어금니를 물었다.

막혔다.

2층에서 뛰어 내리려했다가 좌절되었다.

창문으로 다가갔던 부하 하나가 문을 열다가 머리가 박살나버렸다. 저격을 받은 것이다. 그래서 반대쪽 창문을 열고 나가려던 다른 부하도 문을 연 순간 뒤로 벌떡 넘어졌다.

어둠 속에 자빠진 부하의 얼굴이 뭉개져 있었다.

저격병이 사방에 배치되어 있었던 것이다.

"무사르 님! 놈들이 2층으로 왔습니다."

앞쪽 벽에 붙어 있던 한드록이 소리쳤다.

"복도로 나가 반대편 창문으로 뛰어내리는 것이 낫겠습니다."

"기다려!"

무사르가 호흡을 고르고 나서 말했다.

"놈들이 기다리고 있을 거다."

복도에서 총성이 울린 지 30초나 지난 것이다.

이쪽까지 올 시간도 되었다.

그때 반대쪽 벽에 붙어 서 있던 부하 하나가 말했다.

"제가 먼저 나가겠습니다!"

무사르와 한드록이 가만있었기 때문에 부하가 다시 말했다.

"총성이 울리면 나오지 마십시오!"

방 안에는 셋이 남아 있었던 것이다.

그때 무사르가 말했다.

"아니, 그럴 것 없다. 셋이 한꺼번에 뛰어 나간다."

몸을 일으킨 무사르가 AK-47을 고쳐 쥐었다.

"그래서 복도 앞쪽 유리창을 부수고 아래쪽으로 뛰어 내린다. 그쪽은 사각지역이다!"

밖에서 보이지 않는 지역이다.

폭음과 총성에 뒤덮인 본채, 2층 오른쪽 코너.

이동욱은 다마스쿠스의 붉은 별장을 떠올렸다.

그쪽은 연기에 휩싸였지만 이쪽은 짙은 어둠, 분위기가 전혀 다르다.

2층에 진입한 지 아직 1분도 안 되었다. 그러나 긴 시간처럼 느껴졌다.

그때다.

"앗, 나왔다!"

반대쪽 벽에 붙어 선 팀원이 소리쳤고 이동욱도 보았다.

어둠 속에서 뛰어나온 물체. 사람이다. 그것도 한 무더기.

"타타타타타탓."

팀원 둘이 그쪽을 향해 사격을 했다.

그중 이쪽에 전신이 드러났던 사내 하나가 멈칫하더니 복도에 뒹굴었다.

그사이에 둘은 앞쪽 유리창을 부수고 아래쪽으로 떨어졌다.

아래쪽은 정원이다.

떨어지면서 나뭇가지에 몸이 걸린 무사르는 앞으로 떨어졌지만 몸을 뒹굴면서 일어섰다.

"무사르 님, 이쪽으로."

벌써 몸을 일으킨 한드록이 어둠 속에서 소리쳤다.

이곳은 앞쪽이 나무로 가로막혀 있다.

무사르가 목소리가 들린 쪽으로 달려갔다. 떨어지면서 AK-47을 놓쳤기 때문에 빈손이다.

"본채 C지점 2층에서 누가 뛰어내렸다! 보이는가?"

리시버에서 목소리가 울렸기 때문에 로이드가 그쪽으로 스코프를 돌렸다. 로이드는 3번 저격수. 본채의 C지점을 맡고 있었는데 지금까지 6명을 맞췄다.

그때 로이드의 스코프에 어른거리는 사내 둘이 드러났다.

숨을 고른 로이드가 스코프의 십자선에 오른쪽 사내를 올려놓았다.

하나, 둘, 그 순간 사내가 벽을 돌아 사라졌다.

그러나 로이드의 손가락이 '셋'과 함께 저절로 방아쇠를 당겼다.

"퍽!"

총탄이 발사되었다.

거리는 347미터. 총탄이 벽에 맞아 흰 가루가 튕겼다.

고개를 든 김여진이 벽시계를 보았다.

무의식중에 본 것이다. 저택 안의 벽시계가 오후 11시 38분을 가리키고 있다. 리모컨으로 TV를 끈 김여진이 자리에서 일어난 순간이다.

"타타탕."

총성이 울리면서 외침소리가 울렸다.

"습격이다!"

김여진이 그 순간 허리를 굽혀 탁자 서랍을 열고 리볼버를 꺼내 쥐었다.

저택의 응접실 안.

머리칼에 전류가 흐르는 느낌이 왔지만 몸이 굳어지지는 않았다.

"탕탕탕탕."

다시 총성이 울렸는데 이번에는 여러 번, 외침이 여러 곳에서 일어났다.

"막아라! 습격이다!"

고래고래 외치는 소리는 저택 경호실장 사이드다.

그때 응접실 문이 박차듯이 열렸기 때문에 김여진이 리볼버를 겨누었다.

들어선 사내는 둘, 경호원이다.

밖의 총성은 더욱 거칠어졌다.

쌍방의 총격전. 이제 신음과 외침이 뒤섞여 들린다.

"습격입니다! 피하십시오!"

경호원 아한이 소리쳤다.

손에 AK-47을 쥐었는데 얼굴이 피범벅이다. 총탄이 볼을 뚫고 나갔다.

"누구냐?"

김여진이 리볼버를 쥔 채 소리쳐 물었을 때다.

"콰쾅!"

방 안이 폭발하면서 아한의 몸뚱이가 훌쩍 떠올랐다.

방 안의 불이 환했기 때문에 김여진은 아한과 동료의 몸이 몇 토막으로 찢겨져서 떠오르는 것도 천천히 돌리는 필름처럼 선명하게 보았다.

"타타타타타타타."

문 밖 복도에서 다시 요란한 총성이 울렸을 때 김여진은 소파 뒤로 몸을 숨겼다.

심장박동이 멈추면서 가슴이 납덩이처럼 무거워졌다.

그제야 김여진은 어깨 위쪽이 찢어져 있는 것을 보았다.

통증도 느껴지지 않았는데 옷과 함께 찢어진 어깨에서 피가 솟아오르고 있다.

"실장님!"

밖에서 사이드가 외쳤다.

"안에 계십니까?"

이집트 특수부대 대위 출신, 리스타자원의 용병이었다가 연합으로 파견된 사이드다.

"사이드, 나 여기 있어!"

김여진이 소리쳤다.

"걱정 말고 막아!"

"IS 놈들입니다!"

복도에서 사이드가 소리쳤다.

"수십 명입니다!"

김여진은 숨을 들이켰다.

그사이에도 총성과 폭음은 더 거칠어졌다.

건물이 흔들리고 있다. 응접실의 수류탄 폭발로 가구가 넘어졌고 피비린내가 진동을 했다. 이곳은 단층 본채지만 넓다. 중앙에 위치해서 좌우에 방이 많고 출입구가 4곳이나 되는 것이다.

그때다.

창문이 깨지는 소리가 들렸기 때문에 김여진은 본능적으로 방바닥에 납작 엎드렸다.

"콰쾅!"

바로 앞쪽에서 엄청난 폭음이 울리더니 소파에 훌쩍 떠올랐고 발이 걸린 김여진이 옆으로 내동댕이쳐졌다. 찢어진 어깨가 벽에 세차게 부딪쳤고 김여진의 입에서 신음이 터졌다.

"실장님!"

밖에서 사이드가 다시 외쳤다.

"괜찮다!"

김여진이 다시 소리쳤을 때다.

부서진 창문으로 사내 둘이 뛰어 들어왔다.

"탕. 탕. 탕. 탕. 탕."

벽에 기대앉은 채 김여진이 사내를 향해 총을 난사했다.

거리는 3미터 정도밖에 되지 않는다.

사내들이 비틀거리면서 몸을 이쪽으로 돌렸을 때 사이드와 경호원 하나가 방 안으로 뛰어 들어왔다.

"타타타타타타탓."

사이드가 꿈틀거리는 둘을 향해 AK-47을 난사했을 때 다시 총성이 울렸다.

"타타타탕."

다시 창문을 통해 두 사내가 뛰어 들어오면서 이쪽을 향해 총을 내갈겼다.

"탕탕탕탕."

벽에 기대앉은 채 김여진이 그 둘을 쏘았고 사이드도 주저앉으면서 사내들에게 맞섰다.

경호원은 사내들에게 당했다.

"우리가 다 당했습니다."

사이드가 입가로 흘러내린 피를 손등으로 닦으면서 소리쳤다.

"놈들에게 기습을 받는 바람에……."

저택의 경호원은 7, 8명뿐이었다.

정예는 모두 이동욱을 따라 '하무드의 저택'으로 무사르를 치러 간 것이다.

그사이에 역습을 받았다.

어느덧 총성이 뜸해졌기 때문에 사이드가 앉은 채로 기어서 옆쪽 벽으로 다가왔다.

두 번의 수류탄 폭발로 방의 전등이 나갔지만 복도의 불빛이 흘러들어와 환하다. 방에는 시체 5구가 널브러졌고 가구는 모두 부서져서 흩어졌다.

그때 복도에서 총성과 함께 외침이 울렸다.

"확인 사살해!"

"타타탕. 타타탕."

총성이 산발적으로 울리면서 차츰 가까워졌다.

그때 사이드가 얼굴을 일그러뜨리며 웃었다.

"우리가 당한 것 같습니다, 실장님."

"기운 내, 사이드."

김여진이 몸을 비틀어 앞쪽에 떨어진 AK-47을 쥐었다.

탄창을 빼내 확인했더니 실탄이 차 있다.

"타타탕."

총성이 복도 바로 옆쪽에서 울렸다.

그때 사이드가 몸을 일으키더니 복도 쪽으로 다가가면서 말했다.

"실장님, 갑시다. 알라 아크바르."

"알라 아크바르."

사이드의 등에 대고 김여진이 말했다.

그 순간 사이드가 문 밖으로 뛰어 나가면서 요란한 총성이 울렸다.

"타타타타타타."

이어서 쏟아지는 총성.

김여진은 어금니를 물었다. 다음은 내 차례인가?

숨을 들이켠 김여진의 눈에 문 앞에 나타난 사내들이 보였다.

둘이다.

"타타타타타타타타."

벽에 기대앉은 채로 둘을 향해 김여진이 AK-47을 난사했다.

총탄을 맞은 둘이 뒤로 뒹굴었을 때 김여진은 안으로 날아 들어오는 수류탄을 보았다.

수류탄이 소파의 부서진 손잡이에 맞더니 바로 앞으로 굴러왔다.

김여진이 2미터쯤 앞에서 멈춘 수류탄을 물끄러미 보았다.

그 순간.

"꽈꽝!"

수류탄이 폭발했다.

"무사르는 찾지 못했습니다."

박기준이 다가와 보고했다.

이곳은 하무드의 저택 안, 밤 12시 5분.

하무드의 대저택은 이곳저곳에서 불길이 오르고 있을 뿐 조용하다. 비명도 신음도 들리지 않는다.

사방에 흩어져서 꿈틀거리는 사내들은 모두 '연방의 용병'이다. IS의 전사(戰士)는 전멸했다. 확인된 시체는 55구. 그중에 무사르는 발견되지 않았다.

이쪽은 5명 전사, 8명 부상이다.

IS의 부상자를 심문했더니 무사르는 저택에 있었다는 것이다.

2층에서 뛰어내린 놈이 무사르다.

돌아가는 차 안, 12시 18분.

이동욱이 차 안에서 메이슨이 넘겨주는 전화를 받는다.

메이슨의 두 눈이 치켜떠져 있다.

"저택 경비원, 가심입니다."

가심이 누군지 몰랐지만 이동욱이 전화기를 귀에 붙였다.

"무슨 일이야?"

"습격을 받았습니다."

가심의 목소리가 떨리고 있다.

승합차 안은 조용하다.

차는 지금 한적한 구시가지 거리를 달려가고 있다.

이동욱은 듣기만 했고 가심의 말이 이어졌다.

"저택 경비원이 전멸했습니다. 저는 밖에 나갔다가 금방 돌아왔더니, 저택이……."

"거기에 실장이 있었지?"

마침내 이동욱이 물었다.

이동욱의 목소리에 억양이 없어졌다.

"기조실장 말야. 어떻게 되었어?"

"예, 사장님."

숨을 들이켜는 소리를 낸 가심이 대답했다.

"사망했습니다."

오전 8시, 리스타랜드에서 이광이 해밀턴의 보고를 받는다.

"카이로에서 이동욱의 거처가 IS의 습격을 받았습니다. 이동욱이 무사르의 근거지를 기습하는 사이에 역습을 받은 것입니다."

이광은 듣기만 했고 해밀턴의 말이 이어졌다.

"IS의 습격으로 거처에 있던 경비원 8명, 거처 종업원 5명이 사망했습니다. 그리고."

숨을 고른 해밀턴의 목소리가 단조로워졌다.

"리스타연방의 연합 기조실장 김여진이 사망했습니다."

"……."

"그 시간에 이동욱은 무사르가 은신하고 있는 하무드의 저택을 기습, IS 요원 55명을 사살했습니다. 우리 측 사망자는 5명, 부상 8명입니다."

"……."

"하지만 무사르는 도피했습니다. 부상자를 잡아서 확인했더니 무사르는 저택에 있었던 것으로 확인되었습니다."

"잡아."

마침내 이광이 말했다.

이광의 목소리도 가라앉아 있다.

"무사르, 알바그다디까지."

사망자 장례식은 간소하게 치러졌다. 시신은 보상금과 함께 가족에게 보내졌다. 유일한 한국인인 김여진의 시신도 서울로 보내졌는데 공항에서 가족들이 인수해갈 것이었다.

이동욱은 신시가지의 안가로 거처를 옮겼는데 이틀 동안은 이집트 당국과 사태 수습을 했다.

이집트 정부 측에서 IS를 테러 단체로 인정하는 터라 테러범들이 소탕된 것으로 수습되었다.

오후 9시 반, 사건 사흘 후의 오후다.

이동욱이 안가의 2층 응접실에서 전화를 받는다.

상대는 이광이다. 이광이 리스타랜드에서 전화를 한 것이다.

이광이 입을 열었다.

"몸은 어떠냐?"

"건강합니다, 회장님."

이동욱이 힘차게 대답했다.

"감사합니다."

"무사르, 알바그다디를 찾아라. 해밀턴이 적극 지원해줄 거다."

"예, 회장님."

"어떠냐?"

"예?"

"견딜 만하냐?"

"예, 회장님."

이광의 말뜻을 눈치챈 이동욱이 숨을 들이켰다.

김여진에 대해서 묻는 것 같다.

"감사합니다."

이렇게 대답할 수밖에.

김여진과 비밀스러운 관계였지만 멀리 떨어진 섬에 있다고 이광이 모를 리는 없는 것이다. 설령 모르고 그렇게 물었다고 해도 그렇다.

그때 이광이 말했다.

"나한테 말해봐라. 사랑하는 사이였어?"

다시 숨을 들이켠 이동욱의 눈이 흐려졌다.

그러나 주저하지 않고 대답했다.

"예, 지금 생각하니 그렇습니다."

"사랑한다고 말해주었어?"

"아닙니다, 회장님."

"말 못 했구나."

"예, 그것이 미안합니다."

"이해한다."

이광이 말을 이었다.

"나도 내 처가 갔을 때 그것이 가장 아쉬웠다."

"……."

"시간이 약이다. 신은 우리에게 시간이란 약을 주셨다."

"……."

"집중해서 일을 마치고 쉬어라."

"예, 회장님."

"끊는다."

"감사합니다, 회장님."

통화가 끊겼을 때 이동욱의 눈동자에 초점이 돌아왔다.

그렇다. 집중해서 일을 마치자. 나에게 의무와 책임이 남아있지 않은가?

회장님은 그것을 주지시켜 주셨다.

그러고 나서 시간이란 '약'은 매일 먹자구나.

그 시간에 박기준이 카이로 동북방 25킬로 지점의 미 공군 기지 상황실에서 허드슨 대위와 마주 앉아 있다.

둘 앞에는 한 무더기의 사진이 쌓여 있었는데 3일 전의 카이로 구시가지의 항공사진이다.

지금 둘은 그날 밤의 위성사진을 재분석하고 있는 것이다.

"여기."

마침내 허드슨이 사진 한 장을 박기준 앞에 놓았다.

"같은 시간대에 현장에서 움직인 차량이야. 차량 7대가 빠져나가고 있어."

허드슨이 다시 사진 서너 장을 나란히 그 옆에 놓았다.

"이것 봐. 저택을 나와서 여기로 간 거야. 필름이 2백 장쯤 있지만, 종착지는 이곳이야."

허드슨이 사진 한 장을 집어 박기준 앞에 놓았다.

"현장에서 8킬로 떨어진 바그다드 모스크 뒤쪽 거리의 2층 저택, 이곳이 카밀락 정보 사령관이 소유한 저택 중 하나지."

"……."

"어젯밤의 저택 사진이야."

허드슨이 다시 사진 한 장을 밀었다.

"저택 안에 30명 가까운 인원이 있어. 당신 본부를 기습한 병력이 그대로 있는 거야."

"고마워, 로키."

박기준과 로키 허드슨은 안면이 있는 사이다.

사진 묶음을 움켜쥔 박기준이 서둘러 자리에서 일어섰다.

"내가 술 한잔 살게. 이번 작전 끝나고 만나."

"오케."

허드슨이 박기준의 손을 잡았다.

"나도 제대하면 리스타로 갈 테니까 자주 보자구."

"좋아. 이번에는 맡기지."

이동욱이 박기준, 메이슨 등을 둘러보면서 말했다.

오전 9시 반.

방 안에는 팀장급 7, 8명이 둘러앉아 있다.

해밀턴이 리스타자원에 요청해서 리스타연방으로 대규모 병력 지원을 했다. 용병단 지원이다. 지금 앞에 앉은 팀장 중 3명이 새 얼굴이다.

이동욱이 말을 이었다.

"난 뒤에서 상황만 체크하겠다."

탁자 위에는 2층 저택의 사진이 펼쳐져 있다.

이제 각 팀별 목표와 시간까지 정해졌다. 저택 공격 팀은 6개, 60명이다.

그런데 이번 공격에서 이동욱은 후방으로 물러난 것이다. 팀장들이 권유했기 때문이다.

공격 시간은 오후 8시. 저택 안에는 알바그다디가 직접 지휘하는 병력이 30여 명이 있다. 이동욱의 안가를 기습해서 김여진을 살해한 무리다.

알바그다디가 고개를 들고 카밀락을 보았다.

오전 10시 반, 이곳은 신시가지의 안가.

알바그다디가 이집트군 정보사령관 카밀락을 만나고 있다.

"카밀락 씨, 저놈들은 CIA로부터 정보를 얻고 있어요. 아마 내 거처까지 파악하고 있을지도 모릅니다."

알바그다디가 말을 이었다.

"그놈들이 무사르를 기습한 것도 거처를 먼저 알아냈기 때문이오. 놈들의 정보력이 월등한 겁니다."

앞에 앉은 카밀락은 마른 체격의 40대다. 순백색 숍에 터번을 둘렀고 눈빛이 날카롭다. 짙은 콧수염을 잘 다듬었지만 턱수염은 없다.

알바그다디에게 이동욱의 안가를 알려준 것도 카밀락인 것이다.

"알바그다디 씨, 나로서는 최선을 다한 겁니다. 이 상황에서 전쟁을 계속할 수는 없어요. 내 생각에는 당신이 이집트를 떠나는 것이 서로를 위해서 이득이 될 것 같습니다."

카밀락이 번들거리는 눈으로 알바그다디를 보았다.

"내가 당신의 배후라는 증거가 드러나면 대통령이 가만두지 않을 겁니다. 군부(軍部)를 숙청할 기회라고 생각할 테니까요."

"그렇게까지는 되지 않을 거요."

알바그다디가 말을 이었다.

"무스타파가 미국과 리스타에 의지하고 있지만, 정권을 방어할 수는 없을 테니까."

카밀락은 입을 다물었다.

무스타파는 이집트 대통령이다.

대통령에 당선된 무스타파는 오직 리스타와 미국을 의지하고 있는 상황이다.

리스타연방을 유지해야 이집트가 발전된다고 믿어 온 것이다.

그러나 군부(軍部)의 생각은 다르다.

리스타연방에 가입된다는 것은 미국, 리스타의 식민지가 된다는 입장이었다.

그 군부의 중심이 카밀락인 것이다.

카밀락이 고개를 들었다.

"알바그다디 씨, 당신은 우리의 동맹이오. 오사마 씨가 당한 상황에서 당신까지 위험에 빠진다면 우리에게도 큰 손실이오. 지금 바로 이집트를 떠나 피신하는 것이 낫겠습니다. 당분간 말이오."

"정 그렇다면."

쓴웃음을 지은 알바그다디가 고개를 끄덕였다.

"잠시 피신하기로 하지요."

"리스타 용병단이 대폭 증원되었어요. 지금의 안가도 발각될 확률이 커요."

카밀락이 손으로 천장을 가리켰다.

"리스타는 CIA의 정찰 위성도 이용하고 있을 테니까."

자리에서 일어선 알바그다디에게 카밀락이 물었다.

"무사르 씨는 어떻게 되었습니까?"

"피신 중이오."

"같이 떠나실 겁니까?"

"그렇게 해야겠지요."

"당분간 이집트에서 테러가 일어나면 안 됩니다. 이곳이 전쟁터가 되면 당하는 건 우리가 될 테니까."

카밀락이 맺듯이 말했다.

무사르가 고개를 돌려 창밖을 보았다. 창밖으로 알렉산드리아항이 보인다.

그날 밤, 곧장 카이로를 빠져 나와 이곳으로 온 것이다.

산 중턱의 빈민촌은 조용하다. 빈민촌 주민 대부분은 아래쪽 시내로 일을 하러 나갔기 때문이다.

이윽고 무사르가 앞에 앉은 한드록에게 말했다.

"파키스탄에서 지원군이 올 때까지 이곳에 있는 수밖에 없어."

"알바그다디 님도 카이로에 계실 건가요?"

"그건 모르지."

다시 무사르가 창밖을 보았다.

알바그다디는 무사르에게 알려주지도 않고 이동욱의 안가를 기습한 것이다.

무사르의 안가를 이동욱이 기습한 시간에 알바그다디는 이동욱의 거처를 기습했다.

이것은 알바그다디의 독자적 행동이다. 무사르를 미끼로 내놓았다.

만일 무사르에게 알려주었다면 그렇게 전멸당하지 않았다.

그때 전화벨이 울렸기 때문에 둘은 긴장했다. 무사르의 휴대폰이다.

한동안 탁자 위의 전화기를 응시하던 무사르가 휴대폰의 발신자를 보더니 귀에 붙였다. 알바그다디다.

"예, 지도자님."

이제 무사르는 알바그다디를 그렇게 부른다.

그때 알바그다디가 말했다.

"난 당분간 이곳을 떠날 예정이야. 그러니까 네가 당분간 이곳을 맡아라."

"예, 지도자님."

"병력은 언제 충원되나?"

"아직 미정입니다."

"내가 파키스탄에 연락을 해볼 테니까."

"알겠습니다."

"당분간은 잠복하고 있는 것이 낫겠어."

"예, 지도자님."

"내가 자금은 좀 보낼 테니까."

"감사합니다."

"카밀락한테는 너도 철수하는 것으로 말했으니까 그렇게 알고 있어."

"예, 지도자님."

"그럼 다시 연락하지."

그러고는 통화가 끊겼기 때문에 무사르가 어깨를 늘어뜨렸다.

오후 6시 반, 이곳은 알마크다 모스크의 서쪽 탑 위.

탑의 난간 사이로 망원경을 눈에 붙인 두 사내가 엎드려 있다. 저격병 만수르와 해거튼이다. 둘은 저택의 서쪽을 맡은 저격팀이다.

탑의 높이는 80미터, 앞쪽 350미터 지점에 저택의 서쪽 면과 현관까지 비스듬히 보인다.

"갓댐. 저놈들이 바쁘게 움직이는데."

망원경을 눈에 붙인 해거튼이 말했다.

"철수할 건가?"

"그럴 모양이야."

드라구노프 저격총의 스코프에 한쪽 눈을 붙인 만수르가 대답했다.

스코프에 비친 저택 마당과 건물 안의 사내들이 분주하게 움직이고 있다.

짐 가방을 든 사내들이 오갔고 현관문은 활짝 열려 있다.

그때 해거튼의 옆에 놓인 무전기가 낮게 울렸다. 버튼을 누른 해거튼이 응답했을 때 곧 박기준의 목소리가 울렸다.

"지금도 분주한가?"

"예, 짐을 꾸리고 있습니다."

해거튼이 말을 이었다.

"바쁘게 오가고 있습니다."

"알았다. 1시간 후다."

"예, 기다리겠습니다."

통화가 끝났을 때 해거튼이 옆에서 듣고 있던 만수르에게 말했다.

"1시간 후에 공격이야."

"7시 반이면 어두워집니다."

박기준이 말하자 이동욱은 고개를 끄덕였다.

"그놈들도 눈치를 챈 것 같다. 이번에는 우리가 놓칠 수 없지."

"지금 출발하겠습니다."

박기준이 자리에서 일어섰다. 방탄복을 안에 입어서 점퍼를 입은 상체가 두툼하다.

이곳에서 카밀락의 안가까지는 6킬로 정도, 차로 30분 거리다.

따라 일어선 이동욱이 박기준에게 말했다.

"알바그다디가 현장에 있어. 이번에 IS를 끝내."

"알겠습니다."

박기준이 현장 총지휘를 맡을 것이다.

몸을 돌린 박기준이 방을 나갔다. 시내 심부름을 가는 것 같다.

오후 7시, 알바그다디에게 측근 사그란이 보고했다.

"이동 준비가 되었습니다, 지도자님."

"좋아. 8시에 출발하기로 하지."

지금은 러시아워니까 조금 시간을 늦추는 것이다.

알바그다디가 물었다.

"차 준비는 다 되었어?"

"예, 차 2대가 더 오기로 되어 있습니다. 현재 차가 7대인데 2대만 더 오면 됩니다."

"좋아."

고개를 끄덕인 알바그다디가 길게 숨을 뱉었다.

"당분간 카이로를 떠나는 거다."

카이로를 떠나 홍해 쪽 후루가다로 간 후에 배를 타고 홍해를 건너 경계가 허술한 사우디에 상륙, 북상해서 요르단으로 들어간다는 계획이다.

이곳은 알사드호텔의 17층 객실 안.

창문을 열어 놓은 창가에 탁자를 받쳐놓고 드라구노프 저격총이 거치되어 있다.

오후 7시 15분, 이미 창밖은 어두웠지만 방 안의 불은 켜지 않았다. 그러나 방 안에는 두 사내가 창밖을 응시하고 있다.

드라구노프의 야간용 스코프에 눈을 붙이고 있는 사내는 한병엽. 한국인 저격수다, 해병대 출신.

그의 옆에 서 있는 관측병은 제이슨.

영국 특전단 소속으로 둘 다 리스타자원에서 파견되었다.

"저녁 먹으러 갔어."

제이슨이 망원경을 눈에 붙인 채 말했다.

저택의 마당이 비어 있는 것이다. 조금 전까지 분주하게 오가던 사내들이 저택 안으로 사라졌다.

한병엽이 스코프로 정문을 겨누었다.

스코프의 야광 표시판에 거리가 475킬로로 나타났다.

한병엽은 저택 정문과 서쪽 부분을 맡고 있다.

그때 전화벨이 울렸기 때문에 제이슨이 전화기를 들었다.

“예, 2조입니다.”

“20분 후에 진입이다.”

송화구에 박기준의 목소리가 울렸다.

“준비해.”

통화가 끊겼을 때 제이슨이 숨을 들이켜면서 말했다.

“20분 후야.”

한병엽이 심호흡을 했다.

“문 열어.”

운전석 창을 내린 만샤르가 버럭 소리쳤다.

저택 정문 앞.

쇠창살 건너편에 서 있던 경비병이 다가왔다.

둘이다. 둘 다 AK-47을 앞에 총 자세로 들었다.

“누구야?”

경비원 하나가 묻자 만샤르가 다시 소리쳤다.

“나와! 차 갖고 오는 거야! 문 열어! 이 병신아!”

“젠장. 라이트를 꺼놓아서 보여야지!”

맞받아 소리친 경비병이 안에서 철문의 받침대를 빼고 문을 양쪽으로 열었다. 쇠창살로 만든 육중한 철문이 양쪽으로 열리자 차 2대가 저택 안으로 들어갔다.

경비병이 다시 문을 닫으려고 할 때다.

“두루루루루룩. 두루룩.”

총성이 울리면서 경비병 둘이 그 자리에서 쓰러졌다. 동시에 저택 담장 좌우에 나타난 사내들이 안으로 쏟아져 들어갔다.

그 시간에 알바그다디는 저녁을 먹고 식당에서 나오던 중이었다.

소음기를 낀 소총의 발사음을 듣는 순간, 알바그다디는 펄쩍 뛰듯이 반응했다.

"습격이다!"

저택 안에는 10여 명의 부하가 있었기 때문에 다 들었다.

알바그다디가 다시 소리쳤다.

"나가지 마라! 저격이 있을 거다!"

당황하던 부하들이 금세 진정되었다.

"전등을 꺼!"

다시 알바그다디가 지시했다.

그때 요란한 총성이 울렸다. 총격전이다.

저택 안의 불이 꺼진 순간, 박기준의 얼굴에 쓴웃음이 떠올랐다.

민첩한 대응이다.

아직 이쪽은 저택 마당도 제압하지 못했다.

"서둘지 마라!"

박기준이 소리쳤다.

"저택 안으로 진입하지 마라!"

저택 안은 순식간에 짙은 어둠에 덮였고 총성이 더 요란해졌다.

그때 박기준의 헤드셋에서 메이슨의 목소리가 울렸다.

"박, 뒤쪽 마당은 장악했어. 넷 처리했어."

"오케. 저택 안은 아직 진입하지 마."

박기준은 지금 앞쪽 현관이 바로 보이는 정원의 바위에 몸을 숨기고 있다.

옆쪽의 부하들도 마찬가지다.

지금 좌측에서는 제4조가 경비원들과 총격전을 벌이고 있다. 부속채에 숨은 알바그다디의 부하들이다.

그때다.

"꽝!"

폭음과 함께 부속채 한쪽이 폭발했다. 5조 지역이다.

"꽝!"

이번에는 정원에서 폭발이 일어났다. IS가 이쪽에다 수류탄을 던진 것이다.

격전이다.

박기준이 리시버에 대고 명령했다.

"저택에 집중 사격. 수류탄, 미사일까지 다 쏟아 부어!"

다음 순간, 저택은 총성과 폭음으로 뒤덮였다.

사방을 포위한 용병팀이 가차 없이 저택 건물에 포화를 쏟아 부은 것이다. 건물에 진입하지 않고 밖에서 아예 무너뜨려 버리고 있다. 불길이 솟아올랐고 건물 무너지는 굉음이 울렸다.

10분 후, 이동욱이 박기준의 보고를 받았다.

"건물을 모두 붕괴시켰습니다."

박기준이 말을 이었다.

"건물 안에는 진입하지 않고 건물만 붕괴시켰습니다. 지금은 모두 불길에 덮여 있습니다."

"우리 피해는?"

"총격전에서 4명이 부상을 입었을 뿐입니다. 놈들은 밖에 나온 9명이 사살되었고 나머지는 건물 안에 있다가 묻혔습니다."

"저격수만 남기고 철수해."

마침내 이동욱이 지시했다.

오후 8시 반.

전화기를 내려놓은 카밀락이 앞에 선 보좌관 우드반을 보았다.

"내 저택이 폐허가 되었군. 완전히 쓰레기장이 되었어."

우드반이 시선을 내렸고 카밀락이 말을 이었다.

"리스타가 IS의 배후에 내가 있다는 것을 안다는 증거야."

카밀락의 눈동자가 흔들렸다.

"경비대에 연락해."

"예, 특별 경호를 지시할까요?"

"아니, 잠깐만."

고개를 든 카밀락이 말을 이었다.

"보류시켜."

"예?"

"경비대에 연락하는 것 말야."

"알겠습니다."

"하라비한테 10명만 데려오라고 해."

"예, 각하."

우드반이 서둘러 몸을 돌렸다.

하라비는 용병 회사 사장이다. 카밀락과는 상부상조하는 관계다.

방에 혼자 남았을 때 카밀락이 주위를 둘러보았다.

조금 전, 카밀락이 알바그다디에게 빌려준 저택이 폭발했다. 대폭발이다.

본채와 부속채, 창고까지 다 폭발했다. 며칠 전, 무사르가 머물던 저택에 이어서 두 번째.

리스타 사장 이동욱의 저택까지 포함하면 폭발의 연속이다.

그러나 이번 대폭발로 IS의 실세 지도자인 알바그다디는 어떻게 되었는가?

그때 전화벨이 울렸기 때문에 카밀락이 화들짝 놀랐다.

이곳은 신시가지에 위치한 카밀락의 본가(本家)다.

고개를 든 카밀락이 전화기를 노려보았다.

직통전화다. 이 전화는 군부대 관계자만 알고 있는 기밀 전화인 것이다.

카밀락은 전화기를 들고 귀에 붙였다.

"여보세요."

"카밀락."

대뜸 이름이 불렸기 때문에 카밀락이 숨을 들이켰다.

"누구야?"

"네가 알바그다디에게 빌려주었던 저택이 폐허가 되었다는 보고를 받았을 거다."

"……."

"그럼 내가 누군지 알겠구만."

"누구야?"

"이동욱이다."

"……."

"네가 IS와 내통했다는 증거가 이미 우리는 물론이고 CIA 측에도 통보되었다는 건 알고 있을 거야."

"……."

"네 대통령에게 통보를 하면 어떻게 될 것 같나?"

"……."

"카밀락, 넌 이미 죽은 목숨이야."

"방법이 없나?"

마침내 카밀락이 마른 목소리로 물었다.

그때 이동욱이 대답했다.

"네가 살 방법 말이냐?"

이곳도 지하통로가 있었다.

폭발이 일어났을 때 알바그다디는 경호원 둘과 함께 지하통로로 빠져나왔다.

지하통로는 건물 밖 민가로 연결되어 있었기 때문에 알바그다디는 불바다가 된 저택을 뒤로 하고 시내로 나왔다.

오후 11시 반.

알바그다디는 수에즈의 주택에서 방금 밖에서 돌아온 유크로에게 물었다.

"현재 상황은?"

"화재는 진압되었고 시체 발굴 중입니다."

유크로가 외면한 채 말했다.

"저택에서 나온 생존자는 없는 것 같습니다."

알바그다디가 고개를 끄덕였다.

저택에서 살아남은 사람은 이곳으로 빠져 나온 셋뿐인 것이다.

그때 유크로가 물었다.

"무사르에게 연락할까요?"

"안 돼."

알바그다디가 고개를 들었다. 얼굴이 일그러져 있다.

“지금 연락해도 도움이 안 돼.”

맞는 말이다. 무사르도 부하가 전멸당하고 알렉산드리아로 도망가 있는 상황인 것이다.

오전 10시.

카이로 중심부를 관통하는 나일강에 떠 있는 게지라섬 남쪽, 알지라 세라턴 호텔의 로비 라운지로 이집트군 정보사령관 카밀락 중장이 들어섰다.

정복 차림의 카밀락은 보좌관 휴르반 대령을 대동했는데 지배인의 안내를 받고 로비 안쪽의 밀실로 다가갔다.

그때 밀실 앞에 서 있던 두 사내가 둘을 가로막았다. 양복 차림의 서양인이다.

“사령관만 들어가시죠.”

그러자 주춤했던 카밀락이 휴르반에게 눈짓을 하고는 방문을 열었다.

방으로 들어선 카밀락은 안쪽 소파에 앉아 있는 세 사내를 보았다.

그중 가운데 앉아 있는 사내는 동양인, 좌우의 사내는 동양인, 서양인 용모다.

카밀락은 가운데 앉은 사내가 이동욱으로 짐작했다. 그래서 시선을 주었지만 무표정한 얼굴로 시선을 맞받는다.

카밀락이 다가갔어도 셋은 일어서지도, 입을 열지도 않는다.

그때 멈춰 선 카밀락이 입을 열었다.

“카밀락이오.”

“앉아, 카밀락 씨.”

그렇게 말한 사내는 왼쪽의 서양인이다.

숨을 들이켠 카밀락이 어금니를 물고는 앞쪽 소파에 앉았다.

밀실은 10평 규모에 소파가 마주 보도록 놓였고 중앙에 탁자가 있다.

창밖으로 나일강과 좌우의 신, 구시가지가 보이는 곳으로 전망이 좋다.

다시 서양인이 말했다.

"네가 전(前) 국방장관 하무드의 조카로 군(軍)의 실세라고 하지만 네 목숨쯤은 어젯밤에 끝낼 수도 있었어."

카밀락이 눈을 치켜떴지만 입을 열지는 않았다. 이곳에 온 것은 항복한 것이나 마찬가지였기 때문이다.

그때 중앙에 앉아 있던 사내가 입을 열었다.

"카밀락 씨, 결심했나?"

이동욱이 똑바로 카밀락을 보았다.

방 안에 잠깐 정적이 덮였다.

그때 카밀락이 입을 열었다.

"내가 어떻게 하면 좋겠소?"

이동욱이 심호흡을 했다.

카밀락이 항복 선언을 제 입으로 한 것이나 같다.

이동욱의 얼굴에 쓴웃음이 떠올랐다.

"알바그다디와 무사르의 거처를 알려줄 것. 그놈들의 연락처를 대."

"그쪽에서 연락이 와야 됩니다."

카밀락의 눈동자가 흔들렸다.

48세에 마른 체격. 지금까지 아버지와 삼촌의 후광을 받고 돛배가 순풍을 받은 것처럼 출세가도를 달려온 인생이다.

그때 이동욱이 말을 이었다.

"네가 권력을 장악하는 데 리스타가 방해물이었겠지. 넌 반역자야. 대통령에게 알리면 처형될 수밖에 없어. 네 일족과 함께 말이다."

카밀락이 어깨를 부풀렸지만 시선을 내렸다.

맞는 말이다. 카밀락은 이집트를 배신한 것이나 같다. 이집트는 리스타연방에 가입, 경제부흥을 꾀하고 있기 때문이다.

이동욱의 목소리가 다시 울렸다.

"네가 선택할 길은 둘뿐이야. 그 길을 지금 선택해야겠다."

그때 카밀락이 고개를 들었다.

"내가 이곳에 온 이유를 알지 않소?"

카밀락의 눈이 흐려져 있다.

이것이 카밀락의 대답이다. 더 물을 것도 없다.

강영주가 들어서자 하경애가 손을 들었다.

신시가지의 나일 힐튼 호텔 커피숍 안, 오후 2시.

나일강변에 위치한 나일 힐튼 호텔은 관광객들로 붐비고 있다.

강영주가 앞쪽에 앉았을 때 하경애가 바로 물었다.

"요즘 밤에 주택가에서 총격전이 일어나는 거 알고 있지?"

"그럼."

강영주가 다가온 종업원에게 커피를 시키고는 말을 이었다.

"소문으로는 IS가 몰살당했다는 거야."

"누구한테?"

"리스타."

숨을 들이켠 하경애가 고개를 끄덕였다.

"그렇구나."

"우리도 IS와 관계를 끊어야 돼. 잘못하다간 큰일 나겠어."

"리스타 본부에서 알까?"

"모르겠어? 몰살을 당했다는데 그중 몇 명만 포로로 잡아서 자백을 시킬 수도 있을 텐데."

"그러네."

"그런 상황인데 우리는 IS 뒤만 따라가고 있다니."

강영주가 말을 이었다.

"그러면서 동포들한테는 세금을 가차 없이 뜯어가다니. 장사도 안 되어서 굶어 죽을 상황인데 말야."

"글쎄 말이다."

마침내 하경애가 동조했다.

"내가 굶어죽게 생겼다."

그때 강영주가 가방에서 봉투를 꺼내 하경애에게 내밀었다.

"언니, 여기 5천 불."

"아이구."

얼굴까지 붉어진 하경애가 봉투를 받더니 서둘러 제 가방 안에 넣었다.

"돈 안 세어 봐?"

"아이구, 여기서 어떻게?"

하경애가 주위를 둘러보면서 고개를 저었다.

"도둑놈 천지인데. 이따 집에 가서 세어볼게."

"나도 힘들어."

"고마워. 두 달 후에 꼭 갚을게."

"돈 빌려주면 연락 안 한다고 하더라."

"참."

하경애가 가방에서 미리 쓴 차용증을 꺼내 내밀었다.

강영주가 차용증을 읽는 동안 하경애가 말을 이었다.

"적자를 내고 있는데 한 달에 3천 불씩이나 뜯어가다니. 나뿐만이 아냐. 내 주변에서 다 그래. 이러다가 폭동이 일어나겠어."

"쉿."

강영주가 주의를 주었다.

"언니 그런 소리 마. 그런 말은 믿는 사람한테만 해."

이것이 북한 이민의 현실이다.

공작이다.

IS와는 총격전을 벌여 죽고 죽였지만 북한 조직과는 공작을 진행시키고 있다.

북한과의 공작 책임자는 전한성, 국정원 출신이다, 38세.

전한성이 박기준에게 보고했다.

박기준이 이동욱의 보좌관 역할을 맡고 있기 때문이다.

"현재는 점조직 식으로 포섭하고 있는데 현재까지 중간 간부급 26명, 최고위원은 강영주와 박창국 둘입니다."

전한성이 말을 이었다.

"강영주와 박창국이 포섭 작업을 하고 있는데, 곧 실적을 올릴 것입니다."

"북한 측의 한국 이민자에 대한 작업은?"

"실적이 거의 없습니다."

전한성의 얼굴에 쓴웃음이 번졌다.

"위에서 독촉을 하고 있지만, 한국인이 북한 측에 뭘 바라고 설득당하겠습니까?"

"그렇군."

"이제 북한 이민의 최고위직인 정치국장의 존재가 파악되었습니다."

전한성이 말을 이었다.

"정치위원 명단까지 확보했습니다."

박기준이 고개를 끄덕였다.

이제 북한 측의 음모자 윤곽도 드러났다.

김여진이 죽은 후에 이동욱은 박기준을 보좌관으로 기용했다. 그동안 이동욱의 분신처럼 행동해온 박기준이다.

이동욱이 이집트에 머물면서 이집트가 용병단의 본부가 되었다.

IS의 테러로 주춤했던 아프리카 이민이 며칠이 지나자 다시 원상으로 돌아왔다.

오전 11시 반.

이곳은 신시가지의 리스타연합 건물 안, 이동욱이 해밀턴의 전화를 받는다.

"이집트가 중심이야."

해밀턴이 말했다.

"이집트에서 아프리카 이민 사업을 관리하고 있어. 그 최고 지휘관이 정치국장 최용호가 맞아."

해밀턴이 말을 이었다.

"케냐나 소말리아, 알제리 등에 흩어진 조직은 이집트 본부의 통제를 받는다는 사실이 확인되었어."

지금 해밀턴은 트리폴리에서 이동욱에게 전화를 하고 있다.

그때 이동욱이 말했다.

"제가 이곳에서 마무리를 하겠습니다."

"너한테 또 큰일을 맡긴다."

"제가 시작한 일이니까 제가 끝내야 됩니다."

"내가 적극 협조해줄 테니까."

"맡겨주셔서 감사합니다."

"이 사장."

"예, 사장님."

"일 끝내고 좀 쉬어라."

"예, 사장님. 그런데 부탁이 있습니다."

"말해."

"제가 현재 '리스타 아프리카연방'의 연합 측 사장을 맡고 있지만 벅찹니다. 그냥 '용병단장'으로 활동하게 해주십시오."

"그러지."

해밀턴이 바로 동의했다.

"네가 원한다면 어떤 직위도 가능하니까. 그럼 넌 용병단장이다."

"감사합니다."

그래서 이동욱은 용병단 업무만 맡게 되었다, 실제로 사장 타이틀을 갖고 있었지만 용병단장 업무를 해왔으니까.

용병단은 단순한 구조다.

리스타자원에서 차출된 용병대는 각 국가별로 배속되어 이동욱의 지시를 받는데 리스타연합의 소속이다.

현재 이집트에서 이동욱이 직접 지휘하는 용병단은 10개 팀 100명.

이번 IS 사건으로 이집트에 충원시켰기 때문이다.

각 팀은 팀장이 지휘하는 독립 체제다.

용병단의 기조실장 역할을 했던 김여진이 사망했기 때문에 박기준이 보좌관으로 대행하고 있다.

"몰살당했어."

무사르가 리모컨으로 TV를 끄고 나서 말했다.

"이번에는 알바그다디가."

순간 한드록이 고개를 들었다.

무사르가 알바그다디 이름을 부른 것이다. '지도자'라고 부르지 않았다.

오후 6시 반.

바닷가여서 열린 창으로 바닷바람이 몰려 들어왔다.

알렉산드리아의 바닷가 주택 안이다.

무사르가 말을 이었다.

"이젠 독자적으로 행동할 거다. 알바그다디의 지시를 받지 않을 거야."

"파키스탄에서 내일 아슈말이 도착합니다. 이곳으로 오라고 할까요?"

한드록이 묻자 무사르가 고개를 끄덕였다.

"네가 데리고 와."

"모두 18명이라고 합니다."

"힘들게 왔으니까 좀 쉬라고 해."

"주택 2채면 충분할 겁니다."

한드록이 옆쪽 주택을 빌려놓은 것이다.

무사르는 파키스탄에서 훈련을 마친 IS 요원 18명을 끌어 들였다.

그때 한드록이 조심스럽게 말했다.

"무사르 님, 알바그다디 님은 지금 수에즈에 계신 것 같습니다."

"……."

"경호원이 시리아로 전화를 했는데 수에즈에 있다고 했답니다."

"……."

"시리아의 요원이 이번에 파키스탄에 온 요원한테 이야기를 한 것이지요."

그때 고개를 든 무사르가 한드록을 보았다.

"그 정도면 알바그다디의 위치는 소문이 나지 않았을까?"

"네?"

"그 정도로 소문이 났다면 말이다."

한드록이 숨을 들이켰고 무사르의 말이 이어졌다.

"알바그다디는 저만 살려고 날 미끼로 내놓았어."

고개를 든 이동욱이 방으로 들어서는 두 남녀를 보았다.

전한성과 강영주다.

전한성은 국정원 출신으로 리스타연방의 북한 이민을 담당하고 있다.

이곳은 신시가지의 안가(安家).

강영주가 고개를 숙였고 이동욱이 자리에서 일어나 손을 내밀었다.

강영주의 손바닥은 딱딱했다. 험한 일을 해온 증거다. 그러나 손모양은 갸름하고 손톱이 분홍색이다. 건강한 손이다.

자리에 마주 보고 앉았을 때 이동욱이 똑바로 강영주를 보았다.

"현재 정치위원 상황은?"

다시 이동욱이 묻자 이번에도 강영주가 거침없이 대답했다.

"하경애를 포섭했습니다."

"만일 정치국장 최용호를 제거한다면 어떻게 될 것 같소?"

"북조선에서 바로 새 국장을 보낼 것입니다."

"그놈도 우리가 없앤다면?"

"계속 하겠지요. 점점 강한 대결 관계가 될 것입니다."

"북한 이민단의 반(反) 리스타 선동을 막을 방법이 있습니까?"

"정치위원 등 고위층을 포섭하는 방법이 가장 효과적입니다."

강영주가 말을 이었다.

"정치국장을 포섭한다면 말할 필요가 없겠죠."

"가능할까?"

"고위층으로 올라갈수록 더 썩었으니까요."

강영주가 번들거리는 눈으로 이동욱을 보았다.

"지금 정치국장 최용호도 썩었다고 소문이 났습니다."

"……."

"현역 호위총국 대좌로 이민단 정치국장이 되려고 뇌물을 먹였다고 합니다."

"최용호의 심복은?"

"부국장 윤군필과 보좌관 조기성입니다."

고개를 끄덕인 이동욱이 옆에 앉은 전한성을 보았다.

"강영주 씨한테 20만 불을 내주도록."

활동 자금이다. 하경애에게 빌려준 돈도 모두 리스타에서 나온 것이다.

정보원 자칸이 잘라드 앞에 앉았을 때는 오전 11시 반이다.

자칸은 이집트인으로 리스타연합에 고용된 1급 정보원이다.

자칸이 입을 열었다.

"믿을 만한 놈한테서 정보가 왔습니다. 알바그다디의 거처를 안다는 것입니다."

잘라드가 지그시 시선만 주었다.

리스타의 사무실 안.

정보원들은 '정보 값'을 올리려고 '뜸'을 들이는 습성이 있었기 때문에 흥정을 해야 한다. 고용된 정보원이라고 해도 그렇다.

자칸이 말을 이었다.

"그놈은 파키스탄 놈으로 발이 넓지요. 정보가 확실합니다. 지금까지 실수한 적이 거의 없지요."

"……."

"그놈한테 정보비를 2천 불이나 줬습니다. 5천 불 달라는데 깎았지요."

"……."

"아주 애를 먹었습니다."

그때 잘라드가 물었다.

"자칸, 너한테 매월 정보비로 3백 불이 나가지?"

"예, 아시다시피 턱없이 부족합니다."

"그럼 손해를 보고 있군."

"그렇습니다. 손해지요."

"그렇다면 정보원 오늘부터 그만둬."

"……."

"네 정보는 필요 없어."

잘라드가 정색하고 자칸을 보았다.

"나가봐."

얼굴이 누렇게 굳어진 자칸이 엉거주춤 자리에서 일어섰다.

두 눈이 흐려져 있다.

30분 후에 이동욱이 잘라드의 보고를 받는다.

"알바그다디가 수에즈에 은신하고 있다는 겁니다."

잘라드가 말을 이었다.

"정보원한테 정보가 들어왔는데 일부러 노출시킨 것 같습니다."

"무슨 말이야?"

"우리 정보원을 추궁해보았더니 돈 주고 산 것이 아니라 어떤 놈이 그냥 정보를 줬다는 것입니다."

"거짓 정보냐?"

"파키스탄인이라는데 IS 놈들하고 관계가 있는 놈입니다."

"절반은 사실인가?"

"IS 내부에서 반란이 일어난 것 같은데요."

이동욱의 시선을 받은 잘라드가 말을 이었다.

"IS에서 정보가 나온 겁니다."

이동욱이 고개를 끄덕였다.

"수에즈를 덮쳐보면 알 수 있겠지."

"알바그다디가 은신하고 있는 지역도 알려졌습니다. 지금 즉시 가보겠습니다."

이동욱이 고개를 끄덕이자 잘라드가 자리에서 일어섰다.

카이로에서 수에즈는 차로 1시간 거리다.

무사르가 앞에 앉은 두 사내를 보았다.

아슈말과 고르만, 이번에 파키스탄에서 투입된 IS 요원이다.

이곳은 알렉산드리아의 안가.

무사르가 입을 열었다.

"우리는 다시 시작해야 돼. 이집트 작전은 실패했어."

무사르가 둘을 번갈아 보았다.

두 눈을 치켜뜨고 있다.

"오사마 님이 돌아가시고 알바그다디만 빠져나온 것도 문제가 있어. 나도 그 저택을 잘 알아."

"……."

"그 저택의 비밀 통로로 알바그다디만 빠져나오고 오사마 님은 당했어. 그것이 무엇을 의미하겠나?"

"……."

"알바그다디가 오사마 님을 먼저 내보내고 자신이 남아 있어야 할 것 아닌가?"

무사르의 목소리에 열기가 띠어졌다.

"알바그다디가 오사마 님을 죽인 것이나 마찬가지야."

아슈말과 고르만은 숨을 죽이고 있다.

옆쪽에 앉은 한드록이 어금니를 물었다.

이제는 공개적으로 무사르와 알바그다디의 전쟁이 시작되었다.

정치국 부국장 윤군필은 호위총국 중좌 출신으로 48세, 카이로에서 여행사를 차려 놓았지만 리스타 투자금만 축내고 있는 중이다.

애당초 사업 경험도 없는 데다 돈 벌 목적보다 조직 관리, 통제 목적으로 파견된 상황인 것이다. 리스타 투자금에 대한 책임감, 부담감은 쥐뿔만큼도 없다.

오후 4시 반.

윤군필이 구시가지의 '마크다 훈둑' 104호실 앞에 서서 노크를 했다.

벨이 고장 나서 노크를 해야만 한다.

곧 문이 열리더니 김진숙이 비켜섰다.

윤군필이 안으로 들어서자 김진숙이 눈을 흘겼다.

"어제는 왜 안 왔어?"

"회의 때문에."

점퍼를 벗어 소파 위에 내던진 윤군필이 털썩 자리에 앉더니 길게 숨을 뱉었다.

"아휴, 죽겠다."

"세금은 안 걷혀?"

"25퍼센트밖에 안 돼. 이러다가 본국으로 소환당하겠어."

"왜 당신이 소환돼? 국장이 책임져야지."

"내가 세금 담당이야. 국장은 내 책임으로 몰고 있다구."

"더러운 놈."

"저는 매일 고급 식당에서 술 먹고 여자들을 차례로 농락하면서, 개자식."

"본부에 고발하면 안 돼?"

"호위총국장 심복이야, 국장 놈이. 내가 고발하면 그 즉시로 압송될 거다."

김진숙이 입을 다물었다.

김진숙도 구시가지에서 의류 가게를 오픈했지만 거의 폐업 상태다. 개업 3개월 만에 폐업 상태인 것이다.

이것은 한국 사업자 같으면 있을 수 없는 일이다. 애초부터 사업을 할 의향이 없었다고 봐야 될 것이다.

그러다가 윤군필의 내연녀가 되어서 3류 여관방을 잡고 밀회하는 중이다.

"너는 걱정할 것 없어."

윤군필이 김진숙의 몸을 훑어보면서 말했다.

"내가 사유서를 잘 쓸 테니까."

김진숙도 본국에 내는 세금을 못 내고 있는 것이다.

·

수에즈의 알가트 마켓은 중심부에 위치하고 있다. 사방으로 통하는 길목에 위치하고 있어서 사람들이 약속 장소로 자주 거론하는 곳이다.

오후 7시. 알가트 마켓 뒷거리의 저택 정문에 경찰차 한 대가 멈춰 섰다.

차에서 내린 경찰관 둘이 저택의 대문을 두드렸다.

그때 안에서 인기척이 나더니 사내가 물었다.

"누구요?"

"경찰인데, 신고가 들어왔으니까 문 열어봐요."

목소리가 컸기 때문에 지나가던 사람들이 멈춰 섰다.

이곳은 일방통행로인 좁은 길이다.

어둠에 덮여 있지만 보안등이 저택 정문을 비추고 있다.

그때 저택의 문이 열렸고 경찰들이 안으로 들어섰다.

10분 후.

카이로에서 이동욱이 메이슨의 보고를 받는다.

"저택은 관리인 하나만 남아 있었습니다. 알바그다디는 1시간쯤 전에 도망쳤습니다."

메이슨이 말을 이었다.

"저택 안에 알바그다디 비슷한 사내와 경호원으로 보이는 두 명이 있었다고 합니다."

"……."

"급하게 떠난 것 같습니다. 관리인은 부속채에 살고 있었는데 카이로에 간다고 했답니다."

이동욱의 눈빛이 흐려졌다.

간발의 차이로 놓쳤다는 말인가?

경찰차에는 위장한 요원들이 탔고 저택 주위는 완전히 포위된 상태였다.

알바그다디가 저택 안에 있었다면 잡거나 죽였을 것이었다.

그 시간에 '마크다 훈둑'의 104호실 안에 있던 김진숙도 노크 소리에 고개를 들었다.

옆에 누워 있던 윤군필은 상반신을 일으켰다.

둘 다 옷을 대충 걸친 상태다.

다시 노크 소리가 났고 김진숙이 소리쳐 물었다.

"누구요?"

"나 여관 주인이야."

굵은 사내의 목소리다.

"전기 고치러 왔으니까 문 열어."

김진숙이 일어나 옷매무새를 갖추면서 윤군필에게 말했다.

"여관 좀 좋은 곳으로 옮겨야지, 안 되겠어. 이게 뭐야?"

"알았어. 내일 다른 곳으로 옮기자."

이곳은 둘이 밀회하는 곳으로 김진숙의 연립 주택에서 3백 미터 거리다.

문으로 다가간 김진숙이 문을 열었을 때다.

사내 둘이 밀치고 들어왔기 때문에 김진숙은 뒤로 벌떡 넘어졌다.

놀란 윤군필이 소스라치며 일어섰지만, 사내들이 손에 쥔 권총을 보더니 어깨가 늘어졌다. 군인이라 상황 판단이 빠른 것이다.

끝났다.

알바그다디가 전화기를 귀에 붙이고 말했다.

"좋아. 너한테 연락처를 남겨 주라고 해라. 그럼 내가 한 시간 후에 너한테 다시 전화를 할 테니까."

"알겠습니다."

수화구에서 사내의 목소리가 울렸다.

"한 시간 후에 다시 전화를 주시지요."

전화기를 내려놓은 알바그다디가 옆에 선 유크로에게 말했다.

"무사르는 나한테 작전을 배웠어. 함정 파는 것도 배웠지."

알바그다디의 두 눈이 번들거렸고 입가에 웃음기가 번졌다.

"난 그놈의 심경 변화까지 읽을 수가 있다. 지금쯤 내가 잡히지 않았다는 것을 듣고는 제 거처를 옮기려고 할 거다."

유크로는 숨을 죽였다.

무사르가 알바그다디의 거처를 흘린 것은 파키스탄계 정보원이다.

그런데 그 파키스탄계 정보원은 알바그다디에게도 연락을 한 것이다.

리스타 측과 알바그다디의 양쪽에 정보를 주었다.

무사르는 그가 이중 첩자인 줄 몰랐던 것이다.

고개를 든 윤군필이 앞에 선 사내를 보았다.

이곳은 저택의 지하실 안.

어딘지는 모른다.

앞에 선 사내는 장신에 팔이 길다. 시선이 마주쳤지만 눈썹 하나 흔들리지 않는다. 그 뒤에는 세 사내가 둘러서 있다.

이윽고 사내가 앞쪽 의자에 앉더니 입을 열었다.

"썩어서 무너지는 집에서 허덕이다 죽을 거냐? 새 세상에서 새롭게 살 거냐?"

불쑥 말한 사내가 똑바로 윤군필을 보았다.

"넌 여기서 죽게 되어있으니까 살아 나가려면 머리를 짜내 봐."

그러고는 사내가 자리에서 일어섰다.

지하실을 나온 이동욱의 옆으로 박기준이 다가왔다.

윤군필에게 경고를 하고 나서 처리는 전한성에게 맡긴 것이다.

"단장님, 알렉산드리아의 무사르 위치가 파악되었습니다."

박기준이 말을 이었다.

"새로 투입된 용병들 중에서 정보가 흘러나왔습니다. 알바그다디하고 무사르 간 암투가 시작된 것이죠."

"두 놈 다 잡아야 돼. 그러니까……."

발을 멈춘 이동욱이 박기준을 보았다.

"당분간은 놔두는 것이 낫겠다."

"알겠습니다."

"정보원들 시켜서 소문을 퍼뜨려라, 무사르가 알바그다디하고 전쟁을 한다고."

"그러면 후원자들도 물러날 겁니다."

이동욱이 고개를 끄덕였다.

"이 공작은 너한테 맡기겠다."

알바그다디의 새 거처는 포트사이드다.

포트사이드는 수에즈만 입구로 지중해와 연결되어 있다.

안가 응접실에서 알바그다디가 유크로에게 말했다.

"여기서 하크람을 기다리기로 하지."

알바그다디가 길게 숨을 뱉었다.

"이제는 무사르가 내 눈앞의 적이 되었다."

"무사르도 알렉산드리아에서 거처를 옮겼다고 합니다."

유크로가 말을 이었다.

"아슈말과 고르만도 함께 옮겼는데 위치는 아직 밝혀지지 않았습니다."

알바그다디가 고개를 끄덕였다.

이번에 파키스탄에서 투입된 팀장 2명 중 아슈말이 알바그다디와 내통하고 있는 것이다. 아슈말이 정보를 시리아에 있는 동료에게 흘리면 알바그다디가 그쪽에서 정보를 받는 것이다.

"당분간 IS가 내부 전쟁으로 테러를 일으키지 못할 상황이야."

이동욱이 둘러앉은 간부들에게 말했다.

"서둘 것 없어. 우리는 그동안 북한계 이민단을 공작한다. 이제는 공작이지."

손가락으로 머리를 짚은 이동욱이 말을 이었다.

"우리도 수단과 방법을 가리지 않고 음모를 부수고 기도를 말살시킨다."

이동욱의 두 눈이 번들거렸다.

"우리가 수많은 세월과 인명의 희생을 딛고 여기까지 온 거야. 그것을 통째로 가로채 먹으려는 '분자'들은 용납할 수 없어. 말살시키지 않으면 우리가 당한다."

모두의 얼굴이 굳어졌다.

따지고 보면 IS의 테러의 근본은 북한이다.

북한의 기반을 믿고 IS가 '리스타 아프리카연방'에 침투해온 것이다.

회의를 마쳤을 때 북한계 공작 담당 전한성이 이동욱과 독대했다.

"북한 이민단 최고 위원 박창국을 포섭했습니다."

전한성이 말을 이었다.

"제가 직접 포섭했는데 현금 5만 불이 들었습니다."

"5만 불?"

이동욱이 눈을 크게 뜨고 물었더니 전한성이 풀썩 웃었다.

"50만 불 정도 예상했는데 그것밖에 안 들었습니다."

"직접 준 거야?"

"직접 받았습니다. 차용증까지 주더군요."

"차용증까지?"

"사진 찍어도 좋다고 했습니다."

"이런."

"가족이 평양에 있기 때문에 가족이 오기 전까지는 숨어서 협조하겠다고 했습니다."

전한성이 웃음 띤 얼굴로 이동욱을 보았다.

"직접 건드려 보니까 북한 조직은 모래성이었습니다. 손만 대도 허물어지고 있습니다."

이동욱이 고개를 끄덕였다.

"그럼 북한 정치위원이 두 명 포섭된 것인가?"

"하경애도 포섭될 가능성이 많으니까 셋입니다."

12명 중 3명이다.

전한성이 말을 이었다.

"오늘 강영주를 만나시면 북한 이민자 실상을 더 자세히 알 수 있으실 것입니다."

오후 6시 반.

구시가지의 아랍 식당 '무크란'의 방 안으로 들어선 이동욱이 자리에 앉아 있는 강영주를 보았다.

강영주는 오늘도 점퍼에 바지 차림이었지만 제법 단정했다. 신발도 낡았지만 깨끗하게 빨아 신었다.

자리에서 일어선 강영주가 이동욱에게 고개를 숙여 인사를 했다.

다가선 이동욱이 웃음 띤 얼굴로 말했다.

"앞으로 자주 만나게 될 겁니다."

앞쪽에 앉은 이동욱이 말을 이었다.

"IS가 북한과 제휴하고 있다는 걸 알고 있었습니까?"

"전혀 모르고 있었는데요."

강영주가 정색하고 이동욱을 보았다.

"전 정치위원이지만 최근까지 정치국장을 만나지도 못했습니다. 전화로만 지시를 받다가 요즘 세금 관계로 모였지요."

"이제 이집트에 북한계 이민자가 5천 명이 되었어요. 1년 만에 10만 명으로 늘어날 예정인데, 조직도 커질 것이고."

"정치위원은 그대로 유지한다고 했어요. 현재 12명 체제로 말입니다."

"정치국장 최용호의 평은 어때요?"

"이기적이고 탐욕스럽다는 것. 여자를 밝혀서 반반한 여자 이민자는 내버려두지 않는다고 합니다."

"강영주 씨한테는 잘해줍니까?"

"제가 정치위원이니까요. 그리고 제가 혁명 열사 가족입니다. 제 할아버지가 남조선과의 전쟁 때 영웅으로 전사하셨거든요. 절 건드리지는 못합니다."

"그렇군."

이동욱이 고개를 끄덕였다.

"이민은 자원한 겁니까?"

"자원했습니다."

강영주가 정색하고 이동욱을 보았다.

"새 세상에서 살고 싶어서요."

"평양의 가족은 어떻게 할 겁니까?"

"어머니하고 해군 중위로 복무하는 동생이 있는데 탈북시킬 계획입니다."

"둘뿐이오?"

"네. 할머니는 작년에 돌아가셨고 남동생은 아직 미혼이어서요."

"……."

"둘 다 탈북한다고 했습니다. 남동생이 어머니를 모시고 중국으로 넘어갔다가 태국을 통해서 한국으로 가든지 다른 나라로 망명해서 저하고 합치기로 했어요."

"힘든 여정인데, 세 식구가 세상을 떠돌겠는데."

그때 방문이 열리면서 주문해 놓은 아랍식 요리가 날라져 왔다.

통째로 삶은 어린 양고기와 쌀밥, 야채가 큰 쟁반에 담겨 있다.

아랍식으로 손으로 고기를 뜯어 쌀밥과 함께 먹으면서 이동욱이 강영주를 보았다.

강영주는 다른 세상에서 살다가 온 여자다.

문득 옌지에서 만났던 조애선의 얼굴이 떠올랐다.

그러나 북한에서 태어나 살다가 온 여자는 눈앞의 강영주가 처음이다.

음식을 삼킨 이동욱이 강영주를 보았다.

"내가 가족의 탈북을 도와드릴 테니까, 동생한테 연락해요."

긴장한 강영주가 움직임을 멈췄고 이동욱이 말을 이었다.

"우선 동생을 만나야겠지."

"그렇게 해주신다면……."

숨을 들이켠 강영주가 말을 이었다.

"저는 다른 소원이 없어요."

이동욱이 고개를 끄덕였다.

강영주가 대북한 공작의 시발이다. 강영주를 중심으로 북한 조직을 분해, 흡수하려는 것이다.

윤군필이 고개를 들었다.

"내 가족을 보호해준다면 내가 협조하지요."

전한성이 시선만 주었고 윤군필이 말을 이었다.

"평양에 처자식이 있습니다. 어머니도 살아 계시고요. 남동생이 있지만 제가 가장 잘난 줄 아는 놈이니까 그놈까지 신경 쓸 필요는 없지요."

"……."

"여기로 이민 온 이민자들은 모두 북조선에 가족을 인질로 놔두고 온 셈이오. 인질이 없는 사람은 아예 이민을 보내지 않습니다."

윤군필이 길게 숨을 뱉었다.

"내가 배신을 하면 내 가족이 모두 죽습니다. 교화소에 들어가면 죽어야 나오게 될 거요."

"……."

"차라리 내가 여기서 죽는 게 낫지. 그러면 가족은 살 테니까."

그때 전한성이 고개를 끄덕였다.

"그러든지."

자리에서 일어선 전한성이 발을 떼면서 말을 이었다.

"기껏 생각해낸다는 게 그거라면 할 수 없지. 알았어. 넌 여기서 죽고 실종으로 처리될 거다."

문이 닫히자 윤군필의 눈이 흐려졌다.

김진숙과 잡혀 온 지 이틀째다. 그동안 연락을 안 했기 때문에 실종 신고를 했을지도 모른다.

정치국장 최용호는 평양에 보고를 했을까?

"윤군필이 운영하는 세탁소 직원한테 전화를 해놓았지만 이상하게 생각하겠지요."

전한성이 이동욱에게 보고했다.

윤군필은 신도시에서 직원 둘을 고용한 세탁소를 운영하고 있다. 만일 정치국장 최용호나 조직에서 찾는다면 이상하게 생각할 것이었다.

안가의 응접실 안.

전한성이 말을 이었다.

"방법이 없다고 합니다. 풀어주면 협조하겠다는 따위의 방법은 통하지 않을 줄 알고 있습니다."

"강영주는 가족을 탈북시켜 주기로 했어."

강영주를 만나고 온 이동욱이 전한성을 보았다.

"어머니하고 동생을 말야. 그래서 해군에 복무하는 동생과 연락하기로 했어."

"……."

"윤군필은 부국장 정도 되니까 평양에 직접 통화할 수 있지 않을까?"

"가능할 것 같습니다."

전한성의 얼굴에 쓴웃음이 번졌다.

"윤군필이 살 방도를 우리가 만들어주는 셈이 되는군요."

이제는 이쪽도 적극적이다.

지금까지 리스타는 수세적, 방어적 자세로 방해 세력에 대비해왔다.

이동욱은 자신이 조금씩 달라져 가고 있는 것을 느끼고 있다.

자신도 마찬가지인 것이다. 지금까지 시킨 일만 해왔다가 스스로 방법을 궁리해서 목표에 다가가고 있다.

이것은 어떤 동기가 있었는가?

2장
연방의 내분

"언니, 우리 이 지긋지긋한 사슬을 벗어 던지자."

불쑥 강영주가 말하자 하경애가 눈을 가늘게 떴다.

"응? 무슨 말야?"

"여긴, 이집트야. 북조선이 아니라구."

"누가 뭐래?"

"이젠 벗어날 수 있어."

"무엇을?"

"북조선."

순간 하경애가 숨을 들이켜면서 강영주를 보았다.

"너 어쩌려고……."

"언니, 난 혁명 열사 가족이야."

"알아. 그런데……."

"우리가 여기까지 와서 그 감옥 생활을 계속해야 돼?"

강영주의 목소리가 높아졌다.

"가족이 인질로 잡혀 있지만 모르게 행동하면 돼. 그놈들이 평양에서처럼 우리를 감시할 수는 없어."

"……."

"우리가 뭉쳐서 대비하면 저놈들은 아무것도 못 한다구."

"어떻게 한다는 거야?"

마침내 눈을 크게 뜬 하경애가 강영주를 보았다.

"뒤에 누가 있어?"

강영주의 가게 안이다.

오후 8시 반.

오늘도 하경애가 놀러왔다가 마침내 강영주에게 설득당하고 있다.

"너 요즘 무슨 일 있어?"

최용호가 묻자 한기선이 대답 대신 몸을 돌렸다.

오후 9시 반.

이곳은 최용호의 안가(安家)인 신시가지의 연립 주택 안이다.

3층 건물의 3층인 응접실 안.

최용호가 한기선의 등에 대고 말을 이었다.

"무슨 일 있으면 이야기를 해야지, 그렇게 주둥이만 내밀고 있으면 돼?"

그러나 한기선은 주방에 선 채 대꾸하지 않는다.

한기선은 최용호의 정부다.

자리에서 일어선 최용호가 한기선에게 다가가 뒤에서 껴안았다.

"왜? 내가 어제 안 와서 삘난 거야?"

"놔요."

한기선이 몸을 비틀었지만 최용호가 힘주어 껴안았다.

"말해. 넌 교사로 이민 왔으니 다른 이민자처럼 세금 때문에 머리 빠질 일도 없을 것이고."

한기선은 사업이 목적인 이민자가 아니다. 교사, 의사, 건축기사, 용접공, 토목기술자, 병아리 감별사 등 기술 이민자 중 하나인 것이다.

그때 몸을 비틀어 빠져나온 한기선이 최용호를 보았다.

갸름한 얼굴이 상기되었고 두 눈이 치켜떠져 있다.

"내가 몇 번째 여자죠?"

순간 눈만 껌뻑인 최용호를 향해 한기선이 다시 물었다.

"세 번째? 네 번째? 다섯 번째?"

"무슨 말야."

"다 알아요."

"누가 그래?"

"글쎄. 다 안다니까 그러네."

한기선이 목소리를 높였고 최용호는 반대로 기가 꺾였다. 다 안다니.

그때 한기선이 말했다.

"우리, 그만 만나요."

숨을 고른 한기선이 말을 이었다.

"당신은 나 아니더라도 다른 여자들 많으니까 아쉬울 것 없을 테니까요."

"너 돌아가고 싶어?"

마침내 최용호가 눈을 치켜뜨고 말했다.

"이게 잘해주었더니 간덩이가 부었구만, 당장 돌려보내 줄까?"

"그래요, 그럼."

한기선의 목소리가 높아졌다.

"평양에 들어가서 신고할 테니까. 당에 직접 신고를 하죠. 나도 줄이 있으니까요."

"신고를 해?"

"당신이 과업은 팽개치고 계집질만 한다고 고발하겠어요, 내가 다 알고 있으니까."

"이년이."

한걸음에 다가선 최용호가 한기선의 목을 두 손으로 움켜쥐었다.

"이년, 내가 아예 이곳에서 죽여주지."

목을 조르자 한기선의 얼굴이 금세 벌겋게 변했다.

한기선이 발버둥을 치다가 식탁 옆의 의자와 함께 넘어졌다.

"사람 살려!"

함께 넘어지면서 잡혔던 목이 풀린 한기선이 소리쳤다.

"헬프! 헬프!"

창문이 열려 있었기 때문에 한기선의 외침이 연립 주택 단지로 퍼져 나갔다.

"헬프!"

몸을 뒹굴어 빠져나간 한기선이 다시 목청껏 소리쳤을 때다.

눈이 뒤집힌 최용호가 넘어진 의자를 집어 들고 한기선을 내리쳤다.

"우지끈!"

의자가 한기선의 머리에 맞아 부서지면서 요란한 소리를 내었다.

한기선이 넘어지면서 탁자를 부서뜨렸다.

그 시간에 북한 이민 정치국 부국장 윤군필과 이동욱이 마주 앉아 있다.

주위에는 전한성과 요원 셋이 둘러앉아 있지만 모두 숨을 죽이고 있다.

그때 윤군필이 입을 열었다.

"이미 정치국장 최용호의 비리와 엽색 행각에 대해서 적어 놓았습니다. 그다음에 당국에서 지시받은 이민단 활동에 대해서도 낱낱이 보고 드리겠습니다."

윤군필이 번들거리는 눈으로 이동욱을 보았다.

“내가 살려고 이러는 겁니다. 하지만 후회하지는 않습니다.”

이동욱이 고개만 끄덕였고 윤군필이 말을 이었다.

“리스타의 첩자 노릇을 하겠습니다.”

윤군필이 ‘전향’으로 ‘살길’을 찾으려는 것이다.

이미 최용호에 대한 보고서는 제출해놓았다.

그때 이동욱이 전한성을 보았다.

“윤 부국장한테 50만 불을 줘.”

“예, 단장님.”

전한성이 대답했을 때 이동욱이 고개를 돌려 윤군필을 보았다.

“윤 부국장.”

“예, 단장님.”

“카이로에 와 보니까 어때?”

“무슨 말씀이신지…….”

“여기서 남한 사람들도 많이 만났을 것 아닌가?”

“아, 예.”

윤군필이 고개를 들었다.

“부러웠습니다. 이 기회에 적응하도록 노력하겠습니다.”

“언젠가는 통일이 될 거야.”

“그래야죠.”

“하지만 서둘 필요는 없어.”

“예, 단장님.”

“북한이 이민을 와서 한국계를 장악하고 리스타를 무너뜨리겠다는 발상은 우물 안에서 놀던 개구리적 발상이야.”

이동욱의 얼굴에 쓴웃음이 번졌다.

"한국 정부는 호의로 리스타에 북한 이민을 권장했어. 북한은 그것을 이용해서 배신을 했고."

"……."

"이제 그 대가가 몇 배로 돌아갈 거야, 윤 부국장."

"……."

"이제는 돌이킬 수가 없게 되었어."

부드럽게 말한 이동욱이 자리에서 일어섰다.

윤군필은 어쩔 수 없이 투항했지만, 곧 적응하게 될 것이다.

이쪽에서 약점을 쥐고 있기 때문에 다시 배신할 수도 없다.

이제 전한성한테서 공작금까지 받고 나면 윤군필은 새 생활을 시작하게 된다.

알렉산드리아에서 다시 거처를 옮긴 무사르가 가장 신경을 쓰는 상대는 알바그다디다. 이제는 알바그다디가 적이 되었다.

오후 3시 반.

무사르가 앞에 둘러앉은 간부들을 보았다.

이번에 보강된 아슈말과 고르만도 끼어있다.

무사르는 왜소한 체격에 수염도 기르지 않은 데다 섬세한 용모다. 그러나 IS의 백전노장이다.

무사르의 시선이 왼쪽에 앉아 있는 아슈말에게로 옮겨졌다.

"아슈말."

"예, 무사르 님."

아슈말은 38세, 무사르와는 대조적으로 장신의 거구다. 얼굴은 수염으로 덮였고 두 눈이 부리부리하다.

무사르가 붉은 입술을 펴고 웃었다.

"너하고 내가 시리아의 미즈칸 마을 전투에서 싸운 기억이 나나?"

"예, 무사르 님."

아슈말의 얼굴에도 웃음이 떠올랐다.

"그때 3개 중대로 1개 연대 병력의 시리아군을 몰살시켰지요."

"네가 2중대장이었지?"

"그렇습니다, 무사르 님."

아슈말의 얼굴이 상기되었다.

"그때의 중대장 중 저만 살아남았습니다. 격전이었지요."

"모두 일당백이었다."

"그렇습니다."

고개를 끄덕인 아슈말의 눈이 흐려졌다.

"명령 한 번이면 모두 죽음을 무릅쓰고 뛰어들었습니다."

"오사마 님이 그립다."

그러고는 무사르가 입을 다물었고 방 안에 정적이 덮였다.

오사마는 저택에서 시체로 발견되었다. 시체를 인수하는 사람이나 단체가 없었기 때문에 공용 묘지에 유골을 묻었다.

이윽고 다시 무사르가 입을 열었다.

"오사마 님은 알바그다디가 죽인 것이나 같다."

"……."

"저택의 비밀 통로로 알바그다디만 빠져나왔고 오사마 님은 나오시지 못했어."

"……."

"오사마 님을 먼저 빠져나오게 했어야 했다. 그래서 오사마 님이 그런 육성 유언을 남기신 거야."

고개를 든 무사르가 다시 아슈말을 보았다.

"아슈말."

"예, 무사르 님."

"너와의 인연이 안타깝다."

"예?"

아슈말이 황소 같은 눈을 끔벅였을 때 무사르의 붉은 입술이 옆으로 비틀어졌다.

"다 알고 있다, 아슈말."

"무슨 말씀이신지."

아슈말의 목소리가 떨렸다.

그때 무사르가 길게 숨을 뱉었다.

"네가 이곳 정보를 알바그다디한테 넘기고 있는 것을 안다."

"……."

"내가 지금까지 살아 있는 것이 정보를 빨리, 확실하게 확보하는 것이었다."

"……."

"넌 시리아의 정보원에게 정보를 넘겼고 그놈이 알바그다디에게 전해준 거야."

"무사르 님."

마침내 아슈말이 입을 열었을 때 무사르가 고개를 저었다.

"오늘로 너와의 인연을 끝낸다, 아슈말."

"무사르 님."

"잘 가거라."

그 순간이다.

뒤쪽에 서 있던 무사르의 경호원이 허리에서 권총을 꺼내더니 아슈말의 머리통을 쏘았다.

"퍽!"

뒷머리를 뚫고 들어간 총탄이 앞쪽으로 나오면서 어린애 손바닥만 한 구멍이 뚫렸다.

둘러앉은 간부들이 질색하면서 몸을 비켰지만, 피가 사방으로 튀었다.

옆에 앉은 고르만은 뇌수까지 덮어썼다.

다음 날 아침.

윤군필이 위원회로 사용되는 사무실로 출근했을 때 정치위원 서상호가 서둘러 나왔다.

"나 좀 봅시다."

안색이 심상치 않았기 때문에 윤군필의 가슴이 철렁 내려앉았다.

서상호는 52세. 윤군필과 같은 중좌 출신으로 구시가지에서 식품점을 운영하고 있다.

윤군필을 끌고 창가로 다가간 서상호가 목소리를 낮추고 말했다.

"지금 국장이 옆집에서 회의 중이오."

"옆집이라니?"

"안가 말이오."

윤군필이 고개를 끄덕였다.

사무실 옆에 안가가 있다. 비밀회의나 모임이 있는 경우에 사용하는 장소다. 오전 9시인데도 안가에 가 있는 것이다.

그때 서상호가 말을 이었다.

"사고가 생겼소."

"사고라니?"

"어젯밤에 국장이 여성 동무 하나를 때려죽였어."

"어? 누구를?"

"한기선이라고 기술 이민으로 온 동무요."

"아니, 왜?"

"밤에 여성 동무의 연립 주택에서 싸우다가 그렇게 된 모양이오."

"……."

"그래서 행동대를 불러 시신을 처리했는데, 그것이……."

"그것이 왜?"

"행동대 4명이 차에 시신을 싣고 가다가 경찰 검문에 걸렸어."

"저런."

"지금 모두 경찰서에 끌려가 있는데 살인죄로 처벌될 것 같단 말요."

"이런, 지금 국장은 뭘 하고 있소?"

"지금 안가에서 회의 중이오."

"큰일 났군."

말은 그렇게 하면서 윤군필의 어깨가 저절로 펴졌다.

윤군필도 내연녀 김진숙과 함께 있다가 납치되었던 것이다.

이틀 동안 자리를 비웠기 때문에 어떻게 변명을 할지 머리가 아프도록 궁리를 하고 왔던 참이다. 그런데 지금 국장은 제정신이 아닌 상태다.

그때 서상호가 낮게 말했다.

"아무래도 부국장이 보고를 해야 될 것 같소."

본국에 직보를 하라는 뜻이다.

그 시간에 이동욱이 강영주의 전화를 받는다.

"저 강영주인데요."

"아, 웬일입니까?"

사무실 안.

이동욱이 조금 의아한 표정을 지었지만, 전화상이라 얼굴은 보이지 않는다.

그때 강영주가 말했다.

"정치국장이 사고를 일으켰어요."

"무슨 말입니까?"

"어젯밤, 내연녀를 죽였는데 그 시체를 행동대에게 맡겼다가 경찰 검문에 걸렸습니다."

강영주가 열띤 목소리로 말을 잇는다.

"4명이 살인, 시체 은닉 혐의로 경찰에 구속되었어요. 지금 이민자들에게 소문이 다 퍼졌습니다."

"……."

"국장은 안가에서 정치위원 회의도 소집시키지 못하고 측근 몇 명만 모아서 회의 중인데요."

"……."

"부국장이 며칠 얼굴도 보이지 않다가 오늘 갑자기 나타났다고 합니다. 그자도 국장과 비슷한 인간이지만요."

"알았어요."

이동욱이 부드러운 목소리로 말했다.

"다시 연락해요."

"알겠습니다. 그럼 끊겠습니다."

강영주의 인사를 들으면서 이동욱이 전화기의 버튼을 눌렀다.

"예상하지 못했던 곳에서 허물어지기 시작하는군."

스피커로 함께 들은 전한성에게 이동욱이 말했다.

"윤군필이 어떻게 나오는지 보자."

그때 전화벨이 울렸다.

이동욱의 시선을 받은 전한성이 전화기를 들고 응답했다.

"예, 전한성이오."

"아, 전 실장님이시군요."

이번에는 윤군필의 목소리가 방을 울렸다.

"보고드릴 일이 있습니다."

전한성과 이동욱의 시선이 마주쳤다.

"무슨 일입니까?"

전한성이 묻자 윤군필이 상황을 보고하기 시작했다.

방금 강영주가 보고한 내용이다. 그러더니 덧붙였다.

"평양에 직보를 하려고 합니다."

윤군필의 목소리에 열기가 느껴졌다.

"최용호는 숨기려고 하는데, 정치위원들과 합의를 했습니다. 12명 중 6명의 합의를 받았습니다."

"6명."

그중에 조금 전 전화를 해온 강영주는 들어가지 않은 것 같다.

그때 윤군필이 서두르듯 말했다.

"곧 다시 연락드리지요."

통화가 끝났을 때 전한성이 웃음 띤 얼굴로 이동욱을 보았다.

"윤군필이 기다리던 기회가 온 것 같습니다."

그 기회를 같이 이용하게 된 것이다.

이동욱의 보고를 들은 해밀턴의 목소리도 밝아졌다.

"조금씩 질서가 잡히는 것 같아서 다행이다. 아직 무사르, 알바그다디가 잡히지 않았지만 말이야."

"예. 계속해서 오사마의 육성 유언을 전파하고 있습니다."

"둘 다 아직 이집트에 있는 것 같다. 지금 둘이 전쟁 중이니까 곧 정보가 흘러나올 거다."

해밀턴이 말을 이었다.

"무엇보다 북한 조직을 장악하게 되어서 다행이야. 긴장을 풀지 말도록."

"알겠습니다."

"그리고."

해밀턴이 잊어었다는 듯이 말을 이었다.

"잠깐 시간을 내서 리스타랜드로 오도록. 거기서 만나자."

이동욱이 리스타랜드에 도착했을 때는 그다음 날 오후 5시 무렵이다.

바닷가에 위치한 별장에 투숙한 이동욱이 해밀턴의 전화를 받았다.

"리, 내가 차를 보낼 테니까 내 별장에서 만나자."

"예, 사장님."

"30분 거리니까 6시 반에 출발하도록 차를 보내겠다."

"알겠습니다."

전화를 끊었던 이동욱은 오늘 모임의 인원이 궁금해졌다.

해밀턴과의 단독 회담인가?

7시 정각.

해밀턴의 별장은 바다가 내려다보이는 언덕 위다.

밋밋한 언덕 위여서 풍광이 좋다.

"어서 와."

응접실에서 기다리던 해밀턴이 두 팔을 벌리면서 이동욱을 맞았다.

응접실에 두 남녀가 더 있었는데 둘 다 초면이다.

"인사해라."

해밀턴이 두 남녀에게 말했다.

그때 남자가 먼저 이동욱에게 인사했다.

"리스타연합 이민 담당관 조병철입니다."

이어서 여자가 인사했다.

"저는 재미교포 3세로 CIA의 정세 분석관으로 있는 서정연입니다."

놀란 이동욱이 여자를 보았다.

30대쯤으로 무표정한 얼굴.

그때 여자가 말을 이었다.

"이곳에 비밀리에 온 것이죠."

"자, 저녁을 먹으면서 이야기 하지."

해밀턴이 말하자 모두 그를 따라 식당으로 들어섰다.

이제 이동욱은 해밀턴이 부른 이유를 알았다. 북한 이민단 공작에 대한 협의다.

해밀턴은 한국인 손님을 위해 한정식을 준비했다.

저녁을 먹으면서 해밀턴이 말했다.

"이번 한국인의 대규모 이민은 세계 지도를 바꾸는 대역사야. 위대한 사업이지."

해밀턴의 시선이 조병철에게 옮겨졌다.

"미스터 조가 먼저 이야기를 하지."

그때 조병철이 입을 열었다.

"처음에는 아프리카에 친미 제국이 형성되기를 기대한 미국의 적극적인 지원이 있었지만, 지금은 분위기가 달라졌습니다. 미국 정부 내부에서 견제가 많아지고 공화당에서는 한국의 위상이 높아지는 것에 대한 조직적 방해가 시작되었습니다."

포크를 쥔 채 조병철이 말을 이었다.

"심지어 공화당 내부에 비밀리에 반(反)한 조직이 만들어졌는데 의원 50여 명이 가입한 엄청난 세력이 되었습니다. 대통령도 위협을 느낄 만한 세력이죠."

이동욱이 고개만 끄덕였을 때 서정연이 말을 이었다.

"CIA 내부에서도 부국장 한센을 중심으로 친일파 세력이 '리스타 아프리카연방'을 견제하고 있습니다. 그들은 친일, 반한 세력이라는 것이 특징이죠. 반한의 명분이 뚜렷합니다. 남북한이 통일되면 중국보다 더 위협적인 세력이 될 것이라고 주장하고 있습니다."

서정연이 반짝이는 눈으로 이동욱을 보았다.

"그것은 일본이 적극적으로 로비를 했기 때문입니다. 그리고 그 주장이 설득력이 있습니다. 중국도 머지않아 한국에 의해 통합되리라고 믿는 사람이 많거든요."

"갓댐."

해밀턴이 웃음 띤 얼굴로 욕을 했다.

세 쌍의 시선을 받은 해밀턴이 심호흡을 했다.

"나도 그것을 믿는 사람이거든."

해밀턴이 고개를 들고 이동욱을 보았다.

"이 단장은 어떻게 생각하나?"

"전 그것까지는 생각을 못 했습니다."

이동욱이 바로 대답했다.

"전 용병단장일 뿐입니다."

"갓댐."

"그렇게까지 생각할 여유가 없었습니다. 눈앞의 문제가 많아서요."

"김여진의 역할이 컸는데."

불쑥 말했던 해밀턴이 입맛을 다시더니 외면했다.

"미안."

"저한테 왜 미안해하십니까?"

"그건 그렇고."

해밀턴이 말머리를 돌렸다.

"중국의 시진핑 정권이 붕괴되고 나서 중국은 친리(親LEE) 정권이 되었어. 친한 정권이 아니라 친리 정권이야."

셋을 번갈아 본 해밀턴이 말을 이었다.

"그것이 일본을 자극한 것이지. 리스타가 한반도나 중국을 먹으면 일본은 상어 입 앞의 고등어 꼴이 되니까."

이동욱이 숨만 쉬었을 때 서정연이 말을 받았다.

"적의 적은 친구라고 하지 않습니까? 요즘 일본이 적극적으로 북한의 아프리카 조직을 돕고 있습니다."

"……."

"이집트 주재 일본 대사관의 문화담당관, 자위대 파견대장이 중심이 되어서 정보 수집은 물론 자금 지원까지 해주고 있다는 정보가 있습니다."

"갓댐."

이번에는 이동욱이 잇새로 욕설을 뱉고는 쓴웃음을 지었다.

산 넘어 산이다. 이 산은 언제까지 넘어야 한단 말인가?

이집트의 북한 이민 총책 최용호의 제거 공작이 지금 성공 단계다.

그런데 친일(親日) 분자가 끼어 있단 말인가?

식사를 마치고 응접실로 나와 다시 넷이 둘러앉았다.

베란다 쪽 문을 열어 놓아서 바닷바람이 응접실 안까지 몰려 들어왔다.

해밀턴이 말했다.

"리, 너에게 보좌역이 필요하다."

해밀턴의 말이 이어졌다.

"리스타아프리카에서 북한, 중국, 일본, 그리고 미국의 반(反)리스타 세력을 상대하는 인물은 바로 너뿐이야. 너를 보좌해 줄 두뇌가 필요하다."

이동욱이 심호흡을 했다.

동감이다. 용병단만으로는 감당 못 한다. 용병단은 전투부대일 뿐이다.

고개를 든 이동욱이 해밀턴, 그리고 조병철과 서정연을 차례로 보았다.

"여기 온 김에 며칠 쉬겠습니다."

다음 날도 쉬지 못했다. 이광 회장에게 불려갔기 때문이다.

이광이 집무실로 들어선 이동욱을 맞았다.

"어서 오거라."

이광은 비서실장 안학태와 부회장 정남희, 연합사장 해밀턴과 함께 기다리고 있었다.

인사를 마친 이동욱이 자리에 앉았을 때 이광이 입을 열었다.

"어제 해밀턴 사장한테서 들었지?"

"예, 회장님."

"네가 그야말로 필마단기로 싸우는 입장이구나."

"아닙니다. 모두 도와주시고 있습니다."

"적이 모호해서 그래."

그때 둘의 이야기를 듣던 정남희가 나섰다.

"용병단장 직책이 행동대장으로 생각되겠지만, 실제로는 '리스타 아프리카연방'의 치안 책임자로 본사의 지시만 받는 위치예요."

정남희는 이동욱의 직책을 다시 재확인시켜주고 있다.

"우리는 이 단장만 의지하고 있어요."

"감사합니다."

"보좌관 기능을 강화하고 전력(戰力)을 보강시켜드릴 계획이니까요."

이번에는 안학태가 말을 이었다.

"우선 북한계 조직을 와해시키고 흡수하는 것이 선결 문제인 것 같네."

"알겠습니다."

"일본이 나설 시기가 되었지."

이광이 마무리를 했다.

"아시아계 한국과 중국, 일본 3국은 언제나 경쟁국이었으니까."

한낮, 오후 3시쯤 되었다.

별장으로 돌아온 이동욱이 바닷가로 내려와 비치파라솔 아래 누워 있다.

눈이 부실 정도로 맑은 날씨다.

바다는 푸른 물감을 풀어 놓은 것 같고 살랑거리는 바람결이 피부를 스치고 지나갔다.

수영팬티 차림으로 대나무로 만든 비치용 안락의자에 누워 이동욱이 눈을 감았다. 오랜만의 휴식이다.

긴장이 풀렸기 때문에 금방 잠이 몰려왔고 귀에 파도 소리만 들려왔다.

혼자다. 주위에는 인적이 없다. 3백 미터쯤 왼쪽에 비치파라솔이 1개 세워져 있었는데 '리스타 본사'의 고위급 임원의 별장이다. 이쪽 백사장 길이는 1킬로쯤 되었지만 보이는 사람은 없다.

이동욱의 입에서 만족한 한숨이 나왔다.

이윽고 이동욱은 잠이 들었다.

이광이 찻잔을 들고 정남희를 보았다.

"가정환경은 중요하지 않아. 인성은 가정환경에서 만들어지는 것이 아냐."

정남희의 시선을 받은 이광이 빙그레 웃었다.

"이동욱은 스스로 제 인성을 단련시켰어. 대단한 인내력을 갖춘 거야."

"부모한테 복수를 한 것도 들으셨죠?"

정남희가 묻자 이광이 고개를 끄덕였다.

"들었어."

"꼭 그래야 했을까요?"

"그렇게 하고 머릿속에서 지운 것이지."

"지울 수 있었을까요?"

"인간은 다 똑같지 않아. 이동욱은 지웠을 거야."

"불쌍하긴 해요."

"나는 이동욱의 가능성을 본 거야."

이광이 눈을 가늘게 뜨고 바다를 보았다.

둘은 베란다에 나와 바다를 바라보는 중이다.

이광이 말을 이었다.

"이동욱은 한 번도 좌절한 적이 없어. 스스로 극복하고 일어난 것이지. 그리고 내색하지 않았어."

정남희가 앞쪽을 응시한 채 길게 숨을 뱉었다.

"당신은 외로운 사람한테 관대해요."

"그런가?"

정남희의 옆얼굴을 보면서 이광이 빙그레 웃었다.

"그놈은 잘할 거야. 내가 믿어."

"여자가 주변에서 자주 사라지더군요. 그것이 이동욱을 더 외롭게 만드는 것 같아요."

"아직 젊으니까 극복하겠지."

이광이 말을 이었다.

"내일 그놈 불러서 낚시나 해야겠다."

다음 날 오전.

이광과 이동욱은 리스타랜드 서쪽 바다 위에 떠 있는 요트에 서 있다. 둘 다 낚싯대를 바다에 드리우고 있었는데 오늘도 날씨는 맑다.

둘 다 밀짚모자에 반팔 셔츠 차림으로 난간에 기대서서 바다를 응시하고 있다. 바다는 잔잔했고 요트 옆쪽으로 3백 미터쯤 거리에 리스타 순시선이 흰 선체를 반짝이며 떠 있다. 3천 톤급의 순시선으로 회장을 경호하기 위해서 떠 있는 것이다.

낚시의 미끼를 갈아 끼운 이광이 다시 바다에 던지면서 입을 열었다.

"네 생부, 생모에 대한 인연은 끝낸 거냐?"

"예, 회장님."

이동욱이 바로 대답했다.

"지난번에 정리했습니다."

"속이 시원하냐?"

"아닙니다."

낚시를 걷어 빈 낚시에 미끼를 끼우면서 이동욱이 말을 이었다.

"속은 더 지저분해졌지만 미련은 싹 지워졌습니다."

"미련을 지워?"

"예. 날 버린 두 사람에 대해서 온갖 상념이 들끓고 있었거든요."

"그런가?"

"그래서 직접 만나 스스로 정리를 한 것입니다."

"그렇군. 네가 정리를 안 했다면 그들도 모르고 있었겠구나."

"예. 지난 일을 잊고 있다가 제가 나타나니까 떠올랐을 것입니다."

이동욱의 얼굴에 쓴웃음이 떠올랐다.

"저는 그것으로 만족합니다. 이제는 개운합니다."

"잘했다."

"아닙니다."

"아니라니?"

이광의 시선을 받은 이동욱이 정색했다.

"그대로 놔두고 제 스스로 정리하는 것이 나았을지도 모른다는 생각을 하고 있습니다."

"그런가?"

"다 용서했습니다."

이동욱이 바다를 응시한 채 말을 이었다.

"이제 욕심 없습니다."

"새 세상을 만들어라."

이광도 가라앉은 목소리로 말했다.

"새 인연도 만들고."

그러더니 바로 덧붙였다.

"내가 너를 믿는다."

이광이 입을 다물었고 이동욱도 더 이상 입을 열지 않았다.

그날, 오후 6시가 되었을 때 이동욱의 별장에 방문객이 찾아왔다.

CIA 정세 분석관 서정연이다.

서정연은 반바지에 반팔 셔츠 차림이었는데 발에는 샌들을 신었다.

그러나 손에 꽤 무거워 보이는 가방을 들었다. 자료가 든 가방이다.

응접실로 들어선 서정연이 창밖의 바다를 보더니 감탄했다.

"좋은 별장이에요. 단장님 소유인가요?"

"아니, 회사에서 지급한 별장이야. 아마 이런 별장이 랜드에 1백 개도 넘을 거야."

"그럼 보스도 리스타에서 1백 명 안에 드는 거물이란 말이군요."

"그런 거에 신경을 쓰고 있나?"

"내 보스가 그런 거물이면 내 위상도 올라가니까요."

이동욱이 정색하고 앞에 앉은 서정연을 보았다.

한쪽 다리를 꼬고 앉아서 매끈한 다리가 허벅지 안쪽까지 드러났다.

짧은 반바지다. 치마를 입었다면 팬티가 드러날 자세다.

"왜요? 거슬려요?"

이동욱의 시선을 받은 서정연이 다리를 내리면서 웃었다.

"무슨 말야? 네 보스라니?"

"난 CIA에 사직계 냈어요. 윌슨 부장이 허가를 해준 거죠. 해밀턴 사장이 직접 윌슨 부장한테 부탁을 했거든요."

서정연이 말을 이었다.

"보스의 새 정책 보좌관으로 임명된 거죠. 많이 도움이 될 겁니다."

"……."

"보스 주변의 여자들이 다 죽어 나갔다는 내력도 들었습니다. 그중에는 깊은 관계인 여자도 있었다는군요."

그때 이동욱이 길게 숨을 뱉었다.

"이젠 신경 쓰는 것도 지쳤다."

서정연이 가방을 열더니 서류를 꺼내 내밀었다.

"제 이력서예요. 해밀턴 사장께 제출했지만 이건 보스께 드리려고 다시 쓴 겁니다."

"어, 그래?"

"이력서를 읽어 보실 동안, 별장 구경이나 하고 있을게요."

자리에서 일어선 서정연이 베란다로 나가더니 보이지 않았다.

베란다 계단을 내려가면 바로 모래사장이다. 창밖은 어둠이 덮이는 중이었고 수평선 위쪽은 붉게 물들어 있다.

이동욱이 서류를 들었다.

한글로 타이핑된 이력서였으니 '이동욱 용'이다.

서정연. 33세.

프린스턴대 경제학과 졸, 학사. 대학 졸업 후 CIA에 입사(24세).

28세 때 CIA 동료와 결혼. 1년 만인 29세 때 이혼.

그 후로 현재까지 CIA에 근무.

정세 분석관으로 근무하다가 퇴사함.

가족 관계.

한국 이민 3세대.

부친 서장환(63세). LA에서 전자업체 운영.

모친 유미옥(60세).

동생 서영수(30세). 영화업체 종사.

서정연의 성격.

긍정적, 낙관적, 끈기가 있고 집중력이 강함.

한국, 한민족에 대한 애정이 많음.

그것이 이번 리스타에 입사한 동기가 되었음.

리스타에 대한 서정연의 기대.

리스타가 한국, 한민족을 대신하여 세상을 지배해야 된다고 믿음. 또한 그 기회가 되었다고 확신함. 그것이 입사 동기임.

서류를 내려놓은 이동욱이 길게 숨을 뱉었다.

이건 난데없다는 생각이 든 것이다.

이런 여자는 물론, 남자조차 만난 적이 없다. 설령 그런 생각을 품고 있더라도 이렇게 대놓고 써서 입장을 내놓은 사람은 처음이다.

이동욱이 이맛살을 모으고 앞쪽을 보았다.

나는 무엇인가?

내가 리스타에서 일하는 목적은?

잠깐 동안 자신을 돌이켜보게 된 것이다.

서정연이 돌아왔을 때는 30분쯤 후다.

베란다로부터 나타난 서정연이 앞쪽에 앉더니 웃음 띤 얼굴로 물었다.

"읽어 보셨어요?"

"생각할 시간이 좀 있었어."

"그렇군요."

서정연이 반짝이는 눈으로 이동욱을 보았다.

이야기해 보라는 표정이다.

그때 이동욱이 쓴웃음을 지었다.

"너에 대해서 약간 알게 되었어. 하고 싶은 일이 많다는 것도 알았고."

"잘 보셨네요."

"네가 이혼한 이유는 밝히지 않았구만."

"착한 남자였어요. 지금도 CIA에서 근무하고 있는데……."

서정연이 말을 이었다.

"관리과에서 예산관리를 맡고 있어요."

"그렇군."

이동욱이 고개를 끄덕였다.

"안정된 직책을 맡고 있었구먼그래."

"그래요. 그 사람을 떠난 이유는 그것뿐이죠. 안정된 직책에서 안정된 생활을 보장받은 그 인생이 싫었으니까."

"자신이 좋아하는 일을 하는 것이 행복한 거야."

"제가 잘못한 거죠. 그 사람의 요구에 맞추지 못했으니까."

"난 결혼생활을 안 해봐서 누가 잘못했는지 판단 못 하겠다."

"해밀턴 사장은 제 이상에 맞는 상대가 보스인 것으로 알고 계신 것 같습니다."

"아마 그런 것 같다."

"보스 생각은 어떠세요?"

"무슨 말이야?"

"제가 마음에 드세요?"

눈의 초점을 잡은 이동욱이 서정연을 보았다.

그 순간, 이동욱의 눈앞에 여자들이 스치고 지나갔다.

맨 나중에 죽은 김여진의 얼굴이 떠올랐다가 사라졌다.

이윽고 눈의 초점을 잡은 이동욱이 말했다.

"미국 이름이 뭐야?"

"캐서린 서입니다."

"캐서린이 미국에선 그런 식으로 남자들을 상대했나?"

"예, 보스."

"넌 내가 리스타의 후계자 명단에 올라있다는 것도 아는 것 같구만."

"해밀턴 사장이 말해주셨습니다."

"내 보좌관이 곧 내 파트너 역할로 발전될 수도 있다는 암시도 받았겠고."

"예, 보스."

"넌 거부하지 않고 받아들였나?"

"아닙니다."

정색한 서정연이 말을 이었다.

"어제 이곳에 왔을 때 보스를 만나고 나서 결정했습니다. 그래서……."

"……."

"해밀턴 사장께 보스의 보좌관이 되겠다고 말씀드린 거죠. 저도 선택권이 있었습니다."

이동욱이 똑바로 서정연을 보았다.

이제는 자신이 선택할 차례다.

알바그다디가 웃음 띤 얼굴로 사또를 보았다.

오후 6시 반.

이곳은 포트사이드의 부둣가에 위치한 안가 응접실 안.

"사또 씨, 서로의 이해가 맞으면 동지가 되는 법이지요. 나도 수없이 그런 인연을 맺었다가 끊곤 했습니다."

알바그다디가 말을 이었다.

"이제는 일본과 이해가 맞은 셈이지요."

"바로 용건이 나와서 다행입니다. 알바그다디 님도 실용적이시군요."

사또가 정색하고 알바그다디를 보았다.

"우선 작전비를 지원해드리지요. 5백만 불을 드리겠습니다."

주머니에서 쪽지를 꺼낸 사또가 탁자 위로 밀어 놓았다.

"5개 계좌번호로 1백만 불씩 입금되어 있습니다. 각각 코드번호와 비밀번호가 적혀 있으니까 그것만 불러주면 출금이 될 겁니다."

"고맙습니다."

알바그다디가 쪽지를 집어 들고 살펴본 후에 고개를 끄덕였다.

"평소에 일본을 동경하고 있었습니다. 이제는 일본도 미국의 지배에서 벗어나 세계에 진출해야 된다고 생각합니다."

"감사하신 말씀."

사또가 어깨를 부풀렸다가 내렸다.

40대 중반쯤의 사또 에이사쿠는 대머리에 육중한 체격으로 카이로 주재 일본대사관의 영사다.

사또가 말을 이었다.

"지금 북한의 이민단 조직이 내분에 휩싸여 있어요. 그건 이동욱 측의 공작이 먹혔기 때문인데 반전시켜야 됩니다. 북한 조직이 무너지면 리스타는 단숨에 아프리카를 석권하게 될 테니까."

"그렇군."

"우리 일본은 병력을 지원할 입장이 못 됩니다. 북한이 리스타 조직과의 전쟁에서 선봉을 맡아야 되는데 지금은 정치국장이 살인 혐의로 체포된 상황이오."

"알고 있어요, 사또 씨."

"지금 정치국장 대리가 되어 있는 부국장 윤군필이 리스타가 내세운 로봇이오. 리스타가 조종하고 있단 말이오."

알바그다디가 숨을 들이켰다.

사또의 정보력에 압도당한 것이다.

그때 사또가 알바그다디를 보았다.

"알바그다디 씨, 우선 IS도 내부 정리를 해야겠지요?"

순간 알바그다디가 외면했다.

지금 무사르와 전쟁 중인 것이다.

오사마의 유언이 공개된 후로 IS는 분열되었다. 무사르파와 알바그다디파다.

알바그다디가 오사마 시절부터 지도자 대리 역할을 해왔지만 지금은 무사르를 따르는 대원들이 늘어나는 추세다. 오사마의 유언이 먹히고 있는 것이다.

그때 알바그다디가 고개를 들었다.

"곧 정리가 될 겁니다."

알바그다디의 얼굴에 쓴웃음이 번졌다.

"무사르가 권력을 잡으려고 안간힘을 쓰지만 곧 제거될 겁니다."

"그럼."

자리에서 일어선 사또가 손을 내밀었다.

"수시로 정보를 드리도록 하지요."

"기대에 어긋나지 않도록 최선을 다하겠습니다."

알바그다디가 사또의 손을 잡고는 허리를 숙였다.

돌아가는 차 안에서 사또가 이곳까지 수행해 온 부영사 다케시다에게 말했다.

"우리 배후에 미국 보수 세력이 도사리고 있다는 것을 안다면 알바그다디가 기절할 거야."

사또의 얼굴에 쓴웃음이 번졌다.

"CIA의 정보도 보수 세력으로 흘러간다는 것을 알면 한 번 더 기절하겠지."

"무사르가 거처를 계속 옮기고 있지만, 곧 드러날 겁니다."

다케시다가 말을 이었다.

"무사르는 알바그다디의 정보원이었던 팀장 하나를 처단했지만 아직도 팀에 정보원이 남아 있거든요."

"알바그다디가 더 이용가치가 있어."

사또가 말을 이었다.

"무사르는 행동대장으로 너무 악행을 저질렀어. 미국 보수층에서 그놈을 싫어해."

이것이 무사르를 택하지 않은 이유다.

일본의 뒤에는 미국 보수층이 도사리고 있는 것이다.

"언제 오신다는 거요?"

전한성이 묻자 박기준이 고개를 기울였다.

"글쎄, 하루에 한 번쯤 전화는 오는데."

"윤군필을 만나 북한계 조직을 확실하게 굳혀야 할 때가 되었어요."

박기준이 고개를 끄덕였다.

이집트의 북한계 이민 조직은 무너졌다.

정치국장 최용호를 살인과 시체 유기 지시 혐의로 경찰이 구속했다. 시체 유기에 관련되었던 북한계 공작원 4명까지 함께 구속된 것이다.

이제 정치국원 12명 중에서 6명을 포섭한 상황이다.

카이로의 리스타연합 사무실 안이다.

전한성이 테이블 위에 서류를 펼쳐 놓으면서 말했다.

“현재까지 이집트 이민은 9만 명. 북한계는 1만 5천이 되었습니다. 아프리카연방 내의 이민은 65만 명, 북한계는 7만입니다. 두 달 후부터 매달 10만 명 평균으로 북한계는 3만이 될 겁니다.”

고개를 든 전한성이 말을 이었다.

“북한이 이집트 정치국 중심으로 이민을 통제하는 터라 곧 고위층과 간부들이 보강된다는 겁니다.”

박기준이 고개를 끄덕였다.

북한계 이민자 2백 만을 지휘할 통제본부다. 그것을 북한군 중좌 출신인 윤군필에게 맡겨둘 리는 없다. 실무 책임자 급으로 운용할 것이다.

“이동욱에 대해서 잘 알겠지만.”

먼저 그렇게 전제하고 나서 해밀턴이 말을 이었다.

“이동욱은 중국의 체제 전환을 이끌어낸 주역이야. 이동욱이 중심이 되어서, 이동욱이 선두에 서서 그 대국(大國)을 뒤집어버린 거야. 역사에 남을 대업이지만, 비밀 작전이었기 때문에 몇 명만 알지.”

“저도 압니다.”

서정연이 대답했다.

리스타랜드, 바닷가에 위치한 해밀턴의 별장이다.

오늘은 해밀턴이 서정연을 부른 것이다.

오전 10시 반.

둘은 베란다의 의자에 나란히 앉아 있다.

서정연이 말을 이었다.

"CIA에서도 이동욱의 행적을 연구 과제로 삼고 있을 정도니까요."

"그런데 지금은 이동욱의 의욕이 떨어져 있는 것이 문제야."

바다를 응시한 채 해밀턴이 말을 이었다.

"측근에 있던 보좌관이 피살당했고 리스타아프리카를 이제는 북한뿐만 아니라 일본과 미국 보수 세력까지 견제하기 시작했어. 이런 상황인데……."

"……."

"이동욱에게 의욕을 불러 일으켜야 돼."

서정연이 고개를 끄덕였다.

이동욱한테서 그 분위기를 느꼈기 때문이다.

"네가 보좌관으로 그 역할까지 맡아줘야겠다."

"예, 사장님."

"리스타아프리카는 이동욱이 마무리를 해야 돼. 시작했으니까 마무리도 해야지."

해밀턴이 고개를 돌려 서정연을 보았다.

"부탁한다."

"어제 이동욱 씨를 만나 이야기를 했습니다. 이동욱 씨도 제 역할을 알고 있는 것 같았습니다."

"당연히 알겠지."

"최선을 다하겠습니다."

"맡기겠다."

해밀턴이 부드러운 시선으로 서정연을 보았다.

"회장님께서는 네가 이동욱을 안정시켜 주기를 바라는 것 같았어."

서정연은 웃기만 했다.

그것까지는 자신할 수가 없기도 했다. 안정이라니.

다음 날, 오전 10시가 되었을 때 리스타랜드의 공항에서 리스타 마크가 붙은 전용기가 떠올랐다.

전용기의 소파에 앉은 이동욱이 시트벨트 사인이 꺼졌을 때 앞에 앉은 서정연에게 말했다.

"내 일생에서 처음 갖는 긴 휴가였어. 이번 리스타랜드에서의 휴가가 말야."

"며칠이었는데요?"

놀란 서정연이 묻자 이동욱이 손가락을 꼽더니 대답했다.

"6일."

"6일이 가장 길었단 말이죠?"

"그래. 그전에는 3일이었거든."

"바쁘게 사셨네요."

"한 달 휴가를 받은 적도 있었는데 이틀 쉬고 귀대했다."

이동욱의 얼굴에 쓴웃음이 번졌다.

"지금은 굳었던 몸이 좀 부드러워진 것 같다."

"그동안의 카이로 상황 보고가 왔는데 여기서 보고 드릴까요?"

"아니, 카이로에 가서 받도록 하지."

소파에 등을 붙인 이동욱이 말했을 때 서정연이 눈웃음을 쳤다.

"과연, 달라지셨네요."

그때 이동욱이 눈썹을 모으고는 앞에 앉은 서정연을 보았다.

"너도 달라졌는데."

이동욱의 시선을 받은 서정연이 다리를 모으고는 두 손을 무릎 위에 올려놓았다.

서정연은 진주색 원피스 차림으로 머리는 뒤로 묶었고 엷게 화장을 했다. 갸름한 얼굴형에 눈꼬리가 조금 솟은 눈, 곧은 콧날과 굳게 다문 입술의 선이 선명했다.

서정연이 눈웃음을 치면서 물었다.

"어제 해밀턴 사장을 만났는데 뭐라고 하신 줄 알아요?"

이동욱은 시선만 주었고 서정연이 말을 이었다.

"저한테 맡기겠대요, 보스를. 안정시키는 역할까지 기대한다는데요."

"여긴 아부키르의 안가입니다. 바닷가 2층 집이어서 찾기 쉽습니다."

사내의 목소리가 수화구를 울렸다.

"어제 세 번째로 안가를 옮겼는데 흰색 페인트를 칠한 2층 집입니다. 부속채가 옆쪽에 있는데 옆 마당에서 바다로 통합니다."

전화기를 고쳐 쥔 유크로가 물었다.

"안가의 인원은?"

"2개 팀, 18명. 그리고 지도부 5명까지 포함해서 23명입니다."

오후 5시 반.

지금 유크로는 포트사이드의 안가에서 전화를 받는다.

그때 사내가 말을 이었다.

"나까지 포함해서 말입니다."

23명 중 하나인 것이다.

"갓댐. 여기로군."

상황판에 비친 위성사진을 대번에 확인했을 때 곧 흰 페인트를 칠한 2층 저택이 드러났다.

생생한 사진. 방금 통신 도청을 한 후에 위성으로 아부키르의 안가를 찾아낸 것이다. 아부키르는 바닷가로 알렉산드리아 동쪽 25킬로 지점에 위치한 항구도시다.

이곳에 무사르의 일당이 숨어있는 것이다.

모리스가 옆에 선 퍼킨슨에게 물었다.

"대위, 이걸 알고 있는 사람은 몇 명이나 되지?"

"예, 저하고 담당 하사관 키튼 중사하고 둘이 사진을 전송 받았습니다."

"좋아."

다시 화면을 본 모리스가 퍼킨슨에게 지시했다.

"저거, 기밀로 해."

"알겠습니다."

"CIA 내부에서도 자료가 새어 나간다는 정보가 있어."

"예, 중령님."

"키튼한테도 주의를 주고."

다짐하듯 말한 모리스가 자리에서 일어섰다.

한 시간 반 후인 오후 6시 반.

사복 차림의 모리스가 카이로 구시가지의 알하야드 모스크 뒤쪽의 물담배 가게로 들어섰다. 연기가 자욱한 가게 안에는 손님들이 차 있었지만 안에서 손을 드는 사내가 보였다.

모리스가 다가가자 물담배를 들고 있던 사내가 고개를 끄덕였다.

"중령, 연락 주셔서 고맙습니다."

"실은 내 동료가 리스타에 있어요."

옆쪽 빈 의자에 앉으면서 모리스가 주위를 둘러보았다.

모두 아랍인으로 몽롱한 얼굴을 한 채 물담배를 빠는 중이다.

그때 모리스가 말했다.

"무사르의 은신처를 알아냈습니다."

순간 전한성이 숨을 들이켰다.

모리스는 카이로 외곽에 주둔한 미 공군 37정찰대의 부대장이다.

정찰대는 중동 지역을 감시하는 정찰위성과 도청용 위성을 관리하고 있었는데 최근 CIA의 요청을 받아 무사르와 알바그다디를 추적하는 중이다.

전한성의 시선을 받은 모리스가 목소리를 낮췄다.

"무사르의 부하가 배신해서 알바그다디의 부하에게 통화하는 내용을 도청한 것이죠."

"……."

"그 도청 장소를 정찰 위성으로 찍은 겁니다."

물담배 가게 안에서 모리스의 눈이 번들거리고 있다.

"알바그다디 측으로 정보가 새어 나갔으니까 무사르는 곧 당할 겁니다."

그때 전한성이 고개를 끄덕였다.

"고맙소, 중령. 사례를 하지요."

모리스는 웃기만 했는데 당연히 받겠다는 표시다.

오후 7시 반.

이동욱이 전한성의 보고를 받는다.

리스타랜드에서 돌아온 지 3시간밖에 되지 않았다.

안가의 응접실 안.

소파에는 서정연과 박기준까지 넷이 둘러앉아 있다.

보고를 마친 전한성이 고개를 들었을 때 이동욱이 말했다.

"알바그다디가 기습해서 무사르를 몰사시키라고 하지."

"그렇게 하는 것이 낫겠습니다."

박기준이 동의했다.

"그러고 나서 알바그다디를 치면 됩니다."

이동욱이 고개를 끄덕였을 때다.

서정연이 입을 열었다.

"무사르에게 이 사실을 알려주는 것이 어떻겠습니까?"

순간, 모두 숨을 죽였고 서정연이 말을 이었다.

"무사르가 죽는 것보다 우리들의 병사가 되는 것이 낫습니다."

"……."

"무사르를 시켜 알바그다디를, 그리고 반대 세력을 치는 것이죠."

서정연이 반짝이는 눈으로 이동욱을 보았다.

"무사르가 북한을, 일본을, 그리고 CIA의 반(反)리스타 세력을 처단하는 것입니다."

그때 이동욱이 고개를 끄덕였다.

"보좌관의 작전대로 하자. 하지만."

이동욱이 똑바로 서정연을 보았다.

"무사르에게 접근하는 방법은? 측근 중에 알바그다디의 정보원이 있는데 그 놈까지 제치고 접근해야 되지 않아? 그리고 시간이 촉박하다."

밤 10시 반.

고르만과 함께 안가 2층 응접실에 앉아 있던 무사르가 벨소리를 들었다.

탁자 위에 놓인 전화기다.

무사르가 전화기를 들었다.

이 전화는 심복 서너 명만 사용하고 있는 것이다. 사흘 전에 이곳으로 옮겼는데 집에 딸린 전화기다.

고르만의 시선을 받은 무사르가 전화기를 귀에 붙였다.

"여보세요."

사내의 목소리가 울렸다.

"누구야?"

무사르가 묻자 사내의 말이 이어졌다.

"무사르 씨, 잘 들어."

"넌 누군데?"

"난 리스타의 박기준이란 사람이야."

순간, 숨을 들이켠 무사르가 앞에 앉은 고르만을 보았다.

그때 박기준이 말했다.

"무사르, 잘 들어. 네 부하 중 하나가 배신을 해서 네 안가 위치가 알바그다디에게 알려졌다. 그것이 5시간 전이야."

"……."

"지금쯤 알바그다디가 네 안가로 기습조를 파견했을 거야. 그러니까 지금 당장 너 혼자만이라도 피신하는 것이 낫다."

그러더니 덧붙였다.

"증거로 이 녹음테이프를 들려 줄 테니까 너 혼자만 들어, 자."

그러더니 곧 다른 사내의 목소리가 울렸다.

"여긴 아부키르의 안가입니다. 바닷가 2층 집이어서 찾기 쉽습니다."

무사르가 숨을 들이켰다.

"어제 세 번째로 안가를 옮겼는데 흰색 페인트를 칠한 2층 집입니다. 부속채가 옆쪽에 있는데 옆 마당에서 바다로 통합니다."

측근 아르하드의 목소리다.

그때 다른 목소리.

"안가의 인원은?"

"2개 팀, 18명. 그리고 지도부 5명까지 포함해서 23명입니다."

그러더니 덧붙인다.

"나까지 포함해서 말입니다."

무사르가 전화기를 귀에서 떼었더니 고르만이 묻는다.

"누굽니까?"

11시 40분.

유크로가 기다리던 전화를 받았다.

타그라비다. 타그라비는 마그란과 함께 아부키르에 가 있을 것이었다.

그때 타그라비가 대뜸 말했다.

"유크로 씨, 안가가 텅 비었어."

유크로는 숨을 들이켰고 타그라비가 말을 이었다.

"문까지 활짝 열려 있어. 어떻게 된 거야?"

"그걸 내가 아나?"

버럭 소리친 유크로가 다시 물었다.

"집이 비었어?"

"텅 비었어."

"젠장."

"어떻게 할까? 기다려?"

"지금 어딘데?"

"저격 위치."

"그럼 좀 거기 있어 봐."

"발각된 거면 우리가 위험하잖아."

잠깐 망설였던 유크로가 소리쳤다.

"좋아. 철수해."

그러자 타그라비가 한마디 했다.

"정보 똑바로 받으라고."

전화기를 귀에서 뗀 유크로가 어깨를 늘어뜨렸다.

온몸에 한기가 덮였기 때문이다.

유크로의 보고를 들은 알바그다디가 눈을 크게 떴다가 어금니를 물었다.

"그렇다면 우리 쪽 위치가 탄로 났다는 거다."

"무슨 말씀입니까?"

아직도 한기가 가시지 않은 유크로가 묻자 알바그다디는 어금니를 물었다.

"예감이 심상치 않아. 이동욱이 오늘 돌아왔지?"

"예, 오후에 돌아왔습니다."

"옮기자."

"예?"

"지금 당장 옮기자."

알바그다디가 벌떡 일어섰다.

아부키르 남쪽의 키프르 살림. 직선거리로는 20킬로 남짓이지만 이곳까지 오는 데 2시간이 걸렸다. 알렉산드리아를 거쳐서 남하했기 때문이다.

이곳은 임시로 빌린 민가. 부속채가 2채나 있는 민가였는데 주인 가족은 부속채로 옮겨 갔다.

본채의 응접실에 둘러앉은 간부급 대원은 6명, 모두 긴장한 표정이다.

무사르는 아직 터번도 풀지 않았다.

벽에 등을 붙이고 앉은 무사르가 입을 열었다.

"우리 안가가 발각되었어. 지금쯤 안가가 빈 것을 안 알바그다디의 해결사들이 당혹해할 것이다."

모두 눈만 껌벅였고 무사르가 말을 이었다.

"아슈말에 이어서 배신자가 있다. 우리 거처를 알바그다디에게 알려준 배신자가 있어."

그때 응접실로 무사르의 경호원 하발과 주르치가 들어서더니 뒤쪽 벽에 붙어 섰다. 간부들의 등을 보고 선 것이다.

무사르가 길게 숨을 뱉었다.

"지도자 오사마 님을 배신하고 IS를 장악하려는 알바그다디하고 내통하다니. 나를 두 번 배신하는 꼴이다."

고개를 든 무사르가 여섯을 하나씩 둘러보았다.

"형제들이여, 너희들 중에 있다면 지금 말해다오. 내가 용서하겠다."

"……."

"알바그다디의 간교한 술책에 넘어갔다고 내가 이해해줄 테다. 형제여, 지금 말해다오."

무사르가 번들거리는 눈으로 간부들을 하나씩 둘러보았다.

"형제여, 부탁한다. 말해주지 않겠는가?"

그러나 여섯은 무사르를 응시한 채 입을 열지 않는다. 무사르의 시선을 피하는 간부도 없다.

그때 무사르가 길게 숨을 뱉고 나서 고개를 들었다.

"아르하드."

그 순간, 모두의 시선이 왼쪽 끝에 앉은 사내에게로 옮겨졌다.

아르하드다.

30세. 지금까지 무사르와 함께 수십 번 전투를 치른 용사. 무사르가 목숨을 구해준 적도 2번이나 있다. 짙은 수염으로 덮은 검은 얼굴이 굳어졌고 눈은 한껏 치켜뜨고 있다.

아르하드가 어깨를 폈다.

"예, 무사르 님."

"네가 유크로에게 정보를 주었느냐?"

"아닙니다."

아르하드가 고개까지 저었다.

"제가 그럴 리가 있습니까?"

목소리가 차분하다.

무사르가 고개를 끄덕이더니 다시 물었다.

"오늘 오후 4시에 어디 다녀왔느냐?"

"예, 담배를 사러 나갔습니다."

"둘씩 나가는 규칙을 어기고 혼자 나갔더구나."

"급해서 그랬습니다."

"아르하드."

"예, 무사르 님."

"네 형님, 만티와 나는 형제 같은 사이였다. 알고 있지?"

"예, 무사르 님."

"네 어머니는 나에게 어머니 같은 분이셨다."

무사르의 여자 같은 얼굴이 일그러졌다.

그때 무사르가 주머니에서 녹음기를 꺼내더니 버튼을 눌렀다.

그러자 곧 녹음기에서 아르하드의 목소리가 울렸다.

"여긴 아부키르의 안가입니다. 바닷가 2층 집이어서 찾기 쉽습니다."

그때 뒤쪽에 서 있던 하발과 주르치가 다가오더니 아르하드의 뒤에 섰다.

다시 아르하드의 목소리가 이어졌다.

"어제 세 번째로 안가를 옮겼는데 흰색 페인트를 칠한 2층 집입니다. 부속채가 옆쪽에 있는데 옆 마당에서 바다로 통합니다."

"안가의 인원은?"

"2개 팀, 18명. 그리고 지도부 5명까지 포함해서 23명입니다."

그때 무사르가 버튼을 눌러 녹음을 껐다.

전화기에는 녹음 장치가 되어 있었던 것이다.

고개를 든 무사르가 아르하드를 보았다. 가라앉은 표정이다.

"아르하드."

"예, 무사르 님."

아르하드의 목소리도 차분하다.

"할 말이 있느냐?"

"없습니다."

고개를 저은 아르하드가 말을 이었다.

"제 머리를 베어서 알바그다디에게 보내주십시오."

"죽은 머리통이라도 알바그다디의 품에 안기고 싶으냐?"

"그래야 제 어머니, 여동생 둘이 살아납니다. 조카 셋까지 여섯 식구군요."

"무슨 말이냐?"

"알바그다디가 파키스탄 난민 수용소에 있던 제 가족을 빼내 보호하고 있습니다. 인질인 셈이지요."

아르하드가 말을 이었다.

"가족 6명의 목숨이 알바그다디의 손끝에 달려있지요. 제 머리통을 보면 제 가족이 살아날 것 같아서요."

뒤에 서 있던 하발과 주르치도 아연했고 씨근거리던 주위 간부들의 숨소리도 어느덧 들리지 않았다.

무사르의 얼굴에 쓴웃음이 번졌다.

"무사르는 키프르 살림으로 옮겼습니다."

이번에는 서정연이 보고했다. 박기준한테 들은 것이다.

"무사르의 안가를 카이로에 만들어 놓을 예정입니다. 내일 중으로 옮겨오도록 하겠어요."

이동욱이 고개만 끄덕였고 서정연이 말을 이었다.

"당분간 무사르는 잠적한 것으로 보이도록 하지요."

"북한 조직이 문제야."

"예, 내일 윤군필을 만나기로 했으니까 더 자세한 내막을 알게 되겠지요."

서정연이 바로 대답했다.

밤 12시 반.

안가의 응접실에는 둘이 마주 보고 앉아 있다.

그때 이동욱이 자리에서 일어섰다.

"돌아오자마자 전쟁이 시작되는군. 그런데 넌, 마치 물 만난 고기처럼 싱싱하구나."

칭찬의 말이지만 표정은 굳어 있다.

알바그다디의 새 안가는 이스마일리아다.

카이로에서 더 가까운 곳으로 옮긴 것이다. 무사르의 기습이 실패한 후에 황급히 옮긴 것이어서 안가는 허름한 단층 주택으로 주인 가족과 동거하게 되었다.

이제 알바그다디의 무리도 15명이 되었는데 그동안 파키스탄, 시리아, 팔레스타인 등에서 하나둘씩 모인 것이다.

"카이로로 옮기겠다."

이틀째가 되는 날, 알바그다디가 간부들에게 말했다.

"무사르가 아르하드의 배신을 알아챈 거야. 아르하드는 처형당했을 테니 더 이상 정보를 기대할 건 없어."

"우리가 난민촌을 장악하고 있는 한, 무사르는 마음을 놓지 못할 겁니다."

유크로가 위로하듯 말했지만 분위기는 가라앉아 있다.

무사르가 살아있는 한, 반(反)알바그다디 분위기는 사라지지 않을 것이었다.

지금도 무사르가 퍼뜨린 오사마 녹음테이프는 난민촌과 파키스탄의 IS 지지 세력 사이에 돌아다니고 있다. IS 대원, 지지자 대부분이 오사마의 유언을 들은 상태다.

그때 고개를 든 알바그다디가 말했다.

"우리 배후에는 일본, 북한, 그리고 미국의 보수 세력이 있어. CIA 내부에서도 우리 동조 세력이 있단 말이야. 너희들도 그것을 알아야 돼."

알바그다디의 두 눈이 번들거렸다.

맞는 말이다. 그리고 그들은 모두 알바그다디의 지도력을 신임하기 때문에 지원하는 것이다.

오후 6시. 카이로, 게지라 섬의 알게지라 세라턴 호텔 17층의 로비라운지 밀실의 원탁에 여섯이 둘러앉아 있다.

이동욱과 무사르 일행이다.

무사르는 한드록과 고르만을 좌우에 배석시켰고 이동욱은 서정연과 박기준을 대동했다.

어색한 인사를 마쳤을 때 이동욱이 먼저 입을 열었다.

"당분간은 우리들의 지원을 받으면서 카이로에 은신하는 것이 나을 거요."

무사르가 고개를 끄덕였고 이동욱이 말을 이었다.

"우리는 당신이 IS의 지도자가 되도록 지원할 예정입니다."

"알겠습니다만……."

어깨를 부풀렸다가 내린 무사르가 이동욱을 보았다. 부드러운 시선이다.

"이제야 얼굴을 뵙게 되는군요."

"앞으로 자주 만날 수 있을 겁니다."

"내가 IS의 지도자가 될 생각은 없습니다. 오사마 님의 유언을 수행하고 끝낼 겁니다."

그때 이동욱이 정색했다.

"내가 직접 오사마 님의 유언을 받았어요."

무사르가 숨을 들이켰고 이동욱의 말이 이어졌다.

"내가 지하 비밀 통로에서 만났는데 내 앞에서 유언을 남긴 거요."

"그렇군요."

무사르가 천천히 고개를 끄덕였다.

"그런 줄은 짐작하고 있었습니다."

"끝까지 차분했고 흐트러지지 않는 분이셨소."

"……."

"그때의 의연했던 모습을 전해드릴 수가 있어서 나도 다행이오."

그때 무사르가 길게 숨을 뱉더니 고개를 들었다.

"인연이 이렇게 얽히는군요."

"누구시오?"

방으로 들어선 세 사내를 보고 윤군필이 눈을 치켜떴다.

이곳은 카이로 신시가지에 위치한 '평양식당'의 뒤쪽 사무실이다.

그때 가운데에 선 사내가 얼굴을 펴고 웃었다.

"갑자기 와서 놀란 것 같네. 난 평양에서 온 김재일 중장이야. 이번에 아프리카연방의 총정치국장으로 임명되었어."

"아, 그렇습니까?"

자리에서 일어선 윤군필이 사내를 보았다.

50대 초반쯤의 건장한 체격, 말쑥한 양복 차림. 좌우의 두 사내는 수행원 같다.

윤군필이 조심스럽게 사내에게 물었다.

"그런데 저는 본국으로부터 아무런 통보를 받지 못했는데요."

"당연하지."

쓴웃음을 지은 사내가 앞쪽 자리에 앉았다. 그러고는 뒤에 선 두 사내를 눈으로 가리켰다.

"이 사람들은 신임 정치위원으로 내 보좌역들이네."

"아, 그렇습니까?"

윤군필이 어정쩡한 모습으로 서 있을 때다.

방문이 열리더니 비서가 들어왔다.

"국장님, 평양에서 전화가 왔습니다."

비서는 당황한 표정이다.

"호위총국장 동지입니다."

놀란 윤군필이 비서가 건네주는 전화기를 귀에 붙였다.

호위총국장 장성달은 이번 북한 이민의 주도자다. 이민의 중심 세력이 호위총국 출신이기 때문이다.

"윤군필입니다."

윤군필이 대답했을 때 곧 귀에 익은 장성달의 목소리가 울렸다.

"나 호위총국장인데. 거기, 총정치국장으로 임명된 김재일 중장이 와 있나?"

"예?"

윤군필의 시선이 김재일에게로 옮겨졌다.

"예, 여기 와 계십니다."

"이번에 아프리카연방의 이민 총정치국장으로 임명되었어. 잘 보좌하도록."

"알겠습니다, 국장 동지."

윤군필이 정신없는 표정으로 대답했다.

밤, 10시 반.

카이로 구시가지의 안가, 응접실에서 이동욱이 전한성의 보고를 받는다.

"총정치국장 김재일은 현역 육군 중장으로 호위총국 군단장 출신입니다. 군의 실세지요."

전한성이 말을 이었다.

"호위총국장 장성달의 심복으로 김정일의 신임을 받고 있습니다."

"이집트를 중심으로 북한 이민자들의 조직을 강화시키는 것이죠."

옆에 앉은 서정연이 말했다.

"아마 행동대도 대폭 투입되었을 것입니다. 이미 남북 간 전쟁은 시작되었다고 봐도 되겠죠."

이동욱이 고개를 끄덕였다.

북한, 일본, IS의 알바그다디까지 연합한 세력.

그 배후에서 반(反)한, 반(反)리스타 세력이 된 보수층과의 전쟁이다.

"윤군필과 지금까지 포섭한 정치위원을 보호해야 돼."

이동욱이 말을 이었다.

"결국은 우리가 이긴다. 아프리카까지 날아와서 억압을 받고 싶은 북한인은 없다."

"그렇습니다."

전한성이 동의했다.

"지금도 내부 전향자가 늘어나고 있는 상황이니까요."

전한성은 북한 담당이다.

그날 밤, 소파에 둘이 남았을 때 서정연이 이동욱에게 말했다.

"사또 에이사쿠가 알바그다디를 지원하는 증거를 찾고 있는데요."

"만난 거야?"

"부영사 다케시다가 구시가지의 저택 한 곳을 구입했어요. 본채에다 부속채가 2동이나 되는 대저택인데 일본 대사관에서 무슨 용도로 쓰려는지 의문이군요."

"……."

"더구나 다케시다가 핫산이란 가명을 써서 계약했어요. 1년 임대료로 14만 불을 냈더군요."

서정연이 반짝이는 눈으로 이동욱을 보았다.

다케시다는 사또의 직속 부하다.

"무슨 일일까요?"

"감시해 봐."

이동욱의 눈빛이 흐려졌다.

"알바그다디하고 관련이 있을지 모르니까."

고개를 끄덕인 서정연이 자리에서 일어섰다.

서정연의 침실은 응접실 오른쪽이다. 응접실이 넓었기 때문에 왼쪽에 위치한 이동욱의 침실과는 멀다. 소파 2개를 돌아가야 한다.

이동욱이 침실로 다가가는 서정연의 뒷모습을 무심한 표정으로 보았다.

카다피는 '리스타 아프리카연방'의 '연방 대통령' 역할이다.

연방은 현재 22개국이었으니 '연방 회의'라도 한 번 소집하면 22개국의 대통령, 수상이 모이는 것이다.

카다피로서는 일생 최대의 명예이자 지위인 것이다.

이것은 카다피의 노력이 거의 개입되지 않은 성과였기 때문에 더욱 그렇다. 리스타그룹만의 힘으로 '아프리카연방'이 설립되었기 때문이다. 카다피가 한 역할이라고는 리스타 회장 이광과의 인연으로 리비아를 중심 지역으로 제공한 것뿐이다.

오전 10시 반.

카다피가 트리폴리의 대통령 집무실에서 손님을 맞는다.

손님은 리스타연합의 사장 해밀턴이다. 카다피와 해밀턴은 이제 친구 사이나 같다.

"요즘 이집트가 시끄럽던데."

서로 마주 보고 앉았을 때 카다피가 정색하고 해밀턴을 보았다.

"IS 잔당들이 카이로에 몰려 들어가 있는 것 아닙니까?"

"그런 것 같습니다."

해밀턴의 얼굴에 웃음이 떠올랐다.

"한국에서 북한 이민을 끌어 들였는데 그것이 또 말썽입니다."

"뭔데요?"

"북한이 아프리카에서 세력을 구축하려는 겁니다."

해밀턴이 북한계 조직의 실상을 말해주는 동안 카다피는 숨도 쉬지 않았다.

집무실 안에는 카다피의 측근인 경호실장, 정보국장과 해밀턴의 보좌관까지 5명이 둘러앉아 있다.

이윽고 해밀턴의 말이 끝났을 때 카다피가 길게 숨을 뱉었다.

"한반도가 또 말썽이군. 남북한은 같은 민족이죠?"

"아, 그걸 모르셨습니까?"

해밀턴이 되묻자 카다피가 혀를 찼다.

"내가 왜 모릅니까? 너무 지독해서 그렇지."

카다피가 말을 이었다.

"얼른 통일이 되어야 엄청난 시너지를 받을 텐데 말입니다."

"그렇죠. 그러면 얼마나 좋겠습니까?"

정색한 해밀턴이 카다피를 보았다.

"그래서 말인데요, 대통령 각하."

카다피의 시선을 받은 해밀턴의 말이 이어졌다.

"각하께서 북한계 조직을 공식적으로 단속해주셔야겠습니다."

"당연히."

카다피가 커다랗게 고개를 끄덕였다.

"무슨 말씀인지 알겠어요. 그쯤은 나한테 맡겨주시오."

고개를 돌린 카다피가 정보국장 모칸바시를 보았다.

"국장, 알겠나?"

"예, 각하."

군복 차림의 모칸바시가 상반신을 세웠다.

"리비아에는 북한계 이민자가 1천 명 정도입니다만, 각국의 정보 당국과 긴밀히 협조, 북한계를 단속하겠습니다."

"우리 리스타에서도 정보를 드릴 테니까, '연방 정부'와 정보를 공유하십시다."

해밀턴이 고개를 끄덕이며 대답했다.

'연방 정부'와의 공동 대응이 이번 방문의 목적이다.

저녁 만찬이 끝나고 카다피와 해밀턴은 사막의 모래 위에 양탄자를 깔고 둘이 나란히 앉아 있다. 만찬을 사막에서 한 것이다. 카다피가 좋아하는 사람에게 대하는 방식이다.

별이 휘황하게 반짝이는 것은 하늘이 맑았기 때문이다.

카다피가 말을 이었다.

"리스타의 후계자는 누굽니까?"

"갑자기 그걸 왜 묻습니까?"

하늘을 응시한 채 해밀턴이 웃었다.

"각하께선 리스타 주역이나 마찬가지이신데, 누구라고 생각하십니까?"

"해밀턴 당신이 될 수도 있죠, 리스타그룹 중 가장 핵심 기업의 총수니까."

"농담하지 마시구요."

"부회장 정남희 씨?"

"글쎄요. 아마 본인이 사양하실 겁니다, 이 회장님과 함께 진퇴를 하실 테니까."

"그럼 비서실장 안학태 씨일까?"

"그분도 회장님과 함께 움직이실 겁니다."

"그럼 이동욱이겠군."

"다 알고 계셨으면서 맨 나중에 내놓으시는군요."

"이동욱이 지금 몇 살이오?"

"36세일 겁니다."

"아직 젊군."

"리스타 간부 중에 가장 큰 과업을, 그것도 여러 번 수행해온 중심인물입니다."

"역시 지도자는 운이 붙어야 돼."

카다피가 고개를 끄덕이며 말을 이었다.

"그동안 기라성 같은 거물들이 등장하더니 이동욱에게 조명이 집중되고 있군요."

"그렇군요."

해밀턴의 눈빛도 흐려졌다.

눈앞에 '영웅'들의 얼굴이 스쳐 지나갔기 때문이다.

카다피가 혼잣소리처럼 말했다.

"그럼 이동욱과 내가 같은 배를 탄 입장이군."

맞는 말이다. 공생공사(共生共死)의 입장이 되어 있다.

오전 10시.

카이로, 평양식당 뒤쪽 건물의 사무실에서 총정치국장 김재일이 주관한 정치국원 회의가 열리고 있다.

정치국원은 모두 18명. 본래 12명이었는데 이번에 김재일이 오면서 보강되었다.

윤군필은 이제 3명의 부국장 중 한 명이 되어 있다.

김재일이 먼저 입을 열었다.

"이번에 최용호의 불미스러운 사건으로 조직이 엄청난 타격을 입었어요. 나는 앞으로 그런 불법, 불륜, 부정행위를 용납하지 않을 겁니다."

김재일이 간부들을 둘러보았다.

"이번 사건으로 이집트 당국은 물론, 리스타 쪽에서도 우리를 경계, 감시하고 있다는 것을 여러분은 명심하고 있어야 될 겁니다."

숨을 고른 김재일의 눈빛이 강해졌다.

"그리고 리스타는 우리 조직 내부를 교란, 유인, 붕괴시키려는 음모를 꾸미고 있어요. 나는 그 증거를 갖고 있습니다."

방 안은 숨소리도 나지 않았다. 그만큼 분위기가 살벌했기 때문이다.

김재일의 시선이 다시 위원들을 훑고 지나갔다.

"방심해도, 나태해서도 안 됩니다. 앞으로 그런 반동분자는 즉결 처분을 할 테니까, 여러분들이 앞장서서 지도해주시오."

회의가 끝났을 때는 낮 12시 반.

사무실에서 나온 강영주와 하경애가 택시를 탔다.

"밥도 안 주고 보내네."

하경애가 혼잣소리처럼 말했을 때 강영주는 쓴웃음을 지었다.

"빼앗아 갈 줄만 알았지, 나눠 줄 생각은 없는 인종들이야."

"앞으로 어떻게 하지?"

목소리를 낮춘 하경애가 강영주를 보았다.

"윤군필이 밀려난 것 같지?"

그때 강영주가 뒤를 보더니 운전사에게 말했다.

"알마르다니 모스크로 갑시다."

이집트인 운전사가 고개를 끄덕이더니 속력을 내었다.

하경애가 물었다.

"거긴 이슬람지구 아냐? 거긴, 왜?"

"누굴 만나기로 했어."

"누구?"

"전한성 씨."

하경애가 고개를 끄덕였다. 전한성과는 그동안 두 번 만난 사이다.

알마르다니 모스크는 구시가지의 주와일라 문 근처에 있다.

강영주와 하경애가 모스크 근처의 찻집으로 들어서자 종업원이 다가왔다.

둘은 히잡을 쓰고 있었는데 찻집 안의 시선이 모였다.

"누구 찾으시지?"

"미스터 전."

그러자 종업원이 손으로 안쪽을 가리키며 말했다.

"안채에 계시니까 저 문으로 나가요."

문을 열었더니 마당이 나왔고 단층 저택이 드러났다.

그때 저택 안에서 전한성이 나왔다.

"이쪽으로."

강영주와 하경애의 인사를 받은 전한성이 얼굴을 펴고 웃었다.

"회의가 늦게 끝났네요."

"밥도 못 먹었어요."

강영주가 따라 웃었다.

"안으로 들어갑시다. 그래서 뷔페 식사를 준비해 놓았어요."

주방에는 양고기에 쌀밥, 돼지고기볶음에다 김치, 된장국까지 뷔페 식단이 준비되어 있었다. 셋은 접시에 음식을 담아 놓고 늦은 점심을 먹는다.

"정치국원이 18명이 되었어요."

강영주가 음식을 삼키고 나서 말했다.

"김재일이 앞으로 감시조를 늘릴 겁니다."

"아무리 기를 써도 민심을 바꾸지 못합니다. 민심은 천심입니다."

전한성이 말을 이었다.

"그리고 여긴 이집트요. 한국의 리스타가 주도한 이민단에 여러분이 속해 있는 겁니다. 북한이 아녜요."

둘의 시선을 받은 전한성의 목소리에 열기가 띠어졌다.

"그자들의 공작과 음모는 곧 끝나게 될 겁니다."

식사를 마쳤을 때 전한성이 둘에게 봉투 하나씩을 나눠주었다.

"1만 불씩 들었어요. 사업비 쓰시고, 당에다 세금도 내시고, 그리고."

전한성의 얼굴에 쓴웃음이 번졌다.

"다른 동포들도 포섭하세요."

"감사합니다. 받을게요."

봉투를 쥔 강영주가 웃었다.

"이 돈으로 당의 세금까지 내야 된다니 기가 막히네요."

"기가 막힐 일이 어디 그것뿐인가?"

전한성이 말을 받았다.

아프리카 이민도 북한이 한국 정부에 부탁을 해서 이루어진 것이다.

오후 7시.

하경애와 함께 돌아갔던 강영주가 3시간 만에 다시 왔다.

이곳이 전한성의 대북작업용 안가다.

"기다렸어요?"

강영주가 웃음 띤 얼굴로 묻자 전한성이 잠자코 다가가 두 팔을 벌렸다.

"아휴."

강영주가 수줍게 몸을 비틀었지만 전한성이 허리를 감싸 안았다. 전한성이 고개를 숙이자 강영주가 두 팔로 목을 껴안았다.

그때 전한성이 안은 채 말했다.

"이렇게 만나는 건 공작이 아냐."

강영주는 잠자코 전한성의 품에 안겨 있다.

전한성이 말을 이었다.

"나중에 알게 되겠지."

둘은 어느덧 애인 사이가 되어 있는 것이다.

물론 전한성이 먼저 끌었지만 강영주는 거부하지 않고 끌려들었다.

"다케시다가 구해놓은 저택에 알바그다디가 입주했어요."

오후 8시 반.

이동욱에게 서정연이 보고했다.

이곳은 구시가지의 안가 응접실이다.

서정연의 얼굴에 쓴웃음이 번졌다.

"모두 15명인데 알바그다디의 얼굴까지 확인했습니다."

"지금 감시병은?"

"3명. 박 부장이 맡고 있습니다."

박기준이다.

고개를 끄덕인 이동욱이 서정연을 보았다.

"알바그다디와 일본, 북한까지 연결되어 있어. 이것을 어떻게 처리하는 것이 낫겠어?"

"거기에다 미국 보수 세력도 배후에 있습니다."

서정연의 두 눈이 반짝였다.

"우선 제가 무사르하고 만나겠어요."

"당신한테 맡기겠어."

이동욱이 말을 이었다.

"머리 쓰는 일은 당신이 맡아."

김재일이 웃음 띤 얼굴로 앞에 앉은 사또를 보았다.

"본국에서 지시를 받고 왔습니다. 앞으로 잘 부탁드립니다, 사또 씨."

"오히려 제가."

사또는 한국말을 쓴다. 사또가 지그시 김재일을 보았다.

"국장님은 동원 병력이 얼마나 되시오?"

"동원 병력이라고 했습니까?"

"예. 행동대라고 말해도 되겠군요."

"현재 20명쯤 됩니다만 곧 증원될 것입니다."

"그것 가지고는 리스타를 감당하지 못할 겁니다."

사또가 고개를 저었다.

"현재 이집트에만 북한 이민자가 1만 5천 아닙니까? 지금 리스타와는 전쟁 중입니다."

사또는 김재일에게 '행동'을 바라고 있는 것이다.

이곳은 신시가지의 일본 식당 '오사카' 안, 밤 9시가 되어가고 있다.

사또가 말을 이었다.

"방심하면 안 됩니다. 리스타는 이미 이동욱을 중심으로 전쟁 준비를 해놓은 상황입니다."

"고맙습니다."

김재일이 고개를 끄덕였다.

일본과 북한의 동맹이다.

적의 적은 친구. 어제의 적이 오늘의 친구가 되는 건 보통 일이다.

다음 날 오전 10시.

서정연이 무사르와 마주 보고 앉아 있다.

무사르의 안가에서 가까운 사무실 안이다.

수행원들을 밖에서 기다리게 해놓고 둘만의 독대다. 서정연이 무사르를 불러낸 것이다.

"알바그다디가 카이로로 돌아왔어요."

서정연이 말을 이었다.

"일본에서 저택을 제공했습니다."

"일본이 말입니까?"

서정연이 고개를 끄덕였다.

"거기에다 북한과 미국 보수층 조직의 지원을 받고 있죠."

"……."

"미국은 공식적으로 리스타 아프리카연방을 지지하지만, 보수층 일각에서 리스타와 한국의 급부상을 견제하려는 조직이 결성되었거든요."

"그럼 리스타는 고립된 겁니까?"

"아니, 리스타가 그 정도로 흔들릴 조직이 아니죠."

서정연의 얼굴에 웃음이 떠올랐다.

"모두 한 조각씩을 리스타가 쥐고 있으니까요."

"무슨 말입니까?"

"북한 조직은 잠식하는 중이고, 미국도 마찬가지. 그리고 일본의 기도를 파악하고 있는 데다 IS도 당신을 끌어들였지 않습니까?"

"……."

"다 분쇄시키고 먹어버릴 테니까요."

서정연이 번들거리는 눈으로 무사르를 보았다.

"알바그다디를 제거하면 IS를 장악할 수 있을까요?"

"누가 말입니까?"

"당신이 말입니다."

"난 권력에 대한 욕심이 없습니다."

무사르가 정색했다.

"오사마 님의 원한을 풀면 시리아로 돌아가서 양이나 기르고 살 겁니다."

"무책임한 생각이시군요."

서정연이 싸늘해진 표정으로 말했다.

"IS가 어떻게 되건, 상관하지 않겠다는 말인가요?"

"누가 지도자가 되건, 관심 없습니다."

"IS에 대해서도?"

"그렇습니다. 이슬람 국가는 필요 없습니다. 오사마 님이 살아계실 때나 필요한 IS입니다."

"그럼 지금도 훈련 중인 IS 요원들은? 그리고 당신을 따르는 요원들은?"

"제 갈 길을 가겠지요."

그때 서정연이 고개를 끄덕였다.

"그럼 알바그다디나 제거하세요. 당신의 소원을 풀어드리지요."

서정연이 재킷 주머니에서 쪽지를 꺼내 탁자 위에 놓았다.

"약도예요. 건물 주위에 배치된 경비병까지 표시해 놓았어요."

"감사합니다."

쪽지를 편 무사르가 살펴보더니 고개를 끄덕였다.

"오늘 밤에 끝내지요."

"끝내고 카이로를 떠나실 건가요?"

"그렇습니다. 부하들을 데리고 떠나겠습니다. 더 이상 머물 이유가 없지요."

무사르가 쓴웃음을 지었다.

"그동안 리스타에 너무 피해를 입혔습니다. 미리 사과의 말씀을 드립니다."

돌아오는 차 안에서 서정연이 수행해 온 메이슨에게 말했다.

메이슨이 서정연의 보좌관이 되어 있다.

"오늘 밤, 무사르가 알바그다디를 치고 나서 우리가 사또와 다케시다를 없애도록 하지요."

"사또하고 다케시다 말입니까?"

메이슨이 확인하듯이 물었다. 놀란 듯 굳은 표정이다.

"그래요. 무사르의 소행으로 보이도록 하는 거죠."

서정연이 말을 이었다.

"무사르가 알바그다디를 치면서 그쪽으로부터 일본과의 관계를 알게 된 것이죠."

"……."

"일본 측에 무사르 일당 하나가 전화로 경고를 하는 것으로 마무리 하고."

"알겠습니다."

메이슨이 고개를 여러 번 끄덕였다.

"일본 측에 무사르는 보이지 않는 적으로 남게 되겠습니다."

그때 서정연이 힐끗 메이슨을 보았다.

그러나 입을 열지는 않았다.

그 시간에 알바그다디는 저격수 타그라비와 마그란을 저택으로 불러들였는데 새 임무를 주려는 것이다.

"그놈이 수시로 거처를 옮기는 바람에 우리가 한 걸음 늦었어."

입맛을 다신 알바그다디가 말을 이었다.

"하지만 이번에는 고정 목표야. 리스타 지부의 간부들을 저격해."

"저격합니까?"

타그라비가 묻자 알바그다디는 단호한 표정을 지었다.

"저격으로, 가능하면 많이. 리스타의 업무가 정지될 수준으로 피해를 입혀."

"무차별 살상이군요."

"그래. 그것이 무사르가 저지른 소행이 될 테니까."

"무사르가 말씀입니까?"

"너희들이 빠져 나오면 우리가 이집트 당국에 전화를 할 거다."

"무사르 일당이라면서 우리 짓이라고 하신단 말씀이군요."

"그렇다."

"알겠습니다. 내일 집행하지요."

타그라비가 이를 드러내고 웃었다. 마그란도 고개를 끄덕였다.

"보이는 표적은 다 죽이지요."

전화를 받은 연락원 압둘이 반색을 했다.

오전 11시 반.

"기다리고 있었습니다."

"그래?"

유크로가 뜨악한 목소리로 물었다.

카이로로 거처를 옮기고 나서 처음 압둘에게 연락을 한 것이다.

"연락 온 것이 있어?"

"예, 아르하드가 연락을 했습니다."

"아르하드?"

놀란 유크로의 이맛살이 좁혀졌다.

"그놈, 죽은 거 아냐?"

"아닙니다. 전원 외출 금지 명령이 내려졌기 때문이랍니다."

"외출 금지?"

"예, 그러고 나서 거처 이동을 하는 바람에 조심스러워서 연락을 못 했다고 합니다."

"탄로 난 것이 아냐?"

"상황을 듣고 나니까 탄로 난 것이 아닌 것 같습니다."

"지금 어디라는 거야? 무사르의 새 거처가 말야."

"카이로라는데요."

"카이로?"

알바그다디도 카이로로 옮긴 것이다.

"카이로, 어디?"

"다시 통보해준다고 했습니다. 지금 옮기는 중에 연락을 했다고 합니다."

"알았어."

전화기를 내려놓은 유크로가 심호흡을 했다.

이제 일이 하나씩 풀려가는 것 같다.

무사르의 거처만 알면 앞길이 순탄해진다.

무사르의 거처도 카이로라니.

오후 3시 반.

저택 외곽 경비조인 살람과 무스란이 옷가게 앞에서 지나가는 행인들을 본다. 둘 다 시장 상인 복색으로 손에 홍차 잔을 쥐고 있었는데 이곳은 시장 입구다. 잘 어울린다.

"관광객 중에서 중국인이 절반은 되는 것 같다."

살람이 아는 체를 했다.

"몇 년 전만 해도 한국인이 많았는데."

"그전에는 깃발을 든 일본인 관광객 천지였지."

무스란이 말을 받았다.

그러나 둘은 이야기를 하면서도 눈동자는 쉴 새 없이 움직였다.

시장 건너편 골목의 안가의 입구였기 때문이다.

그때 중국인 관광객 10여 명이 앞쪽으로 지나갔다.

살람과 무스란이 말을 멈추고 시선을 주었을 때다.

갑자기 뒤쪽에서 인기척이 나면서 살람과 무스란이 그 자리에서 쓰러졌다.

주위에서 작은 소동이 일어났다.

"무슨 일이야?"

"그냥 넘어졌어."

이쪽저쪽에서 외침이 울렸고 쓰러진 살람과 무스란의 주위로 사람들이 몰려들었다. 그러더니 곧 놀란 외침이 일어났다.

그사이에 골목 안으로 들어선 1조는 곧장 주택의 정문으로 다가갔다. 정문 앞에는 두 사내가 서 있었는데 쑵 위에다 허름한 양복저고리를 걸쳤다.

저고리 안에 개머리판을 자른 AK-47을 숨겨놓고 있는 것이 표시가 난다.

오후 3시 45분, 아직 한낮이다.

"두르르르르르륵."

그때 소음기를 낀 발사음이 울리더니 둘이 사지를 흔들면서 쓰러졌다.

저택 안에 있던 알바그다디는 발사음을 들었다.

옆쪽에 있던 유크로가 벌떡 일어나 소리쳤다.

"기습이다!"

한낮, 아직 사방이 환한 백주에 기습이라니, 알바그다디도 엉겁결에 따라 일어섰다.

그때 다시 총성이 들렸다.

이번에는 소음기를 끼지 않은 총성이다.

"타타타타타타타타타타."

그 순간, 옆쪽 유리창이 부서지면서 파편이 안으로 쏟아졌다.

이제는 방 안의 수행원들이 납작 엎드렸다.

알바그다디도 마찬가지다.

3장
알바그다디

제2 조는 무사르의 행동대장 고르만이 지휘하고 있다.

모두 3개 조, 18명. 정문과 후문, 좌측 담장을 넘어 3개 방향에서 동시에 진입했다.

고르만은 정문을 맡았는데 정문 앞의 2명을 사살하고 나서 바로 문을 밀치고 뛰어 들어왔다.

고르만은 현관 앞에서 얼쩡대는 두 사람을 향해 AK-47을 난사했다.

둘이 쓰러졌고 곧 대응 사격이 일어났다.

"타타타타탕."

고르만이 엎드리는 바람에 총탄은 맞지 않았다. 그러나 뒤쪽 대원 하나가 쓰러졌다.

"타타탓, 타타타."

기습조가 쏘아대는 총성이 난무했고 곧 앞쪽 총성은 침묵했다.

"쾅!"

응접실 안이 폭발했다.

알바그다디는 막 옆방으로 피신하는 중이어서 무사했다.

이제는 사방에서 요란한 총성이 울리고 있다.

"이쪽으로!"

앞장선 유크로가 소리쳤다. 우선 피신하는 것이다.

알바그다디는 어금니를 물었다.

'이번에는 내가 기습당했다.'

"타타타타타타타."

총탄이 날아와 복도의 벽에 맞아 파편이 튀었다.

잘라드는 2개 조를 이끌고 배후를 맡고 있다. 마무리 작업을 하려는 것이다.

알바그다디의 저택에서 빠져 나오는 통로는 2개다. 그 2개의 통로를 막고 있는 것이다.

1개 조는 5명. 잘라드는 부하 4명을 이끌고 길가의 행인 사이에 끼어 서 있다.

저택과의 거리는 50여 미터.

조금 전부터 요란한 총성과 폭발음이 울렸기 때문에 행인들이 동요하고 있다. 멈춰 서서 그쪽을 기웃거리다가 얼른 도망치는 사람도 있다.

무사르의 3개 조가 저택에 진입했지만 빠져 나오는 놈들도 있을 것이다.

잘라드는 작업복 주머니에 든 베레타를 움켜쥐었다.

이제 골목에 있던 행인들은 다 빠져나왔다. 도망쳐 나오는 놈들은 알바그다디의 일당이다.

응접실로 뛰어든 무사르가 AK-47을 겨누었다.

응접실에는 불길이 치솟고 있다. 방바닥에 시체 2구가 쓰러져 있다.

"옆방으로!"

소리친 무사르가 총구로 옆방을 가리키자 부하 둘이 뛰었다. 저택은 단층이지만 넓다.

그때 먼 쪽에서 요란한 총성이 일어났다. 고르만의 제 2조다.

"타타타타탓."

양쪽에서 쏘는 것이다.

무사르는 어금니를 물었다.

무사르를 지나쳐서 부하들이 달려 나갔다.

"이쪽으로."

유크로가 소리치면서 손으로 샛문을 가리켰다.

저택 안을 전속력으로 달려 반대쪽으로 온 것이다.

폭음과 총성은 계속해서 울리고 있다.

조금 전까지 격렬해졌다가 지금은 조금 줄어들었다.

어느 한쪽이 밀리고 있는 것이다.

그것은 당연히 이쪽이다. 직감으로 느낄 수 있다.

알바그다디가 뒤를 돌아보았다. 둘이 따라오고 있다. 경호원 둘이다.

그때 유크로가 샛문으로 다가가 문을 열었다.

알바그다디가 뒤를 따라 샛문을 나오면서 어금니를 물었다. 다시 네 명이라니.

무사르가 AK-47을 내갈기면서 소리쳤다.

"알바그다디를 찾아라!"

이제 앞을 가로막는 놈들은 없다.

이곳은 저택의 왼쪽. 이렇게 저택이 넓을 줄은 예상 밖이다. 평수로 5, 6백 평은 되는 것 같다. 단층집이지만 길게 붙어 있고 건물이 이쪽저쪽으로 뻗쳐 있다.

"반역자를 찾아라!"

무사르가 다시 악을 썼다.

그렇다. 알바그다디는 반역자다.

지도자 오사마를 사지(死地)에 몰아놓고 도망쳐 나온 반역자인 것이다.

그때 다가온 고르만이 소리쳤다.

"뒤쪽 샛문으로 빠져나갔습니다!"

"이런."

무사르가 고르만이 가리키는 쪽으로 먼저 내달렸다.

"따라와!"

이제 저택 안의 총성이 그쳤다.

소탕된 것이다. 방금 빠져나갔다는 알바그다디만 제외하고.

총성이 딱 그쳤을 때 잘라드는 긴장했다.

이제 골목 안에는 잘라드와 부하 4명이 양쪽 벽에 붙어 서 있을 뿐이다.

아직 한낮, 오후 4시도 아직 안 되었다. 기습한 지 10분도 안 되었다.

경찰이 출동했겠지만 앞쪽으로 갔을 것이다.

이곳은 후문으로 빠져 나오는 통로다.

그때 잘라드가 앞쪽 편에 있는 부하들에게 소리쳤다.

"알바그다디는 놔둬! 내가 맡는다!"

샛문을 나와 5미터쯤의 뒷마당을 달렸을 때 앞쪽에 쪽문이 나왔다.

폭이 1미터, 높이가 2미터쯤의 철문, 회색으로 칠해져서 담장의 시멘트 색깔과 같다.

유크로가 주머니에서 열쇠를 꺼내 쪽문을 열었다. 후문에서 30미터쯤 떨어진 쪽문이다.

유크로가 문을 30센티쯤 열고 밖을 내다보더니 알바그다디를 향해 손짓을 했다. 그것을 본 알바그다디가 달려갔다.

멈춰 선 무사르가 부하들에게 소리쳤다.

"어디로 샜단 말이냐? 찾아!"

이곳은 저택의 뒤쪽, 후문에서 50미터쯤 떨어진 구역이다.

총성이 그친 대신 저택 중심부에서부터 화염이 번져 나오고 있다.

그때 옆으로 고르만이 다가와 보고했다.

"우리 측은 2명 사망, 2명 부상입니다. 적은 12명 사살, 3명 중상입니다."

"사살해."

무사르가 말이 끝나기도 전에 쏘아붙였다.

"중상자를 살려둘 필요 없다."

"예, 무사르 님."

고르만이 서둘러 돌아갔다.

그러면 적 사살 15명이다. 그렇지만 아직 알바그다디를 잡지 못했다.

그때다.

다시 부하 하나가 달려와 보고했다.

"이집트 경찰이 도착했습니다!"

고개를 든 무사르가 잇새로 말했다.

"철수! 부상자를 데리고 뒷문으로!"

그때 총성이 울렸다.

적의 중상자를 사살하는 것이다.

"나온다!"

앞쪽에 서 있던 부하가 소리쳤다.

그 순간, 담장 사이로 눈 한쪽만 내놓고 있던 잘라드는 이쪽으로 달려오는 네 사내를 보았다. 하나가 앞장을 섰고 뒤를 둘이 따른다. 그리고 그 뒤로 하나.

잘라드가 심호흡을 했다.

뒤를 나란히 뛰는 둘 중 오른쪽이 알바그다디다.

거리는 30미터.

25미터.

20미터.

골목 양쪽에 붙은 다섯도 숨을 죽였다.

곧 15미터.

10미터.

그때 잘라드가 불쑥 담장의 틈 사이에서 몸을 내밀었다.

"타탕!"

잘라드가 쏜 베레타가 알바그다디의 무릎 뼈를 박살내었다.

그 순간.

"타타타타타. 타타타. 타타."

부하 넷이 쏘아 갈긴 AK-47 총탄이 다른 셋에 집중되었다.

셋은 이쪽으로 총 한 발 쏘지 못했다.

빗발 같은 총탄을 맞은 셋이 사지를 펼치고 쓰러졌지만 알바그다디는 주저앉은 채 살아 있다.

알바그다디는 손에 권총을 쥐었지만 이쪽을 겨누지 않는다.

그때 잘라드가 알바그다디 앞으로 다가가며 베레타를 겨누었다.

"총 내려놔! 알바그다디!"

알바그다디가 손에 쥔 권총을 떨어뜨렸다.

"서장, 진입하지 마시오."

내무장관 핫산의 목소리가 수화구를 울렸다.

"소방차가 곧 도착할 테니까 불이나 끄고 경찰 병력은 주변 경계나 하도록."

"예, 각하."

대번에 분위기를 파악한 경찰서장 카이드가 고분고분 대답했다.

"주변 경계나 하겠습니다, 각하."

경찰 책임은 묻지 않을 것이니 일석이조다.

이것은 IS와 리스타의 전쟁이다. 볼 것도 없다.

리스타를 도와서 IS 소탕을 해야 되겠지만 장관의 지시를 받고 물러나 있으면 되겠지.

그리고 총성은 뒤쪽에서 다시 들렸다가 끊겼다.

전쟁은 끝난 것 같다.

"잡아 왔습니다."

잘라드가 이동욱에게 보고했다.

"무릎 뼈가 박살이 나서 병신이 되었지만 멀쩡합니다."

오후 6시 반.

잘라드는 알바그다디를 생포해서 데려온 것이다.

안가 응접실에는 이동욱과 서정연, 박기준까지 셋이 둘러앉아 있다.

잘라드가 말을 이었다.

"지하실에 감금시켰습니다."

이동욱이 고개를 끄덕였다.

"알바그다디를 우리가 생포했다는 것은 비밀로 하도록."

"알겠습니다."

"우리 내부에서도 말이 퍼져나가지 않도록 해."

"예, 입단속을 시키겠습니다."

"무사르는 돌아갔나?"

"예, 알바그다디 한 명만 빼놓고 일당은 모두 전멸한 셈입니다."

"수고했어."

이동욱의 시선이 서정연에게 옮겨졌다.

"오늘 밤에 처리해야 됩니다."

서정연의 두 눈이 반짝였다.

"그래야 무사르하고 연결이 되지요."

신시가지의 일식당, '도쿄.' 오후 8시 반.

이집트 주재 일본 대사관 부영사 다케시다가 식사를 마치고 주차장으로 나왔다. 이집트 외무성 관리들과 식사를 한 것이다.

주차장 구석에 주차한 도요타 승용차로 다가간 다케시다가 운전석을 보았다.

운전사 모리는 의자에 머리를 기대고 앉아 있는 것이 잠이 든 것 같다.

"자식이."

쓴웃음을 지은 다케시다가 뒤쪽 문을 열었을 때다.

"퍽!"

발사음과 동시에 머릿속이 하얗게 번지는 느낌이 왔다.

그리고는 전혀 고통을 느끼지 못한 상태에서 머리가 부서진 다케시다가 그 자리에서 허물어지듯 쓰러졌다.

그로부터 20분쯤 후가 될 것이다.

일본 대사관의 사또 에이사쿠 영사는 미국 대사관의 마이크 총영사와 식사를 하는 중이었다.

이곳은 힐튼호텔 2층의 양식당 안, 종업원이 다가와 사또에게 귓속말을 했다.

"대사관에서 긴급 연락이 왔습니다."

대사관에다 마이크와 식사 약속이 있다고 알려 놓았기 때문에 연락이 온 것이다. 마이크에게 양해를 구한 사또가 데스크로 다가가 전화기를 들었다.

"예. 사또요."

"영사님, 20분 전에 다케시다 부영사와 운전사가 일식당 도쿄 주차장에서 총격으로 피살되었습니다."

숨을 들이켠 사또에게 영사관 직원의 말이 이어졌다.

"대사께서 간부 소집을 하셨습니다. 지금 즉시 대사관으로 오시지요."

"알았어."

사또의 목소리는 갈라져 있다.

다케시다는 사또의 직속 부하인 것이다.

"무엇이? 다케시다가?"

사또의 말을 들은 마이크가 눈을 크게 떴다.

"무사르 짓이군."

마이크와 사또는 호흡을 맞춘 지 오래다.

마이크가 미국 보수층 연합인 비밀 조직 '신미국' 일원인 것이다.

"무사르 그놈의 짓이야. 그놈이 다케시다를 사살한 거야."

"무사르 뒤에 리스타가 있는 거요."

사또가 단정하듯 말했을 때다.

다시 종업원이 서둘러 다가왔다.

"영사님, 대사관에서 또 전화가 왔습니다. 급한 일이라는데요."

"이런."

당황한 사또가 다시 데스크로 다가가 전화기를 귀에 붙였다.

"나, 사또요."

"영사님, 오쿠보입니다."

사또의 부하다.

오쿠보가 말을 이었다.

"알바그다디의 숙소가 습격을 받아 지금 전소되었다고 합니다."

"……."

"아직 언론에 보도되지는 않았지만 수십 명이 사망했다는데요."

"……."

"총성과 폭음으로 그쪽 구역이 요란했답니다."

"알바그다디는?"

"모릅니다."

"이런."

사또의 눈동자가 흐려졌다.

다시 돌아와 말했을 때 이번에는 마이크가 벌떡 일어섰다.

"이런, 나도 나가봐야겠군."

"난 대사관에 갈 테니까 다시 연락하십시다."

"우리가 공격을 받은 거요."

마치 미국이 선전포고를 받은 것처럼 마이크의 얼굴이 상기되었다.

오후 10시.

무사르가 고개를 들고 앞에 앉은 박기준을 보았다.

이곳은 이슬람 지구 포트사이드 거리에 위치한 카페 안. 텅 빈 카페에는 무사르와 박기준 일행 대여섯 명만 앉아 있다.

"난 이제 이집트를 떠나겠습니다."

무사르의 눈이 흐려져 있다.

"알바그다디를 잡아 죽이지 못한 것이 한이지만, 더 이상 쫓지 않겠습니다. 난 시리아로 돌아가 동지들의 뜻에 따를 겁니다."

박기준이 고개를 끄덕였다.

"언젠가는 다시 만나게 될 겁니다."

"이번에 진 빚을 갚아 드리지요."

무사르의 눈에 초점이 잡혔다.

"내가 오사마 님의 원한을 갚아드리는 데 도움을 받았습니다."

그때 박기준이 가져온 가방을 탁자 위에 놓았다. 무거운 헝겊 가방이다.

"여비로 쓰시지요. 1백만 불 가져왔습니다."

무사르가 시선만 주었고 박기준의 말이 이어졌다.

"리스타에서 드리는 경비입니다."

"감사합니다."

무사르가 고개를 끄덕이더니 가방을 들어 탁자 밑에 내려놓았다.

"이 사장한테 안부 전해 주시지요."

"그러지요."

자리에서 일어선 박기준이 손을 내밀었다.

무사르가 박기준의 손을 잡는다.

"알바그다디는 도주했습니다."

사또가 전화기를 귀에 붙이고 말했다.

"하지만 당분간 재기는 힘들 것 같습니다."

"갓댐."

수화구에서 마이크의 목소리가 울렸다.

오후 11시 반.

사또는 지금도 대사관에 머물고 있다.

다케시다가 피살된 데다 지원했던 알바그다디가 다시 전멸당한 것이다.

IS의 명성이 쓰레기가 되었다. 리스타의 부상을 저지하려고 선봉으로 내세웠던 IS의 무력(武力)은 이제 무력(無力)이 되었다.

마이크가 말을 이었다.

"이봐요, 사또 영사, 조심하시오."

"무슨 말입니까?"

"무사르가 다케시다에 이어서 당신을 노릴 테니까 말이오."

"……."

"물론 리스타가 사주를 했겠지."

마이크의 목소리는 가라앉아 있다.

"이제 무사르가 리스타의 해결사가 되었어. IS는 무사르에 의해서 장악되었고."

"……."

"앞으로 믿을 건 북한뿐인데."

입맛 다시는 소리를 낸 마이크가 말을 이었다.

"문제는 리스타가 어디까지 파악하고 있느냐요. 그럼 다시 연락합시다."

서두르듯 마이크가 통화를 끝냈을 때 사또가 어금니를 물었다.

큰일 났다.

"무사르는 부하들을 이끌고 떠났습니다. 제가 확인했습니다."

박기준이 보고했다.

오전 9시, 카이로의 리스타빌딩 회의실 안, 이동욱을 중심으로 서정연, 박기준, 메이슨, 잘라드, 전한성까지 둘러앉아 있다.

"앞으로 무사르는 시리아의 군중 속에 파묻혀 지낼 것입니다."

이동욱이 고개를 끄덕였을 때 서정연이 잘라드에게 물었다.

"알바그다디는?"

잘라드가 알바그다디를 생포해온 것이다.

"예, 의사를 데려와 무릎 수술을 했습니다. 지금 지하실에 있습니다."

고개를 끄덕인 서정연이 이동욱을 보았다.

"이젠 IS가 정리되었어요. 앞으로 무사르 이름으로 일본과 북한, 미국의 반(反)리스타 세력을 제거할 것입니다."

"서 실장에게 맡기겠어."

이동욱이 말을 이었다.

"하나씩 정리되는 것 같은데, 방심하지 말도록."

"곧 사또를 정리하겠습니다."

서정연의 목소리가 방을 울렸다.

"다케시다에 이어서 사또까지 무사르가 제거한 것이 될 것입니다."

지금 무사르는 부하들과 함께 베이루트행 화물선에 타고 있다.

그러나 앞으로 이곳에서 무사르가 집행자가 된다.

회의가 끝나고 셋이 남았다.

이동욱, 서정연, 전한성이다. 북한 관계 회의다.

전한성이 말을 이었다.

“김재일이 북한 이민단 총정치국장이 되면서 감시가 강화되었고 처벌도 시행되고 있습니다.”

“처벌이라니?”

이동욱이 묻자 전한성이 쓴웃음을 지었다.

“지난주에 신시가지에서 실족사한 북한계 이민자는 처형당한 것입니다.”

눈만 치켜뜬 이동욱에게 전한성이 말을 이었다.

“처형당한 사람은 정치국 조직의 과도한 세금과 강제 수금 방식에 대해서 여러 사람에게 불평을 했고 세금을 내지 말자고 선동을 했습니다.”

“북한 조직에 집행부가 있지?”

이동욱이 묻자 전한성이 고개를 끄덕였다.

“예, 김재일이 집행부를 이끌고 왔습니다.”

그때 서정연이 입을 열었다.

“북한도 알바그다디가 제거되었으니까 긴장하고 있을 겁니다.”

이동욱이 고개를 끄덕였다.

“반리스타의 주력은 북한이야. 결국 리스타와 북한과의 전쟁이라구.”

둘의 시선을 받은 이동욱의 얼굴에 쓴웃음이 번졌다.

“IS나 일본, 미국의 반리스타 세력은 모두 곁가지라구.”

“알고 있습니다.”

전한성이 똑바로 이동욱을 보았다.

“죽 쒀서 개 줄 수가 없지요.”

전한성이 나가고 이제는 방 안에 둘이 남았다.

오전 10시.

서정연이 고개를 들고 이동욱을 보았다.

"미국 대사관 총영사 마이크 체임벌린이 반리스타 공작의 책임자죠."

이동욱은 고개만 끄덕였고 서정연이 말을 이었다.

"아직 마이크가 북한 측과 직접 만난 것 같지는 않지만, 곧 접촉하겠지요. IS가 우리 쪽으로 급선회했으니까요."

"그렇군."

"마이크가 북한 측에 IS 대신 행동대를 맡기고 지원할 것 같습니다."

"일본하고 같이 지원하겠군."

"그 일본의 싹은 이번에 잘라버려야죠."

서정연의 두 눈이 번들거렸다.

"그래서 전장(戰場)을 단순하게 만들어야 돼요."

이동욱이 고개를 끄덕였다.

그렇다. 과연 참모다. 아니, 기획통이다.

이동욱의 눈앞에 안학태의 얼굴이, 정남희의 얼굴이 차례로 스치고 지나갔다. 이런 보좌역이 필요한 것이다.

신시가지의 중식당 '상하이'는 고급 중식당으로 센트럴 빌딩 4층에 위치하여 있다. 4층까지 에스컬레이터가 되지만 일반인들은 모르고 지나치는 경우가 많아서 예약 손님이나 단골들이 찾는 곳이다.

오후 6시, 안쪽 3호실에 손님 5명이 둘러앉았다.

안쪽 상석에 앉은 사내는 전한성이다. 좌우에는 강영주, 하경애, 그리고 박창국과 안기정이 앉아 있다.

안기정은 정치위원, 이번에 박창국에 의해 포섭되었다. 오늘 전한성과 첫 대면이다.

주문을 마쳤을 때 전한성이 안기정을 보았다.

안기정은 44세. 현역 소좌, 카이로에서 자동차 부속상을 개업했다.

"안 사장님, 지난달 세금 내셨습니까?"

"예, 냈습니다."

안기정의 얼굴에 쓴웃음이 번졌다.

"빌려서 냈지요."

옆에 앉은 강영주가 외면했다. 강영주가 빌려준 것이다.

안기정이 말을 이었다.

"이번 달에도 빌려야 될 것 같습니다."

그때 전한성이 정색하고 넷을 둘러보았다.

"여러분은 정치위원인데, 일반 이민은 오죽하겠습니까?"

전한성이 말을 이었다.

"이제는 해방시켜야 합니다. 그것을 여러분이 주도해야 합니다."

어깨를 부풀린 전한성의 얼굴에 웃음이 떠올랐다.

"이곳은 북한이 아닙니다. 우리는 단숨에 북한 지도부를 궤멸시킬 수 있지만, 최소한 평화적인 방법으로 북한 주민을 선도하려는 겁니다. 그것을 여러분들이 알아야 합니다."

18명의 정치국원 중에 이미 8명이 전향한 상황이다. 이곳에 모인 4명 외에 4명이 더 있는 것이다.

오늘은 전향한 정치위원과의 회의다.

그때 박창국이 입을 열었다.

"총정치국장 김재일이 지휘하는 집행부가 위협적입니다. 지난주에 처형당한 강형구에 이어서 또 다른 반동을 처형한다는 소문이 났습니다."

전한성이 고개를 끄덕였다.

"여러분들은 철저히 보호해드릴 테니까, 마음 놓으시지요."

일주일에 한 번씩 만나 회의를 하는 것이다.

그때 전한성이 탁자 밑에서 가방을 꺼내더니 봉투를 꺼내 4명에게 나눠주었다. 공작비다.

모두 잠자코 봉투를 받아 넣는다.

회의와 식사를 마친 전한성이 안가로 돌아왔을 때는 오후 10시 무렵이다.

현관으로 들어선 전한성의 얼굴에 쓴웃음이 떠올랐다.

강영주가 기다리고 있었기 때문이다.

안가에는 전한성의 팀원 10명과 경비대까지 20명 가깝게 거주하고 있었는데 모두 강영주를 안다.

"이봐, 이렇게 찾아오면 어떡해?"

"왜? 내가 여기서 자고 간 게 한두 번이야?"

눈을 흘긴 강영주가 침실로 따라 들어와 전한성의 옷을 받아들었다.

옷장에 옷을 건 강영주가 말을 이었다.

"할 이야기도 있어."

응접실로 돌아와 자리에 앉았을 때 강영주가 전한성을 보았다.

"총정치국장 김재일이 나한테 만나자고 했어."

"무슨 일로?"

"무슨 일은?"

이맛살을 찌푸린 강영주가 전한성을 보았다.

"연애하자는 거지."

이제는 눈만 크게 뜬 전한성에게 강영주가 말을 이었다.

"제 안가로 오라는 거야."

"왜?"

"상의할 일이 있다고. 총국장이 오라는데 위원이 안 갈 수가 있어?"

"언제?"

"내일 밤."

"내일 밤?"

전한성의 눈빛이 흐려졌다.

그때 강영주가 정색했다.

"나, 그놈한테 당하게 놔둘 거야?"

"……."

"내일 저녁 7시에 내 가게로 차를 보내겠다고 했어."

"……."

"나, 따라가?"

전한성이 고개를 들고 강영주를 보았다.

"알았어."

"뭘 알아?"

"내가 알아서 할게."

어깨를 부풀렸다가 내린 전한성이 말을 이었다.

"날 믿어."

강영주는 이제 전한성의 애인 수준이 아니다. 전한성은 결혼을 예상하고 있는 상황이다.

사또 에이사쿠는 대사관 안의 부속채로 숙소를 옮겼다. 신변의 위협을 느꼈기 때문이다.

다케시다가 피살된 후에 일본 대사관은 비상이 걸렸고 본국에서 감사반이 날아온 상황이다.

감사반 중에 다께다가 포함되어 있는데 총리실 소속이다.

부속채의 응접실 안이다.

다께다가 입을 열었다.

"사또, 북한의 집행부를 데려왔지만 IS가 궤멸된 현실이라 쓰나미가 몰려오는 상황이야."

다께다가 두터운 눈시울을 들고 사또를 보았다.

"IS가 너무 쉽게 무너졌어."

"리스타가 무사르를 이용한 겁니다."

사또가 뱉듯이 말했다.

"그리고 이쪽은 지휘부가 없었던 겁니다. IS가 제멋대로 하도록 놔두고 그저 은신처만 제공했습니다."

어금니를 물었다 푼 사또가 다께다를 보았다.

"우리나 북한, 미국도 마찬가지로 앞에 나서지 않으려는 것이지요."

"리스타하고 정면 대결을 하지 않으려는 것이었어."

그때 다께다가 정색했다.

"사또."

"예, 보좌관님."

"우리가 주도권을 쥐기로 했다."

숨을 죽인 사또에게 다께다가 말을 이었다.

"북한, 미국이 보좌 역할을 맡게 하고 우리가 지휘한다는 말이야."

다께다의 목소리에 열기가 띠어졌다.

"이미 리스타도 알고 있는 상황이야. 그래서 노골적으로 다케시다를 살해했어."

"……."

"이런 상황에서 뒤로 물러날 필요는 없어."

"그럼 어떻게 합니까?"

"이집트에 곧 자위대의 특공대가 온다. 5개 팀, 60명이지."

"……."

"우리가 주도해서 북한의 집행부, 미국의 용병대를 지휘하는 거야."

"합의했습니까?"

"북한 당국, CIA와 합의를 하고 온 거야."

"누가 총지휘를 합니까?"

"나다."

다께다가 어깨를 펴고 사또를 보았다.

다께다가 누구인가?

52세. 중장급인 자위대 육장 출신, 총리 비서실의 보좌관이다. 170 정도의 신장에 육중한 체구, 짧은 머리, 각진 얼굴의 사내다. 30년을 군에서 보낸 사내인 것이다.

사또가 고개를 숙였다.

"알겠습니다, 보좌관님."

"전쟁이야, 사또 군."

다께다가 한마디씩 힘주어 말했다.

"한국이, 리스타가 아프리카 대륙을 석권하고 나아가 세계 강대국이 된다는 것은 우리 일본은 물론이고 미국도 받아들일 수 없어."

그러고는 덧붙였다.

"북한은 말할 것도 없고."

"뭐? 가게에 없어?"

버럭 소리친 김재일이 어깨를 부풀렸다.

오후 7시 10분.

전화기를 귀에 붙인 김재일이 다시 물었다.

"어디 갔다는 거야?"

"모른다는데요."

지금 김재일은 운전사의 전화를 받고 있다.

운전사가 말을 이었다.

"5시쯤 나갔답니다."

"그럼 숙소에 가봐."

뱉듯이 말한 김재일이 전화기를 내려놓았다.

김재일의 저택 안이다.

그때 응접실로 주방장이 들어섰다.

"국장 동지, 저녁 식사는 몇 시에 하실 겁니까?"

"나중에."

김재일이 외면했다.

무안해진 주방장이 방을 나갔을 때 김재일이 털썩 소파에 앉았다.

강영주는 가게에서 차를 타고 이곳으로 와야 하는 것이다.

그 시간에 이집트 주재 미국 총영사 마이크 체임벌린은 다께다와 상담 중이다. 이곳은 미국 대사관의 상황실 안.

마이크가 입을 열었다.

"다께다 씨, 북한 집행부 병사가 약 50명 정도인데 우리가 판단하기에는 약체야. 제대로 전력 발휘가 안 돼."

다께다가 고개를 끄덕였다.

"총정치국장 김재일이 새로 부임해왔지만, 장악력이 부족한 것 같아."

"당연하지. 북한은 어차피 리스타의 지휘를 받아야 하는 위치야. 숨어서 진행시켜야 되기 때문이지."

마이크가 말을 잇는다.

"그리고 내가 모은 정보로는 북한 수뇌부인 정치위원 몇 명이 배신한 것 같아."

순간 다께다의 몸이 굳어졌다.

다께다는 아직 이집트 물정에 익숙하지 못하다.

"확실한 정보요?"

"확실해요."

"그럼 북한은 내부에서 무너지겠구만."

"가만두면 그렇게 될 가능성이 있지."

"빠가야로."

"그게 무슨 말이야? 욕 같은데."

"뭐, 그런 거지."

"어쨌든 북한 이민자는 많지만 이미 리스타가 공작 중이야, 다께다 씨."

"내가 북한 집행부를 전위대로 내세우려고 했는데 어떻게 하면 좋지?"

마침내 다께다가 마이크에게 매달렸다.

다께다가 주장(主將)이 되기로 했지만, 정보력은 미국을 못 당한다. 마이크는 중동 지역 CIA의 협조를 받고 있는 것이다.

그때 마이크가 말했다.

"총알받이로 써. 조원들에게 수당을 주면 심복할 거야."

"옳지."

"리스타 측에서도 그렇게 매수를 하는 것 같더구만."

"그렇게 해야겠죠."

디께다가 고개를 끄덕였다.

두 강대국의 담합이다.

"숙소에도 들어오지 않았어?"

김재일이 소리쳐 묻자 운전사가 대답했다.

"예, 들어오지 않았습니다."

강영주는 15평형 아파트에 살고 있었는데 주위가 모두 북한 이민단의 숙소다. 운전사가 강영주의 아파트까지 찾아간 것이다.

숨을 고른 김재일이 잇새로 말했다.

"돌아와."

오후 9시다. 7시에 만나기로 했는데 이미 2시간이 지났다.

"제가 숨겨두고 있습니다."

전한성이 이동욱에게 보고했다.

이동욱의 저택 안이다.

옆에는 서정연이 앉아 있다.

고개를 든 전한성이 이동욱을 보았다.

"죄송합니다. 제가 허락을 받지 않고 행동했습니다."

"어떻게 할 건가?"

이동욱이 묻자 전한성이 바로 대답했다.

"결혼을 하기로 약속했습니다."

그때 이동욱과 서정연이 얼굴을 마주 보았다.

고개를 든 이동욱이 전한성을 보았다.

"그렇다면 우리가 보호해줘야지."

이동욱이 말을 이었다.

"강영주 씨를 이곳으로 데려와, 이곳이 안전하니까."

"예, 단장님."

어깨를 부풀렸다가 내린 전한성의 얼굴이 상기되었다.

"감사합니다."

"김재일이 가만있지 않을 거야."

쓴웃음을 지은 이동욱이 서정연을 보았다.

"이제는 우리가 데려간 걸 알 테니까, 대책을 세워야 돼."

"알겠습니다."

서정연이 고개를 끄덕였다.

"아마 탈주자로 처리하겠지요. 하지만 소문을 퍼뜨려서 진실을 알리겠습니다."

집행반장 백태수는 김재일과 함께 이집트로 왔지만, 이민 형식이 아니다. 북한 대사관 소속으로 파견된 것이다.

백태수는 48세, 북한군 공수특전대 대좌 출신이다. 장신에 마른 체격, 검은 얼굴, 과묵한 성품, 휘하에 4명의 조장을 거느리고 있다. 백태수의 숙소는 구시가지의 단층 저택으로 집행부 조장들과 함께 거주하고 있다.

오후 10시 반.

백태수에게 조장 안경준이 보고했다.

"국장이 강영주를 데리러 보냈는데 빈손으로 돌아왔습니다."

안경준의 얼굴에 쓴웃음이 번졌다. 안경준은 현역 소좌, 백태수의 보좌관이다.

"강영주는 가게에도, 숙소에도 없습니다. 도주한 것 같습니다."

"……."

"강영주가 리스타 간부하고 내통하고 있다는 소문이 났습니다."

"……."

"강영주가 정치위원인 하경애하고 친합니다."

"……."

"조직이 많이 흔들리고 있습니다."

그때 응접실로 조장 하나가 들어왔다.

"부장님, 전화 왔습니다."

백태수의 시선을 받은 조장이 말을 이었다.

"일본 대사관입니다."

고개만 끄덕인 백태수에게 조장이 전화기를 건네주었다.

"전화 바꿨습니다."

백태수가 응답했을 때 수화구에서 한국어가 흘러나왔다.

"나, 다께다요."

"아, 안녕하십니까?"

다께다가 북, 일, 미 연합군의 사령관이다.

평양 당국이 결정한 사항이어서 백태수는 다께다의 직접 지시를 받는다. 김재일에게는 사후 통보를 해도 된다.

다께다가 말했다.

"대좌, 거두절미하고 말하겠는데 이러다가 우리 다 당합니다."

"……."

"무슨 말인지 알겠소?"

"압니다."

"집행부라도 정신 똑바로 차려야 됩니다."

"……."

"백 대좌."

"예, 보좌관님."

"나하고 좀 만납시다."

다께다가 말을 이었다.

"지금 당장."

밤 11시가 되어가고 있다.

밤 12시 반, 신시가지의 나일 빌딩 안.

14층의 사무실에서 다께다와 백태수가 각각 사또, 안경준을 대동하고 앉아 있다.

인사를 마친 다께다가 바로 입을 열었다.

"대좌, 리스타가 IS를 앞세우는 상황에 우리는 당하기만 하고 있어. 더구나 북한 조직은 내부에서부터 흔들리고 있는 상황이야."

백태수는 시선만 주었고 다께다가 말을 이었다.

"타깃을 정하고 공격해야 돼. IS가 붕괴된 지금 북한이 연합군의 주력군이 되어야 해."

그때 백태수가 고개를 들었다.

"내가 저격조를 데리고 왔습니다."

다께다가 입을 다물었고 백태수의 말이 이어졌다.

"바로 저격을 하지요. 타깃을 불러 주시지요."

순간 다께다가 호흡을 고르더니 눈의 초점을 잡았다.

"이동욱이야."

다께다가 말을 이었다.

"이동욱이 리스타의 핵이야. 이동욱을 없애면 물론 그 대리인이 오겠지만, 당분간 '리스타 아프리카'는 극심한 혼란에 빠질 거야. 그사이에 북한 체제를 굳히는 거야."

"……."

"이동욱은 저격을 당한 경험이 있어서 조심하고 있어. 하지만 우리가 동선을 알지. 정보를 주겠어."

"알겠습니다."

"알바그다디가 실종 상태야. 그것을 이용하는 거지."

다께다가 번들거리는 눈으로 백태수를 보았다.

"그것을 알바그다디의 소행으로 만드는 거야. 정보는 나한테 맡겨."

"예, 보좌관님."

"그리고."

다께다가 말을 이었다.

"저격총도 우리가 제공하겠네. 드라구노프에 익숙하지?"

"물론입니다. 저격수가 있습니다."

"3정하고 실탄 3백 발을 주지. 준비해놓았으니까 가져가."

"감사합니다."

그때 다께다의 눈짓을 받은 사또가 옆에 놓인 가방을 백태수에게 내밀었다.

다께다가 가방을 눈으로 가리키며 말했다.

"군자금이야. 내가 대좌의 집행부에 주는 활동비야."

엉겁결에 가방을 받은 백태수에게 다께다가 말을 이었다.

"일단 30만 불 넣었다. 백 대좌는 청렴한 성품으로 알고 있어. 집행부 요원에게 나눠주고 운영비로 쓰게."

백태수의 얼굴이 붉어졌다.

검은 얼굴이 붉어지니까 검붉게 되었다.

침대에 누워 있던 이동욱이 노크 소리에 눈을 떴다. 그때 문이 열리더니 서정연이 들어섰다. 방의 불을 꺼놓았지만, 흰 가운 차림의 서정연의 모습이 선명하게 드러났다.

"무슨 일이야?"

이동욱이 묻자 서정연이 창가의 의자로 다가가 앉았다.

"전한성과 강영주의 결합에 충격을 받았기 때문일 거야."

서정연이 말을 이었다.

"둘이 부럽다고 생각했어."

"……."

"그래서 나도 내 감정을 숨기지 않고 내보이기로……."

"이리 와."

마침내 이동욱이 옆으로 자리를 비키면서 말했다.

이동욱의 팔을 베고 있던 서정연이 몸을 돌려 얼굴을 가슴에 붙였다.

방 안의 열기는 아직 식지 않았다.

"이 전쟁은 결국 남북한 전쟁의 연장이야."

서정연이 말을 이었다.

"북한만 욕심을 버리면 일본, 미국은 저절로 물러가는 거야."

"……."

"그런데 우리는 끝까지 기대를 버리지 못하고 있지."

"전쟁은 피하려는 거야."

이동욱이 서정연의 어깨를 당겨 안았다.

"그래서 시간을 끄는 거지."

"이제는 그 기대를 버릴 때가 되었어."

고개를 든 서정연이 이동욱을 보았다.

“여기서 확실하게 끝내면 평양 당국도 포기할 거야.”

이동욱이 잠자코 듣는다.

계획은 서정연에게 일임한 상태다.

서정연이 말을 이었다.

“일본 대사관에 다께다란 인물이 왔어. 총리실 소속의 보좌관이야. 그 사람이 반(反)리스타 연합의 사령관 역할을 하는 것 같아.”

“…….”

“다께다, 사또, 둘 다 대사관 안에 숨어 있어서 드러나지 않아.”

이동욱이 고개를 끄덕였다.

다케시다가 죽은 후에 사또는 몸을 조심하고 있다.

전쟁에서 적을 아는 것이 가장 중요하다.

정보력이 전쟁의 승패를 좌우하는 것이다. 그래서 서정연이 필사적으로 정보를 모으고 있다.

현관으로 나온 이동욱이 차로 다가갔을 때 박기준이 말했다.

오전 8시 반이다.

“단장님, 다음 차를 타시지요.”

“왜?”

“실장님 지시입니다.”

실장이라면 서정연이다.

이동욱이 주춤거렸을 때 차는 빈 차로 앞을 지났다.

차가 정문을 나갔을 때 박기준이 말했다.

“정보를 받았다고 합니다.”

고개를 끄덕인 이동욱이 몸을 돌려 다시 저택 안으로 들어섰다.

어젯밤, 서정연한테는 듣지 않았지만 이것은 서정연의 임무다.

6층 건물의 6층 창에서 앞쪽 도로까지의 거리는 250미터. 건물이 도로에서 떨어져 있기 때문이다.

그러나 경계 범위에서 벗어나 있다.

창가에 테이블을 붙여 놓고 엎드려 있던 김수남과 고종호는 지금 2시간째 앞쪽을 응시하고 있다.

어젯밤 7시쯤 이 사무실로 들어온 후에 꼬박 12시간이 넘게 대기하고 있는 중이다.

그때 고종호가 들고 있던 무전기가 번쩍였다. 무전기의 버튼을 누른 고종호가 귀에 붙였다.

"정문이 열렸어."

수화구에서 조경복의 목소리가 울렸다.

조경복은 정문이 보이는 반대쪽 길가의 카페에서 연락을 한다.

정탐병이다.

곧 조경복의 목소리가 울렸다.

"나온다, 2대!"

그러더니 말을 잇는다.

"뒤차야. 뒷자리에 탔어."

차가 카페 앞에서 좌회전을 하면 곧 김수남의 드라구노프 저격총 망원렌즈에 잡힐 것이다.

곧 이쪽으로 꺾어지는 차가 보였다. 2대, 검정색 벤츠다.

뒤차의 뒷좌석 오른쪽이 타깃. 이동욱이다.

벤츠에 방탄유리를 끼웠지만 드라구노프에 장전된 실탄은 1센티의 철판을 관통하는 철갑탄이다.

김수남이 숨을 죽였다.

벤츠가 앞을 지나는 순간에 뒷좌석을 향해 쏠 것이다.

선팅을 했기 때문에 탄창이 빌 때까지 쏘아 갈길 것이다.

거리는 270미터. 명중률은 100퍼센트다.

"3백 40미터!"

고종호가 망원경을 눈에 붙인 채 소리쳤다.

벤츠와의 거리다.

"3백20미터!"

김수남이 숨을 들이켰다.

"3백 미터."

그 순간, 김수남이 방아쇠에 걸린 손가락에 힘을 주었다.

1단.

"2백80미터."

다시 손가락에 힘을 준 순간, 발사음이 일어났다.

"투투투투투투투투."

연속 사격.

선팅이 되어서 안이 보이지 않는다. 뒷좌석에 총탄을 쏟아 부은 것이다.

그때 뒤쪽 창문이 박살난 벤츠가 맹렬하게 달려 시야에서 사라졌다.

"명중이다!"

망원경으로 그것을 본 고종호가 상반신을 일으키면서 소리쳤다.

"서둘러!"

오전 10시.

전화기를 귀에 붙인 다께다가 응답했다.

"그래. 말해."

"이동욱이 아직 출근하지 않았습니다."

수화구에서 아마드의 목소리가 울렸다.

아마드는 리스타카이로 법인 경비실에 근무하는 다께다의 정보원이다.

아마드가 말을 이었다.

"모두 기다리고 있는 것 같습니다. 연락도 없는 모양입니다."

"알았어. 다시 연락하지."

전화기를 내려놓은 다께다가 옆에 선 사또를 보았다.

"맞았나?"

사또가 고개를 기울였다가 말했다.

"근처 병원에 입원한 사람이 없습니다."

"리스타야. 그놈들은 일반 병원에 들어갈 놈들이 아냐. 더구나 이동욱이 총을 맞았는데 이집트 병원에 가겠어?"

"하긴, 그렇습니다."

"전용기로 프랑스나 사우디로 날아갔겠지. 거기, 첨단 병원들이 있어."

다께다가 충혈된 눈으로 사또를 보았다.

"백태수도 기다리고 있겠군."

"당연하지요."

"김재일한테는 보고 안 했겠지?"

"그 부패한 놈한테 보고할 리가 있습니까?"

"그런 놈이 윗선의 신임을 받고 일을 엉망으로 만들 수가 있어."

"솔직히 한국 놈들은 제힘으로 무슨 일을 제대로 한 적이 없습니다."

"리스타가 한국이야."

그러자 사또가 입을 다물고는 눈동자의 초점을 잡았다.

그때 다께다가 혼잣소리를 했다.

"김재일이 방해가 되면 치우는 것이 낫겠어. 내가 백태수를 지휘해서 북한계 조직을 직접 관리하는 것이 낫겠단 말야."

사또가 시선만 주었다.

엄청난 반전이다.

"벤츠 뒷좌석이 박살났고 운전사 임채규와 조수석 박상윤이 부상을 입었습니다."

박기준이 보고했다.

이곳은 안가 안.

이동욱은 아직 출근하지 않았다. 오전 10시 반이다.

박기준이 말을 이었다.

"저격 장소는 도로에서 떨어진 6층 건물의 6층 빈 사무실이었습니다. 300미터 거리에서 저격했습니다."

"누군가?"

"찾고 있습니다."

고개를 든 박기준이 이동욱을 보았다.

"CIA에서도 입을 닫고 있습니다."

"……."

"CIA 내부에 반(反)리스타 세력이 있기 때문입니다. 그래서 저도 조심스럽습니다."

그때 옆에 앉아 있던 서정연이 말했다.

"북한, 일본, 미국의 3국 동맹에서 현재 주도권을 쥔 것이 일본입니다. 일본 총리실 소속의 보좌관 다께다가 지휘하고 있습니다."

고개를 든 서정연이 이동욱을 보았다.

"일본은 정부가 적극적으로 반한, 반리스타 정책을 시행하고 있기 때문이죠. 북한과 미국은 은밀하게 작업하는 상황이라 소극적입니다."

이동욱이 고개를 끄덕였다.

"북한 이민을 받는 것은 한국 정부와 리스타의 통일을 위한 결단이었어."

"그것을 성사시켜야죠."

서정연이 바로 말을 받는다.

"그것이 '리스타 아프리카'의 목표지요. 아프리카의 한국 연방과 통일입니다."

이동욱은 서정연의 두 눈이 반짝이는 것을 보았다.

서정연이 고삐를 쥔 마부처럼 보였다. 자신은 달리는 말이다.

이동욱의 얼굴에 웃음이 떠올랐다.

마부는 말에게 목표를 알려주는 역할이다.

"이동욱이 나타나지 않았어?"

되물은 마이크가 쓴웃음을 지었다.

"실패했군. 이제 이동욱의 반격이 시작될 것 같다."

"마이크, 본부에서 긴장하고 있습니다. 이미 보고가 되었어요."

부르스 고든이 말했다.

부르스는 CIA 이집트 지역 관리관이다.

"우리가 개입되었다는 증거는 남기지 말아야 합니다."

"증거는 없어."

"일본 측이 자백하면 어떻게 됩니까? 북한 측에서 새어나갈 가능성도 많습니다."

"그전에 이동욱을 제거해야지."

마이크가 말을 이었다.

"다께다가 실패해도 상관없어, 따지고 보면 다께다도 내가 앞세운 선발대니까."

부르스의 시선을 받은 마이크가 빙그레 웃었다.

"어쨌든 리스타는 아프리카에서 철수해야 돼. 이것이 신미국 지도자들의 정책이야."

미국의 반리스타 지도자들의 목표는 확고하다.

"다케시다의 복수를 한 것이지."

해밀턴이 말했다.

"다께다가 저격병을 고용했을 거다."

"일본에서 데려왔을까요?"

이동욱이 묻자 해밀턴은 짧게 웃었다.

"저격병은 얼마든지 있어. 미국에서 데려올 수도 있고 북한에서도 많이 데려왔어."

"지금 찾고 있습니다."

이동욱이 말을 이었다.

"이번에 제가 살아남은 것도 정보가 있었기 때문이죠."

그것은 서정연이 정보를 받았기 때문이다. 일본 대사관에서 나온 정보다.

이동욱은 숨을 들이켰다.

이번에 이동욱을 살린 사람은 서정연이다.

백태수가 방으로 들어서자 김재일이 고개를 들었다.

오전 11시 반, 김재일의 집무실 안이다.

"무슨 일이야?"

"국장 동지, 드릴 말씀이 있습니다."

백태수가 옆쪽 소파에 털썩 앉았기 때문에 김재일이 눈을 치켜떴다.

눈이 충혈되어 있다. 어젯밤 과음했기 때문이다.

강영주가 도망친 후로 정치위원 회의도 열지 않았다.

강영주의 도주는 이미 정치위원은 물론 북한 이민자들에게 모두 알려졌을 것이다.

김재일의 시선을 받은 백태수가 말을 이었다.

"최용호가 정치국장이었을 때보다 지금의 이민단 분위기가 더 나빠졌다고 합니다."

"뭐라구?"

"지금 정치위원 중 몇 명이 이미 리스타 쪽에 포섭되어 있다는 겁니다."

백태수가 똑바로 김재일을 보았다.

"이민단이 술렁거리고 있습니다."

"이것 봐."

마침내 어깨를 부풀린 김재일이 목소리를 높였다.

"너, 지금 나한테 훈계하는 거냐?"

"강영주를 데려오라고 한 것이 도망친 이유라고 소문이 났습니다."

"……."

"내가 당에 보고를 했습니다."

자리에서 일어선 백태수가 얼굴을 일그러뜨리며 웃었다.

"이번에 또 정치국장이 바뀌게 되었습니다. 유감입니다."

백태수가 방을 나갔을 때 김재일이 여러 번 심호흡을 했다. 어젯밤 마신 술기운이 가시면서 머릿속이 맑아졌다.

김재일은 58세. 가족은 평양에 있다. 처와 아들 하나, 딸 하나. 아들은 30세, 인민군 중위로 총참모부에 근무하는 중이고. 딸은 28세, 러시아에서 유학하고 있다.

자리에서 일어선 김재일이 창가로 다가가 섰다.

인민군 중장까지 진급했으니 이만하면 성공한 인생이다.

집행반장 백태수 대좌가 일본 측과 직접 거래하고 있다는 것도 짐작하고 있다. 김재일도 정보원이 있기 때문이다.

총정치국장이 되어서 이곳에 온 김재일이다. 수족 같은 부하가 서너 명은 있는 것이다. 그 부하들은 오직 김재일에게 의지하고 있다. 공생공사하는 관계다.

이윽고 전화기를 든 김재일이 버튼을 눌렀다.

그러자 곧 조연태의 목소리가 울렸다.

"예, 국장 동지."

조연태는 김재일과 함께 온 심복 중의 하나로 현역 대위다.

만일 김재일이 제거된다면 조연태도 마찬가지다.

"백태수가 배신했다."

조연태가 앞에 섰을 때 김재일이 대뜸 말했다.

긴장한 조연태가 숨을 죽였고 김재일이 잇새로 말했다.

"평양에 날 고발한 것 같다. 물론 강영주의 탈출 사건부터 다른 모든 책임을 나한테 뒤집어씌웠겠지."

"조금 전에 만나셨지 않습니까?"

"그래. 나한테 직접 그렇게 말하고 나갔다."

"저런 개 같은."

"어떻게 하는 것이 낫겠나?"

"저한테 물으시는 겁니까?"

"그렇다. 내가 다급해서 그런다."

"백태수를 죽이지요."

숨을 들이켠 김재일을 향해 조연태가 말을 이었다.

"제가 윤철하고 상의해서 오늘 중에 처리하겠습니다."

"……."

"백태수를 죽이면 리스타나 IS의 소행으로 알 겁니다."

"그건 그렇다."

마침내 김재일이 고개를 끄덕였다.

"그것이 너하고 내가 살 길 같다."

그때 조연태가 자리에서 일어섰다.

"너하고 내가 살 길이야."

조연태가 윤철에게 말했다.

"국장은 자기도 살길이라고 했지만, 그건 제가 다급해서 그런 것이고 너하고 내가 휩쓸려서 죽게 생겼다."

"백태수가 그런 짓을 하다니."

윤철이 어깨를 치켰다가 내렸다.

윤철은 김재일의 경호 책임자다. 현역 대위, 역시 김재일과 공생공사하는 관계.

그때 조연태가 주위를 둘러보았다.

이곳은 복도 끝의 창문 앞. 둘이 마주 보고 서 있다.

윤철이 입을 열었다.

"내가 직접 처리하지."

"될 수 있는 한 빨리."

"오늘 밤에 처리할 거다. 백태수의 동선을 아니까. 그런데……."

윤철이 조연태를 보았다.

"처리 후의 문제는 너한테 맡기겠어."

"그건 나한테 맡겨."

"어떻게 할 건데?"

윤철이 묻자 조연태가 다시 목소리를 낮췄다.

"리스타를 만날 거다."

그 순간, 윤철이 눈을 치켜떴다가 천천히 고개를 끄덕였다.

"어머, 너."

놀란 하경애의 목소리가 높아졌다가 금방 속삭이듯 변했다.

"너 어디야?"

"어디긴? 카이로지."

강영주의 목소리에 웃음기가 있다.

지금 하경애는 식당 카운터에서 전화를 받는다.

낮 12시 10분.

점심시간이 되었는데도 식당은 텅 비었다.

"너 때문에 내가 시달려 죽겠다."

하경애가 말을 이었다.

"오늘 아침에도 국장실 직원 둘이 다녀갔어."

"그건 당연하지."

"조금 전에는 집행부에서 전화가 왔고."

"집행부는 왜?"

"그냥 널 찾더라. 국장하고의 관계를 물었어."

"별 미친놈들 다 봤네."

"그런 사이인 줄 알던데. 집행부원이."

"국장한테 물어보라고 하지 그랬어?"

"내가 어떻게?"

"그런데 언니."

"너 때문에 내가 죽겠어. 이젠 나를 잡아가려고 할 거다."

"그래서 전화한 거야, 언니."

강영주가 말을 이었다.

"언니, 김재일이를 평양에 고발했어. 그러니까 조금만 기다려."

"누가?"

"내가 탄원서를 냈어. 정식으로."

"……."

"한국 정부를 통해서 평양에다. 이건 총국장이건 호위총국장이건 누구도 어쩔 수 없어. 지도자 동지한테 직접 보냈으니까."

하경애가 숨을 죽였다.

강영주의 배후가 누구인가?

리스타다. 리스타가 보냈다는 말이다.

"전화가 왔는데요."

안필수가 송화구를 손바닥으로 막고 말했다.

낮 12시 25분, 리스타연합 사무실 안.

안필수가 전한성을 보았다.

"한국인입니다. 이민 담당 책임자를 찾는데요."

바로 전한성이다.

전한성은 남북한 이민단에 책임자로 알려져 있는 것이다.

전한성이 전화기를 귀에 붙였다.

"예, 전화 바꿨습니다."

"전한성 씨죠?"

사내의 목소리다.

"예, 그렇습니다."

"만나서 할 이야기가 있습니다."

"무슨 이야기죠?"

"북한 이민자에 관한 이야기인데요."

"누구십니까?"

"북한 이민자입니다."

사내가 말을 이었다.

"중요한 이야기입니다."

전한성이 망설였다. 중요한 이야기라는데 무시할 수가 없는 것이다.

이윽고 전한성이 입을 열었다.

"좋습니다. 시간, 장소를 정하지요."

식당으로 들어선 전한성은 안쪽에 혼자 앉아 있는 사내를 보았다.

오후 4시 5분, 이곳은 신시가지 중심부의 나일호텔 중식당 안이다.

어중간한 시간이어서 식당에는 손님이 사내 외에 남녀 한 쌍뿐이다.

전한성이 다가가자 사내가 자리에서 일어섰다.

30대 후반쯤으로 흰색 셔츠에 검정 바지 차림, 햇볕에 탄 피부, 큰 키에 마른 체격이다.

사내가 고개를 숙여 인사했다.

“조연태입니다. 총정치국장 김재일의 보좌관입니다.”

“전한성이오.”

악수를 나눈 둘은 마주 보고 앉아 있다.

종업원이 다가오지 않은 것은 조연태가 말해 놓았기 때문이다.

그때 조연태가 입을 열었다.

“툭 까놓고 말하지요. 우리가 살려고 만나자고 한 겁니다.”

전한성이 시선만 주었고 조연태가 말을 이었다.

“집행부장 백태수가 우리를 죽이려고 하기 때문이오.”

“…….”

“내가 집행부에서 흘러나온 소문을 들었는데 오늘 아침에 리스타의 이동욱 사장을 저격했다는 겁니다.”

“…….”

“집행부의 저격병이 말입니다.”

“…….”

“그것이 성공했는지는 알 수가 없고.”

조연태가 번들거리는 눈으로 전한성을 보았다.

“백태수가 총국장을 평양에 밀고했다는 겁니다. 여자 문제, 정치위원들의 이탈 문제 등으로 말요.”

“…….”

“그래서 우리가 백태수를 제거할 겁니다. 우리가 그놈 동선을 아니까.”

전한성의 눈빛이 강해졌고 조연태가 말을 이었다.

“그렇게 되면 평양에서는 총국장 소환을 늦출 수밖에 없을 거요. 우리는 시간을 번 셈이지."

그때 전한성이 입을 열었다.

"내가 어떻게 해드릴까?"

"우리를 보호해주시오."

"어떻게?"

"최악의 경우가 되었을 때 우리를 받아달라는 말이오."

"그런 상황이 되면 북한 이민자들은 극심한 혼란 상태가 될 텐데, 북한 당국이 놔둘 것 같소?"

"우리가 조직을 리스타 쪽에 흡수시켜드리지요."

조연태가 정색하고 전한성을 보았다.

"이건 우리 총국장의 제의요."

전한성이 숨을 들이켰다.

이건 개별 투항, 개별 반역이 아니다. 이민단 전체를 흡수시킨다는 프로젝트다.

대반역이다. 아니, 대반역이 성공하면 대공신이 된다.

오후 5시 반.

전한성의 보고를 받은 이동욱이 서정연을 보았다.

안가 안, 응접실에는 셋이 둘러앉아 있다.

전한성이 돌아와 바로 보고를 한 것이다.

그때 서정연이 입을 열었다.

"차도살인(借刀殺人)이 되겠네요. 전황이 급반전될 가능성이 있습니다."

서정연의 두 눈이 생기로 반짝였다.

"김재일을 흡수한다면 북한 문제가 전혀 예상치 못한 방법으로 해결이 됩니다. 우리는 전력을 다해서 김재일을 보호해야 될 것 같습니다."

"어떻게 말인가?"

이동욱이 묻자 서정연이 손목시계부터 보았다.

"본사 사장께 보고부터 해주시지요. 본사에서 대책을 세워 주시는 게 나을 것 같습니다."

그만큼 큰 사건이라는 뜻이다.

기획 실장으로 작전을 총괄하는 서정연의 제의다.

이동욱이 두말하지 않고 전화기를 들었다. 해밀턴에게 보고를 하려는 것이다.

"안 동무는 김치 담그는 솜씨가 좋아."

백태수가 안미숙을 칭찬했다.

"내가 먹어본 김치 중에서 제일이야."

"아유, 김치는 제 남편이 만듭니다."

허리를 비튼 안미숙이 웃었다.

오후 6시 반, 백태수와 홍경호는 지금 김치찌개 백반으로 저녁을 먹는 중이다.

구시가지에 위치한 '평양식당' 안.

이곳은 백태수의 거처 옆이어서 식당 노릇을 한다.

'평양식당'도 이주민 안미숙의 가게였는데 10평 규모의 한식당이다. 이 식당도 장사가 안 되어서 문 닫기 직전이었다가 기사회생을 했다. 그것은 집행부 50명이 근처 주택에 투숙하면서 아침저녁을 이곳에서 먹었기 때문이다.

안미숙은 35세, 통통한 몸매의 귀여운 용모로 남편과 둘이서 식당을 운영한다.

백태수가 음식을 삼키고는 홍경호에게 말했다.

"내일쯤이면 당에서 연락이 올 거야. 그럼 김재일은 끝나는 거지."

"새 총국장이 오겠지요?"

"오겠지."

"누가 올까요?"

그렇게 묻는 홍경호는 백태수의 부관이다. 현역 대위.

홍경호가 말을 잇는다.

"김 총국장의 보좌관 조연태와 경호책임자 윤철은 어떻게 됩니까?"

"그놈들도 함께 처리되겠지. 너하고 나처럼 말이다."

백태수가 쓴웃음을 지었다.

"공생공사하는 관계니까."

"그렇군요."

"그러니까 상관을 잘 만나야 하는 거다."

백태수의 시선을 받은 홍경호가 고개를 끄덕였다.

그때 종업원이 쟁반에 반찬 그릇을 받쳐 들고 다가왔다.

남자 종업원인데 아랍인. 처음 보는 얼굴이다.

그때 다가선 종업원이 쟁반 밑을 받쳤던 손을 빼냈다.

소음기가 끼워진 권총.

둘이 동시에 눈을 치켜뜬 순간이다.

"퍽. 퍽. 퍽."

바로 50센티 거리에서 세 발이 동시에 발사되었다.

백태수가 먼저 얼굴 한복판에 총탄을 맞았다.

홍경호는 벌떡 일어서는 바람에 목과 가슴까지 두 발을 맞았다.

"퍽."

홍경호가 넘어지면서 꿈틀거리는 바람에 뒷머리에 또 한 발을 맞았다.

상관을 잘못 만났기 때문이다.

그때 사내가 소리쳤다.

"IS 만세!"

다께다가 낮게 신음 소리를 뱉더니 앞에 선 사또를 보았다.

오후 8시 10분, 일본 대사관의 구내식당 안.

서둘러 들어선 사또의 눈동자가 흐려져 있다. 털썩 자리에 앉은 사또가 말을 이었다.

"식당 안에서 사살되었습니다."

"누가 쏜 거야?"

"종업원으로 위장한 놈이라고 합니다."

사또가 말을 이었다.

"지금 집행부가 패닉 상태입니다."

"……."

"저택에 모여서 회의 중인데 부장과 보좌관까지 사살되는 바람에 혼란 상태가 되어 있습니다."

"그래도 선임자는 있을 것 아닌가?"

"1조장 전기영이란 자인데 통솔이 어려운 것 같습니다."

다께다가 어깨를 늘어뜨렸다가 사또를 보았다.

"누구야?"

"알바그다디가 보낸 암살자라는 소문이 났습니다."

"……."

"그놈이 식당을 뛰쳐나가면서 'IS 만세'를 외쳤다고 합니다."

"리스타에서 시킨 거야."

그러나 사또는 대답하지 않았다.

사람들은 IS라고 믿을 것이다.

김재일이 보낸 조연태가 저택에 왔을 때는 오후 9시 무렵이다.

저택은 뒤숭숭하다. 백태수와 홍경호의 시신은 근처 병원으로 옮겨져서 서너 명이 병원으로 가 있다.

조연태가 전기영에게 말했다.

"전 상위, 이럴 때일수록 뭉쳐야 한다는 것이 총국장 동지의 지시야."

전기영은 상위 출신이다. 계급이 조연태보다 아래다.

둘은 어둠에 덮인 담장 가에 서 있다.

조연태가 말을 이었다.

"내일 아침에 총국장 동지가 오실 거야. 그러니까 전 상위가 준비시켜 주게."

"총국장이 오십니까?"

놀란 전기영이 조연태를 보았다.

전기영과 조연태는 같은 부대에 있었기 때문에 친한 사이다.

조연태가 고개를 끄덕였다.

"그래야지. 백 부장이 저렇게 당한 상황인데 총국장이 수습해야지."

"IS가 우리를 공격할 이유가 없습니다."

"IS는 리스타의 앞잡이야."

조연태가 지그시 전기영을 보았다.

"오늘 아침에 백 부장이 리스타 사장을 저격하라고 저격조를 보냈지?"

"그건 모르는 일입니다."

"저격조가 있을 것 아냐?"

"3개 조가 있지요."

고개를 끄덕인 조연태가 목소리를 낮췄다.

"어쨌든 총국장이 집행부를 위무할 거야. 동요하지 말고 기다려."

평양. 호위총국장 장성달이 앞쪽 자리에 앉았을 때 선전선동부장 우명수가 고개를 들었다.

이곳은 주석궁의 선전선동부장실 안.

우명수의 옆에는 제1부 부장 박기도가, 장성달 옆에는 보좌관 최상구 소장이 앉아 있다.

오전 9시, 우명수가 장성달을 부른 것이다. 둘 다 실세지만 서열이 다르다. 현재 당 서열은 우명수가 5위, 장성달이 17위다. 한 달 전만 해도 장성달이 6위, 우명수가 13위였는데 갑자기 뒤집혔다.

호위총국이 아프리카 이민을 주관한 것이 이유다. 북한이 이민을 시작한 지 벌써 6개월. 그러나 이민자가 벌써 20만이 넘었는데도 성과가 없고 사고만 났기 때문이다. 탈출자가 늘어나는 데다 본부 격인 이집트 조직이 흔들리고 있다.

그때 우명수가 입을 열었다.

"장 국장 동무, 이집트에서 보고 받았소?"

"이집트 말입니까? 어떤 것 말씀이오?"

장성달이 되물었다.

장성달은 68세. 우명수보다 5살 연상이다.

한때 우명수는 장성달이 군단장 시절 때 연대장이었다. 상장이었을 때 대좌였던 우명수가 갑자기 장성달의 윗사람이 되었다.

우명수의 얼굴에 쓴웃음이 번졌다.

"이집트의 우리 이민단 상황에 대해서 보고를 받았느냐고 물은 거요."

"아, 그렇지 않아도 말씀드리려고 했습니다."

장성달이 고개를 돌려 최상구를 보았다.

그러자 최상구가 가방에서 서류를 꺼내 장성달에게 건네주었다.

"이집트 총정치국에 파견된 집행부장 백태수 대좌가 보낸 고발장이 있습니다."

"백태수?"

"예, 총정치국장 김재일에 대한 비위, 부패 혐의에 대한 고발입니다."

"……."

"그걸 마침 부장께 보고 드리려고 했는데요."

그때 우명수가 이맛살을 찌푸렸다.

"나도 조금 전에 보고를 받아서 국장을 부른 거요. 국장은 보고를 받지 못한 것 같구만."

"……."

"지금까지 백태수한테서 직접 보고를 받아왔지요?"

"그건 규칙으로 되어 있지 않습니까?"

"그건 알고 있어요."

이번에는 우명수가 고개를 돌려 박기도를 보았다.

"국장께 말씀드려."

박기도가 옆에 놓인 서류를 들었다.

"총국장 김재일이 보낸 긴급 보고인데 말씀드리겠습니다."

고개를 든 박기도가 말을 이었다.

"어젯밤에 백태수가 식당에서 보좌관하고 밥을 먹다가 IS 암살자에게 암살되었습니다."

장성달이 숨을 들이켰고 박기도가 장성달을 보았다.

"지금 김 총국장이 집행부를 수습하고 있는데요."

어깨를 늘어뜨린 장성달이 외면했다.

김재일은 우명수가 파견한 인물이다. 그리고 사살되었다는 백태수는 장성달 소속인 것이다.

백태수가 고발장을 보냈지만, 우명수가 받아들일지도 의문이기는 했다.

장성달이 재빨리 마음을 굳혔다.

"당분간 집행부도 김 총국장의 직접 관리 체제로 만드는 것이 낫겠습니다."

이집트, 밤 11시 반. 구시가지 핫산 모스크 뒤쪽의 단층 저택 안.

승용차 1대가 저택 마당으로 들어서더니 현관 앞에 멈춰 섰다.

현관 앞에서 기다리던 전한성이 차에서 내리는 김재일을 맞는다.

김재일은 조연태, 윤철과 함께 현관 안으로 들어섰다.

응접실에 앉아 있던 이동욱이 들어서는 김재일을 맞는다.

이동욱의 뒤에는 서정연이 서 있다.

인사를 마친 일행은 소파에 마주 보고 앉았다.

이동욱은 좌우에 서정연과 전한성이, 김재일은 윤철과 조연태가 앉아 있다.

그때 김재일이 먼저 입을 열었다.

"내가 군 출신입니다. 현역 중장이지요. 그래서 성격이 단순합니다."

김재일이 번들거리는 눈으로 이동욱을 보았다.

"그래서 인간적으로 결점이 많지만 조국을 배신하는 것이 가슴 아픕니다."

이동욱은 듣기만 했고 김재일의 말이 이어졌다.

"진즉 만나서 협조를 구했어야 했는데, 이제 찾아뵈어서 죄송합니다."

이동욱이 고개를 끄덕이며 말했다.

"저격수를 보낸 대가를 받은 것이지. 그것도 일본 놈의 지시를 받고 말요."

숨을 죽인 김재일에게 이동욱이 말을 이었다.

"김 국장, 이건 분명히 합시다."

이동욱이 김재일을 쏘아보았다.

"내가 보호해드리면 당신은 출세가도를 달리게 될 거요. 이집트는 물론, 아프리카의 리스타연방에서 기반을 굳히게 되겠지. 물론 북한 정부의 신임도 받을 것이고."

모두 숨을 죽였고 이동욱의 말이 이어졌다.

"그것이 곧 리스타 아프리카연방뿐만이 아니라 남북한에 대해서도 좋은 일이 될 거요. 그렇게 생각하지 않습니까?"

"그건, 그렇습니다."

겨우 김재일이 대답했을 때 이동욱이 쓴웃음을 지었다.

"자, 그럼 남북한 합의는 한 셈이오. 이젠 우리가 주도해서 세상을 이끌어 봅시다."

오전 8시 반.

김재일이 차에서 내리자 현관 앞에 서 있던 전기영과 조장 4명이 일제히 허리를 꺾어 절을 했다.

가볍게 손을 들어 보인 김재일이 전기영의 안내를 받고 안으로 들어섰다.

김재일은 조연태, 윤철과 동행이다.

응접실에 자리 잡은 김재일의 좌우로 조장들이 둘러앉았다.

무거운 분위기. 이틀 전만 해도 이곳은 백태수가 주인이었던 아지트다.

그때 김재일이 입을 열었다.

"백 대좌가 사고를 당해서 나도 가슴이 아프다."

고개를 든 김재일이 조장들을 둘러보았다.

"하지만 이대로 좌절할 수는 없어. 그래서 내가 너희들까지 직접 지휘하도록 지시를 받았다."

"……."

"선전선동부장 우명수 동지의 지시다."

방 안에는 숨소리도 나지 않는다.

모두 우명수가 누구인지를 아는 것이다.

"모두 기운을 내고 대기하도록."

김재일이 옆에 앉은 조연태를 보았다.

"격려비를 나눠주도록."

"예, 총국장 동지."

대답한 조연태가 조장들에게 말했다.

"총국장 동지께서 예산을 일부 절약해서 동무들에게 격려금을 주시기로 했어. 조장급은 5백 불씩, 조원은 2백 불씩을 지급할 거요."

조장들의 분위기가 조금씩 풀어지기 시작했다.

김재일이 말을 이었다.

"IS에 대한 복수는 철저하게 준비한 후에 그 몇십 배로 갚아줄 것이다. 그러니 동무들은 대기하도록. 알겠나?"

"예."

조장들이 일제히 대답했을 때 김재일이 물었다.

"조원이 모두 52명인가?"

그때 조장 하나가 대답했다.

"52명 외에 3개 저격조가 있습니다. 제가 관리하고 있지요."

"그럼 동무가 저격조까지 관리하는군."

"예, 모두 15명이 됩니다."

격려금이 지급될 것이라 인원을 다 밝혀야 된다.

조장이 말을 이었다.

"저격조는 집행부에 포함시키지 않았습니다."

그것은 총정치국의 인원 현황에도 포함되지 않았다는 말이다.

김재일이 고개를 끄덕였다.

"저격조 내역도 제출하도록."

강영주가 돌아왔다.

나흘 동안 여행을 다녀왔다고 둘러대도 시비를 거는 사람은 없다. 총정치국장 김재일이 아무 말 안 하는데 누가 나설 것인가?

오전 11시.

김재일의 수족 같은 부하 조연태와 윤철이 신시가지의 센트럴빌딩 2층의 일식당에 앉아 있다.

방 안에는 전한성과 강영주가 둘 앞에 앉아 있다.

조연태, 윤철은 강영주의 등장에 의아한 표정을 지었지만 입을 열지는 못했다.

이제는 전한성이 대북 관계 책임자였기 때문이다.

전한성이 입을 열었다.

"당신들, 둘이 북한 이민단 업무의 실무 책임자여서 내가 보자고 한 건데."

전한성이 둘을 번갈아 보았다.

"당신들 둘한테만 미리 말해두는데 여기 앉은 강영주 씨하고 내가 앞으로 결혼할 예정이야."

"아, 그렇습니까?"

먼저 조연태가 고개를 끄덕이며 웃었다.

"축하합니다. 잘되었습니다."

"축하합니다."

윤철도 둘을 번갈아 보면서 물었다.

"언제 결혼하십니까?"

"이민이 안정될 때까지는 비밀로 할 거네."

"알겠습니다. 저희들 둘만 알고 있지요."

"앞으로 연락할 일이 있으면 강영주 씨를 통하겠네."

전한성이 테이블 밑에 놓인 가방 2개를 들어 둘 앞에 내려놓았다.

"이걸로 부하들 관리 비용으로 써. 안에 5만 불씩 들었어."

둘이 일제히 숨을 들이켰고 전한성이 말을 이었다.

"잘 먹고, 잘살려고 이민 온 것이 아닌가? 만리타향까지 와서 번 돈을 세금으로 바치고 끌려다녀야 하나? 당신들이 앞장서서 풀어줘. 우리가 적극 협조해 줄 테니까."

가방을 든 둘이 상기된 얼굴로 나갔을 때 전한성이 강영주를 보았다.

"우리가 해방시키는 거야, 어렵게 설명할 것 없이."

"잘 먹고 잘사는 것?"

"응, 자유롭게."

"그게 남조선식이야?"

"그래. 간단하지?"

전한성이 말을 이었다.

"말 길고 이유 많은 건, 다 사기야."

그러고는 전한성이 옆에 놓인 가방을 눈으로 가리켰다.

"이거 가져가."

"나한테도 주는 거야?"

"어려운 사람 도와줘."

"정치위원들도 세금을 못 내는 상황이니까."

전한성이 고개를 끄덕였다.

"알게 되겠지. 우리가 낙원으로 가는 푯값을 제공했다는 것을. 처음에는 매수당한 느낌이 들지도 모르지만, 이것이 선의라는 것도 알게 될 거다."

"자기가 말이 기네."

강영주가 웃으면서 말했다.

"말 길게 안 해도 내가 알아."

오후 3시 반.

응접실로 들어선 김수남과 고종호가 주춤거렸기 때문에 윤철이 소파를 눈으로 가리켰다.

"거기 앉아서 기다려."

둘이 소파에 앉자 곧 안쪽 문이 열리면서 김재일이 나왔다.

이곳은 총정치국장 김재일의 저택이다.

둘이 벌떡 다시 일어섰을 때 김재일이 웃으면서 말했다.

"아, 잘 왔어."

다가선 김재일이 자리에 앉는다.

둘이 다시 앉았을 때 김재일이 입을 열었다.

"너희들, 지난번 임무는 실패했지만, 이번에는 제대로 할 수 있을 거다."

긴장한 둘을 번갈아 보면서 김재일이 말을 이었다.

"일본 대사관의 영사 사또 에이사쿠와 대사관 안에 있는 다께다란 인간이야."

김재일의 눈빛이 강해졌다.

"대사관 근처에는 높은 건물도 없고, 두 놈은 거의 외출도 하지 않아. 그러니까 안으로 들어가는 수밖에 없어."

"……."

"너희들 둘은 전문가야. 저격뿐만이 아니라 살인 방법을 여러 가지 익혔을 것 아닌가?"

"예, 총국장 동지."

김수남이 먼저 대답했다.

"여러 가지 방법이 있습니다."

"일본 놈들은 우리 원수다."

어깨를 편 김재일이 둘을 번갈아 보았다.

"이곳에서도 북조선과 남조선을 이간질해서 서로 죽이도록 음모를 꾸몄어."

"……."

"이번에 너희들이 실패한 작전도 그놈들이 백 대좌를 사주해서 꾸민 음모였다."

"……."

"그것이 다행히 실패한 것이지. 너희들은 제대로 쏜 것이지만, 뒷좌석은 비어 있었으니까."

심호흡을 한 김재일이 둘을 번갈아 보았다.

"이번에는 수단과 방법을 가리지 말고 성공해라."

"예, 총국장 동지."

둘이 동시에 대답했을 때 김재일이 둘 앞에 비닐 가방 하나씩을 놓았다.

"여기 3만 불씩 들었다."

둘이 가방만 보았고 김재일이 말을 이었다.

"너희들 가족에게 보내도록 해라."

둘의 표정이 굳어졌다.

그러나 가방을 응시하는 두 쌍의 눈이 번들거리고 있다.

이것은 미리 받은 사망 보험금이나 같은 것이다.

엄청난 금액이다. 이 돈이면 가족은 평생 여생을 보낼 수 있을 것이었다.

홀가분하게 집중할 수 있다.

"이상하다."

이맛살을 찌푸린 다께다가 사또를 보았다.

일본 대사관의 상황실 안.

다께다가 입을 열었다.

"김재일이 송환되지 않는군. 백태수가 죽었기 때문일까?"

"그런 것 같습니다. 하지만."

사또가 말을 이었다.

"김재일까지 송환되면 북한 지휘부가 없어지는 셈이 되니까요."

다께다는 백태수가 평양의 호위총국장 장성달에게 김재일의 비행 사실을 직보한 것을 알고 있는 것이다.

다께다가 어금니를 물었다가 풀었다.

"집행부장과 부관까지 암살당하는 바람에 연결 고리가 끊겼어."

"김재일에게 연락해보는 것이 어떻습니까? 그것이 자연스러운 것 같은데요."

사또가 말을 이었다.

"북한과는 동맹을 맺은 상황이 아닙니까? 북한 정권에서 허가한 상황인데 김재일이 따라야겠지요."

"좋아."

고개를 끄덕인 다께다가 전화기를 눈으로 가리켰다.

전화를 하라는 표시다.

"여보세요."

김재일의 목소리가 수화구를 울렸다.

그때 다께다가 입을 열었다.

"총국장님, 다께다입니다."

"예, 오랜만입니다."

"백 선생의 사고로 심려가 크시겠습니다."

"예, 걱정해주셔서 고맙습니다."

"그런데 총국장께 상의드릴 일이 있는데요."

다께다가 목소리를 낮췄다.

"이번 사건과도 관계가 있는 일입니다."

"아, 그래요? 그럼 한 번 뵙시다."

김재일이 말을 이었다.

"언제가 좋겠습니까?"

"그건 제가 곧 시간과 장소를 말씀드리겠습니다."

다께다가 힐끗 앞에 앉은 사또에게 시선을 주었다.

시간, 장소는 신중하게 선택해야 한다.

백태수가 당한 것은 정보가 새었기 때문이다.

다께다는 백태수가 리스타에 당했다고 확신하고 있는 것이다.

리스타랜드, 오후 6시.

수평선 위에 붙은 붉은 태양이 바다로 빠져드는 것 같다.

베란다의 등나무 의자에 나란히 앉은 이광과 해밀턴, 안학태, 정남희가 석양을 바라보고 있다. 석양의 반사광을 받은 넷의 얼굴이 황금빛으로 물들었다.

"리스타 아프리카의 수도는 수단의 하르툼이 좋겠어."

문득 이광이 말했기 때문에 모두 긴장했다. 그러나 시선은 앞쪽을 향한 채 움직이지 않는다.

이광이 말을 이었다.

"아프리카 중앙이기도 하지만, 그곳에서 사방으로 철도와 도로를 건설하면 모두 발전할 수가 있을 거야."

"……."

"콩고나 차드도 괜찮겠군."

해밀턴이 고개를 돌려 이광을 보았다.

이광의 결심이 하루툼으로 굳어진 것이 아닌 것 같다.

"회장님, 콩고는 아직 리스타연방이 아닙니다."

"아, 그런가?"

"현재 리스타 아프리카는 22개국인데, 당분간 현 상태에서 연방국을 늘리지 않고 있습니다."

"그렇지, 참."

"참가 희망국이 12개국입니다. 그렇게 되면 아프리카의 절반 이상이 됩니다."

"12개국까지 합하면 인구는 얼마나 되겠나?"

그러자 안학태가 대답했다.

"아프리카 인구의 70퍼센트쯤 됩니다."

"많군."

"8억에 가깝게 되지요."

"한반도의 한민족은?"

"8천만 정도니까요."

"남북한에서 아프리카로 얼마나 이민을 오게 되나?"

"향후 10년쯤 지나면, 1천만 가깝게 될 것 같습니다."

이번에는 정남희가 말했다.

"1천만이 아프리카 13억과 공존하게 되는 것이지요."

"10년쯤 후에는 아프리카 인구가 13억쯤 될 것입니다."

지금이 2010년인 것이다.

그때 이광이 고개를 돌려 해밀턴을 보았다.

"이집트의 북한 이민 총정치국장을 포섭한 것이 국면 전환의 계기가 되었어."

"예, 회장님."

해밀턴이 고개를 끄덕였다.

지금까지 이집트 상황을 보고했던 것이다.

해밀턴이 말을 이었다.

"일본과 미국의 방해를 막아야 합니다."

"대세란 것이 있어."

이광의 얼굴에 웃음이 떠올랐다.

"대세에 휩쓸리면 막을 수 없어."

그동안 수많은 곡절을 겪어온 이광이다.

모두 고개를 끄덕였다.

"이제는 리스타가 대세야. 한민족이 대세라고."

해밀턴은 미국 출신이지만 반론을 제기하지 않는다.

지금 회의도 한국말로 하는 중이다.

다께다의 연락이 왔을 때는 다음 날 오전 9시다.

"일본 대사관 옆에 일식당 '도쿄'가 있습니다. 오늘 오후 6시에 저녁 식사를 하십시다."

다께다가 입을 열었다.

"우리 측에서는 저와 사또 영사, 둘이 나가겠습니다."

"알겠습니다. 그럼 저하고 정치위원 하나하고 같이 가지요."

전화기를 내려놓은 김재일이 옆에 선 조연태에게 말했다.

"도쿄 식당에서 6시야."

"알겠습니다."

조연태가 자리에서 일어섰다.

4장
반(反) 리스타연합

통화가 끝났을 때 사또가 다께다에게 말했다.

"보좌관님, 김재일이 집행부를 접수했다는 소문이 났습니다."

"백태수의 고발이 먹히지 않은 것 같아."

고개를 끄덕인 다께다가 사또를 보았다.

"만나보면 알 수 있겠지."

"어쨌든 정책은 결정되어 있으니까, 김재일도 협력해야겠지요."

사또가 맞장구를 쳤다.

"김재일이 비협조적이라면 평양에 알려주면 됩니다."

일식당 도쿄는 3층 건물의 1층에 자리 잡고 있었는데 일본 대사관 옆이다.

대사관 옆문으로 나와 3미터 폭의 골목만 건너면 도쿄의 주방 뒤쪽 문이 나온다. 그래서 대사관 직원들은 3미터 거리의 옆문을 이용하는 것이다. 10초도 안 걸리는 거리다.

오후 5시 반.

일본 대사관에서 나온 직원들이 도쿄의 1층을 수색했다.

홀에는 손님이 꽤 있었지만 룸은 5개 중 4개가 비었다.

"이상 없습니다."

경호실장 오까다에게 차장 사꾸마가 보고했다.

"요원을 모두 배치시켰습니다."

"좋아. 대기."

고개를 끄덕인 오까다가 무전기를 입에 붙였다.

"준비 끝났습니다."

"알았다."

수화구에서 사또의 목소리가 울렸다.

지금 사또는 다께다와 함께 대사관에서 대기 중이다.

통신을 끝낸 오까다가 사꾸마를 보았다.

"저쪽은 출발한 거야?"

"예, 5분 전에 도착할 겁니다."

사꾸마가 말을 이었다.

"일행이 8명, 차 2대에 타고 옵니다."

"집행부장이 암살당하고 나서, 기가 죽어 있을 거야."

"IS가 만세를 부르고 도망쳤지만 리스타가 배후라는 정보가 있습니다."

오까다가 말을 받았다.

"북한 놈들이 지금 공황 상태야."

"믿을 만한 놈들이 못 됩니다."

고개부터 저은 사꾸마가 식당 안을 둘러보았다.

"지도부가 다 썩었다는 소문입니다."

오까다는 대답하지 않았다.

그 지도부를 오늘 만나는 것이다.

"사또, 오늘 김재일을 만날 때 분명히 해둘 것이 있어."

다께다가 앞에 앉은 사또를 보았다.

"본국의 지시야."

"뭡니까?"

대사관 안, 상황실에는 둘뿐이었지만 다께다가 목소리를 낮췄다.

"리스타가 북한 이민단 간부들을 매수하고 있는 것을 막아야 돼."

"그렇습니다."

사또가 고개를 끄덕였다.

"그건 제가 맡겠습니다."

"공작금으로 1차 예산이 5백만 불 책정되었어."

다께다가 말을 이었다.

"사또, 당신이 김재일에게 그 이야기를 해. 내가 직접 말하기에는 부담스러우니까."

"알겠습니다."

사또가 고개를 끄덕였다.

리스타를 누르려면 무슨 짓이든 하겠다는 것이 일본의 정책이다.

이집트 주재 미국 총영사 마이크 체임벌린이 부르스 고든을 보았다.

미국 대사관 회의실 안.

"오늘 김재일과 다께다가 만난다구?"

"다께다가 만나자고 한 겁니다."

"다께다가 급한 모양이군."

"집행부장하고 보좌관이 암살당했기 때문이죠."

"갓댐. 북한 놈들이 문제야."

"그래서 수습하려는 것 같습니다."

부르스가 이맛살을 찌푸리고 마이크를 보았다.

"그런데 좀 수상합니다."

"뭐가?"

"김재일의 부하들이 돈을 흥청망청 쓰고 다닙니다."

"무슨 소리야?"

"보좌관 한 놈은 차를 사서 끌고 다닙니다. 중고차지만 1만 불 가깝게 되는 차입니다."

"세금 횡령을 했군, 도둑놈들."

"그 차를 몰고 사무실에도 나옵니다. 전에는 한 달에 150불을 받고 점심때 빵 한 쪽씩 먹던 놈들이 호텔에서 식사를 합니다."

"우리 입장에서 생각하면 돼."

마이크가 쓴웃음을 짓고 말했다.

"부패한 놈들일수록 다루기가 쉬운 법이야. 우리가 약점을 쥐게 되거든."

손목시계를 본 마이크가 말을 이었다.

"이제 곧 일본과 북한의 회담이 시작되겠군."

6시 10분 전이다.

회담이 끝나면 바로 일본 측으로부터 결과가 보고될 것이다.

"가시죠."

사또가 말했을 때 다께다가 자리에서 일어섰다.

이곳에서 옆문으로 나가 도쿄 식당 안으로 들어서는 데 5분도 걸리지 않는다.

주방 문 앞에 선 오쿠보의 귀에 무리야마의 목소리가 울렸다.

"지금 나가신다."

"오케."

오쿠보가 주방 옆쪽의 후문을 열었다.

도쿄 식당 뒤쪽의 샛문이다.

3미터 폭의 골목 건너편이 일본 대사관 담장이었고 비스듬한 앞쪽으로 샛문이 나 있다. 샛문과 샛문 간의 거리는 6미터 정도.

일단 이쪽 문을 열었으니 들어오기만 하면 된다.

마당을 건너 담장에 뚫린 철문의 빗장을 풀었을 때는 6시 5분 전이다.

일행은 네 명.

다께다, 사또, 그리고 사또의 부하 오쿠보 그리고 앞장선 경호원 노무라다.

빗장을 푼 노무라가 골목으로 나왔고 뒤를 다께다가 따른다.

사또, 오쿠보까지 골목으로 나왔을 때 대사관 직원이 안에서 문을 걸어 잠갔다.

이제 넷은 골목으로 나왔고 6미터 앞의 식당 샛문으로 다가갔다.

앞장서 걷던 노무라가 퍼뜩 고개를 들었다.

앞쪽에서 사내 둘이 다가오고 있다. 쑵에 터번을 썼고 위에 작업복을 걸쳤다.

골목 안쪽에서 나타났다.

거리는 15미터. 쪽문까지의 거리는 4미터.

다섯 걸음.

노무라가 발을 떼었다. 눈에 힘이 들어갔고 숨이 가빠졌다.

다시 두 걸음.

식당 샛문과는 두 걸음.

노무라가 다시 힐끗 두 사내를 보았다.

그 순간, 두 사내가 일제히 주머니에서 권총을 꺼내 겨누었다.

노무라가 입을 딱 벌린 순간이다.

"퍽, 퍽, 퍽, 퍽."

두 정의 총구에서 발사음이 울렸다.

"퍽, 퍽, 퍽, 퍽."

20분 후.

전화기를 내려놓은 부르스가 마이크를 보았다.

차분한 표정이다. 그러나 눈동자는 흐려져 있다.

"식당 뒷골목에서 다께다와 사또가 암살되었습니다."

마이크는 시선만 주었고 부르스의 말이 이어졌다.

"식당으로 들어가려던 넷이 골목 안에서 사살된 겁니다."

"누구야?"

"아랍인 복색의 둘이라고 합니다. 그쪽에는 제대로 본 사람이 없어서……."

"망했군."

"백태수에 이어서 일본 책임자까지 암살을 당한 겁니다."

"갓댐."

고개를 든 마이크가 부르스를 보았다.

마이크의 눈동자도 흐려져 있다.

식당에 도착했던 김재일과 조연태, 윤철은 후문 앞의 소동 때문에 자리에 앉지도 못했다.

다께다, 사또까지 피살되었다는 전언을 받고 나서 바로 차를 타고 돌아간 것이다.

돌아가는 차 안에서 김재일이 윤철에게 말했다.

"잘했군."

"예, 전문가들이니까요."

윤철이 말을 이었다.

"이번에는 위치가 좋아서 잘 빠져나간 것 같습니다."

암살자는 김수남, 고종호다.

아랍인으로 가장하고 골목 안에서 기다리다가 암살을 한 것이다.

김재일이 고개를 끄덕였다.

"이번에는 제대로 했군."

다음 날 오전의 정치위원 회의에는 위원 전원이 참석했다.

모두 15명.

총국장 김재일이 둘러앉은 위원들에게 말했다.

"들으셨겠지만 일본 대사관의 고위층이 암살을 당했어요. 우리하고는 상관없는 일이지만, 이주민들의 편의를 위해 위원들이 힘써 주시기를 바랍니다."

김재일의 시선이 강영주에게 머물렀다가 지나갔다. 그러나 차가운 시선은 아니다.

김재일이 말을 이었다.

"그리고 세금 문제인데. 당분간은 세금 독촉을 하지 말도록."

그러자 모두 술렁거렸고 서로 얼굴을 마주 보면서 끄덕이는 위원들도 있다.

오늘 회의의 목적은 이것이다.

이주민들에게 세금 압박을 없애주려는 것이다.

이것은 김재일의 독자적인 결단이고 북한의 '아프리카 이주민' 자치위원회의 첫 작품이기도 했다.

물론 배경에 리스타가 있다는 것은 김재일과 몇 명만 안다.

그 몇 명 중 하나인 강영주가 정치위원 회의가 끝난 후에 김재일과 독대하고 있다.

김재일이 강영주에게 '차'를 보냈다가 허탕을 친 지 일주일이 되는 날이다.

오늘 독대는 김재일이 불렀기 때문인데 강영주는 전혀 긴장한 표정이 아니다.

김재일이 웃음 띤 얼굴로 강영주를 보았다.

"내가 보좌관한테서 들었어. 강 동무가 전 선생하고 곧 결혼하다면서?"

"네, 총국장 동지."

강영주도 웃음 띤 얼굴로 김재일을 보았다.

"부끄럽습니다. 나이도 30대 중반인데요."

"아니, 부끄럽기는?"

정색한 김재일이 강영주를 보았다.

"축하할 일이지. 결혼식에는 내가 꼭 참석해야지."

"감사합니다."

"내가 전에 실수한 것이 있다면 이해해주기를 바라. 그 이야기를 하려고 부른 거야."

"실수는요? 저는 다 잊었습니다."

"앞으로 잘 지내게 될 거야."

"그럼요."

"그래서 말인데 강 위원이 정치국 부국장을 맡아줬으면 해서."

"제가요?"

"그래야 리스타와의 관계도 더 밀접해질 것이고, 바로 강 위원을 통하면 될 테니까."

강영주가 고개를 끄덕였다.

김재일도 이제 완전히 리스타에 의존하고 있는 것이다.

"알겠습니다. 제가 최선을 다해서 총국장님을 보좌하겠습니다."

이동욱이 앞에 앉은 사내를 보았다.

사내는 마크 존슨, CIA 부국장이다. CIA 국장 휘하에 3명의 부국장이 있는데 마크는 그중 선임이다. 국장 윌슨의 최측근이기도 하다.

오후 7시 반, 이곳은 나일강 중앙에 떠 있는 게지라 섬의 만다린호텔 라운지 안이다.

마크는 51세, CIA에서 25년을 근무한 CIA 맨이다.

이동욱이 입을 열었다.

"마이크 체임벌린이 반(反)리스타의 미국 측 주역으로 활동하고 있어요. 일본 대사관의 다께다, 사또하고 연대해서 북한을 부추겼지요."

마크는 듣기만 했고 이동욱이 말을 이었다.

"내가 어제 북한의 암살자를 시켜 다께다와 사또를 암살했습니다. 그러고 나서 마이크 체임벌린과 부르스 고든, 그리고 CIA 책임자 존 자이튼까지 제거하려다가 해밀턴 사장께 말씀을 드린 겁니다."

존슨의 얼굴에 쓴웃음이 떠올랐다.

그래서 해밀턴이 CIA 국장 윌슨에게 연락을 해서 마크가 이곳으로 급파된 것이다.

이동욱이 고개를 들고 마크를 보았다.

"CIA에서도 반리스타 그룹이 활동하고 있는 겁니다. 이 그룹을 미 의회의 보수세력, 국무부, 군(軍)에까지 조직을 갖춘 것 같은데, 부국장도 알고 계시지요?"

"압니다."

마크는 순순히 인정했다.

"그래서 국장은 날 이곳에 보낼 때도 비밀로 보낸 거죠."

"……."

"부국장 중 하나가 마이크 체임벌린, 그리고 존 자이튼하고 통하고 있으니까요. 그들이 반리스타 세력이죠."

"……."

"물론 그들도 애국자랍니다. 저보다도 더 애국자일 겁니다."

"그 애국자들을 없애야겠는데요, 마크 씨."

이동욱이 정색하고 마크를 보았다.

"애국자 중에 정신병자들이 좀 있습니다. 난 정신병자를 죽이는 겁니다."

"국장하고 상의를 하고 왔습니다."

마크가 말을 이었다.

"총영사 마이크 체임벌린이 반리스타 작전의 주역이죠. 가장 극단적인 반리스타주의자입니다."

"……."

"마이크의 와이프가 일본인으로 반한주의자인 것이 영향을 준 것 같기도 해요. 혐한주의자라고 합니까?"

마크가 길게 숨을 뱉었다.

"미국은 리스타를 앞세워 아프리카를 자유민주주의 체제로 전환, 친미 국가로 만드는 정책은 확고합니다. 극우세력의 반란, 반리스타 감정으로 이 대업(大業)을 망칠 수는 없습니다."

어깨를 편 존슨이 이동욱을 보았다.

"마이크의 처리는 당신한테 맡기지요. 나는 상관하지 않겠습니다."

"좋습니다."

"CIA 이라크 책임자 존 자이튼과 마이크의 부하 부르스 고든은 인사 조치를 해서 본국으로 송환시키겠습니다. 그럼 손을 쓰지 못할 테니까요."

"……."

"마이크는 미국에 가서도 장난을 칠 수 있는 놈이니까. 당신한테 맡기지요."

"알겠습니다."

이동욱이 고개를 끄덕였다.

이것으로 당장은 미국 관계가 정리될 것 같다.

저택으로 돌아온 이동욱에게 서정연이 말했다.

오후 9시 반이다.

"강영주가 정치국 부국장이 되었어. 김재일이 임명을 한 거야."

서정연의 얼굴에 웃음이 떠올랐다.

"김재일이 발 빠르게 호흡을 맞춘 것이지."

"잘되는구나."

"그 말을 듣고 느끼는 점 없어?"

서정연의 시선을 받은 이동욱이 심호흡을 했다.

서정연이 지쳐간다는 느낌을 받았기 때문이다.

전장(戰場)에 너무 오래 머물고 있다.

마이크 체임벌린이 자리에서 일어서며 말했다.

"모두 리스타의 음모야. 다께다, 사또를 암살한 것도 리스타가 배후에 있다고."

앞에 앉아 있던 부르스 고든이 따라 일어섰다.

이곳은 미 대사관 안의 회의실.

"총영사님, 지금 어디 가신다는 겁니까?"

"파리에 다녀올 테니까."

마이크가 웃음 띤 얼굴로 말을 이었다.

"거기서 누구를 만나기로 했어."

"누굽니까?"

"넌 알 필요 없어."

오전 10시 반이다.

발을 뗀 마이크가 방을 나왔다.

창밖으로 마이크가 탄 승용차가 대사관 정문을 나가고 있다.

이윽고 승용차가 시야에서 사라졌을 때 부르스가 몸을 돌렸다.

그때 방으로 CIA 책임자 존 자이튼이 들어섰다.

"떠났어?"

마이크가 떠난 것을 물은 것이다.

"예, 방금."

"어디 간다고 그래?"

"파리로 간다고 했습니다."

"전용기를 대기시켜 놓았더군."

존이 길게 숨을 뱉었다.

"이제 카이로는 작별이군."

"카이로가 리스타 세상이 되면 지금보다 더 낫게 되겠죠."

"갓댐."

투덜거린 존이 창가로 다가가 밖을 내다보았다. 눈동자가 흐려져 있다.

"부르스, 우린 오후 7시 비행기야."

"압니다."

"우린 전용기 못 탄다. 마이크 체임벌린이 타고 가기 때문에."

"할 수 없지요."

부르스의 얼굴에 쓴웃음이 번졌다.

"마이크도 고생을 많이 했는데 안타깝습니다."

"줄을 잘못 잡은 것이지."

부르스도 창가로 다가가 존과 나란히 서서 밖을 내다보았다.

한동안 둘은 입을 다문 채 움직이지 않았다.

마이크가 공항으로 들어섰을 때는 오전 11시 반이다.

전용기 터미널 앞에서 승용차가 멈추자 기다리고 있던 서튼과 메리안이 맞는다.

"준비되었습니다."

파리까지 수행할 보좌관 서튼이 말했다.

"거트 부국장도 오늘 밤에 파리에 도착한다고 연락이 왔습니다."

고개만 끄덕인 마이크가 앞장을 섰고 좌우에 서튼과 메리안이 붙어 걷는다.

마이크가 에스컬레이터에 타고 나서 메리안에게 말했다.

"넌 파리에서 곧장 워싱턴으로 가."

"예, 총영사님."

"당분간 카이로에는 안 와도 돼."

잇새로 말한 마이크가 2층 출국 게이트로 다가갔다.

메리안은 마이크의 비서다. 보좌관인 서튼보다도 마이크의 비밀 업무를 더 잘 알고 있는 터라 보호해 줘야만 한다.

지금 마이크는 생명의 위협을 느끼고 있는 것이다.

전용기 출국장은 항상 한산하다. 셋의 발자국 소리가 울릴 정도다. 그래서 사람들의 시선이 모이고 있다.

왼쪽에 선 메리안은 170센티의 키에 모델 같은 몸매의 미인이다.

앞장선 서튼이 출국장에 제시할 여권을 모아 쥐고 서둘러 간다.

그때다. 앞장선 서튼이 여권을 내던지며 바닥에 쓰러졌다.

"아앗!"

주위에서 놀란 외침이 터졌을 때 마이크도 멈춰 섰다. 그 순간.

"아앗!"

외침 소리와 함께 마이크가 두 팔을 치켜올리면서 쓰러졌다.

머리 한쪽이 부서져서 흰 뇌수가 쏟아지고 있다.

"꺄악!"

여자의 날카로운 비명은 메리안의 외침이다.

메리안이 두 손으로 머리를 움켜쥔 채 주저앉아 비명을 내지르는 것이다.

오후 4시가 되었을 때 응접실에 앉아 있던 이동욱은 안으로 들어서는 박기준과 두 사내를 보았다. 두 사내의 뒤를 전한성과 서정연까지 따라 들어오고 있다.

먼저 앞장선 박기준이 이동욱에게 두 사내를 소개했다.

"단장님, 김수남, 고종호입니다."

뒤쪽의 두 사내가 이동욱을 향해 허리를 꺾어 절을 했다.

그때 이동욱이 자리에서 일어나 둘에게 악수를 청했다.

사내들이 어물거리면서 이름을 밝혔는데 이동욱과 시선을 마주치지도 못했다.

이동욱이 손을 쥐면서 말했다.

"수고했어요."

김수남, 고종호는 북한 정치국 소속의 집행부원이다. 집행부원 중의 암살조인 것이다. 둘은 카이로 공항의 전용기 터미널에서 마이크 체임벌린과 보좌관 서튼을 저격하고 돌아왔다. 그리고 또 있다.

어제 둘은 일식당 도쿄 후문 앞 골목에서 일본 총리실 소속 보좌관 다께다와 영사 사또를 암살했던 것이다.

이동욱이 둘을 번갈아 보았다.

둘 다 눈이 흐렸고 시선을 마주치려고 하지 않는다. 암살자의 눈이다.

저 눈이 초점을 잡고 보는 순간 그 시선이 닿는 곳이 표적이 된다.

그때 이동욱이 입을 열었다.

"김 총국장한테서 상여금 받았지요?"

"예, 사장님."

둘 중 김수남이 대답했다.

여전히 시선이 흐리다.

"3만 불 받아서 평양의 가족에게 보냈습니다, 사장님."

고개를 끄덕인 이동욱이 지그시 둘을 보았다.

"당신들은 한민족을 위해서 공을 세운 거요. 자부심을 갖도록."

"영광입니다."

둘이 거의 동시에 대답했을 때 이동욱이 전한성을 보았다.

"두 분한테 상금을 드리고 피신시키도록."

"예, 단장님."

전한성이 대답했다.

앞으로는 북한 집행부의 저격수들은 전한성, 박기준의 지시를 받게 될 것이다. 그래서 오늘 이동욱이 직접 불러 격려한 것이다.

"이제는 시간이 필요해."

서정연이 부드러운 시선으로 이동욱을 보았다.

모두 방을 나가고 둘만 남아 있을 때다. 서정연이 말을 이었다.

"북한 정치국원 포섭 작업도 하나씩 진전 중이니까."

이동욱이 고개를 끄덕였다.

"당장 급한 불은 껐으니까 물이 흐르는 것처럼 놔둘 필요가 있어."

서정연의 시선을 받은 이동욱의 얼굴에 웃음이 떠올랐다.

"정치위원들의 포섭 작업도 순조롭게 진행되고 있어."

현재 정치위원 12명 중 9명이 포섭된 상태다. 서정연도 얼굴을 펴고 웃었다.

"이젠 시간이 필요해. 기다리는 거야."

"시간과의 싸움이라고도 하더라."

이동욱이 말을 이었다.

"이런 때는 가만 놔두는 것이 낫지."

"당신도 이젠 중심이 잡혔어."

서정연의 눈이 흐려졌다.

"나도 며칠 휴가를 가는 것이 낫겠어. 내 인생을 되찾고 싶은 거야."

"그래야지."

고개를 끄덕인 이동욱이 서정연을 보았다. 서정연의 말에 감동한 것 같다.

서정연은 재미동포 3세다. 한국에서 태어나지도 않았다.

미국에서 교육을 받은 후에 CIA 정세 분석관을 지내다가 이동욱의 보좌관이 된 입장이다. 33세, 서정연의 말마따나 바쁘게 살다 보니 지금에 이르렀다.

갑자기 휴가 이야기를 꺼낸 것이 새삼스러운 일도 아니다. 급박하게 돌아가는 리스타 업무에 슬슬 지쳐 가기 때문이다.

이동욱한테서 휴가 승낙을 받은 서정연은 바로 업무 인계를 했다.

인계자는 한국 국정원 출신의 전한성, 정보기관 출신이어서 업무 이해가 빠른 데다 친밀해진 사이이다.

"어, 그래요? 그럼 미국으로 가겠네."

서정연의 말을 들은 전한성이 대번에 말했다.

"좋겠네, 휴가 가고."

"이봐, 난 스트레스로 터지기 직전이야."

"글쎄, 연애를 하시라니까, 나처럼."

"지금 비꼬는 거야?"

서정연이 눈을 치켜떴다.

전한성은 자신과 이동욱의 관계를 아는 간부다. 박기준 등 이동욱의 측근들은 짐작하고 있을 것이었다.

그때 전한성이 말했다.

"난 내년에 강영주하고 결혼할 거요."

"내년쯤이면 북한 조직도 다 흡수할 테니까."

"그런데……."

전한성이 조금 깊어진 눈으로 서정연을 보았다.

"보스하고 같이 휴가 가시면 좋을 텐데."

그때 쓴웃음을 지은 서정연이 자리에서 일어섰다.

"그만둬, 보스는 당신하고 다르니까."

서정연을 휴가 보내고 나서 이동욱은 리비아로 출장을 갔다. 서정연이 휴가 간 다음 날이다.

대통령궁에서 만난 카다피가 이동욱의 인사를 받으며 싱글벙글 웃었다.

집무실에는 정보국장 카심 한 명뿐이다.

"리, 후계자께서 갑자기 웬일이야?"

자리에 앉았을 때 카다피가 웃음 띤 얼굴로 물었다.

이동욱은 '인사차' 방문한다고 통고했기 때문이다.

"예, 연방 상황에 대해서 공부를 하려고 왔습니다."

이동욱이 말을 이었다.

"북한 관계도 보고를 드릴 겸 해서요."

"잘 수습을 한 것 같더군."

"예, 대통령 각하."

"미국 CIA의 반역자 마이크 체임벌린은 자업자득이야. 잘 죽었다."

카다피가 말을 이었다.

"일본 놈들도 이번에 식겁했을 거야."

"북한 조직이 이제 안정되고 있습니다."

"그런 것 같더군."

고개를 끄덕인 카다피가 말을 이었다.

"북한 이민자가 많은 이집트가 먼저 평정되었어."

"아직 갈 길이 멉니다."

"이제 기다리면 될 거야."

카다피의 얼굴에 웃음이 떠올랐다.

"오늘 저녁에 나하고 사막에서 저녁 식사를 하지."

오후 7시 반, 사막에서는 별이 바로 머리 위에 달려 있는 것 같다.

카다피와 이동욱이 천막 안으로 들어서자 기다리고 있던 사내들이 벌려 섰다.

경호실장, 국방장관, 정보국장이다.

이미 양탄자 위에는 지름이 1미터가 넘는 은쟁반이 놓여 있고, 은쟁반에는 삶은 양이 흰 쌀밥 중심에 놓여 있다.

카다피와 이동욱이 쟁반 가에 앉았을 때 모두 자리를 잡고 앉는다.

각자의 앞에는 채소와 양념이 놓인 그릇, 그리고 손 씻는 물그릇이 놓여 있다.

둘러앉은 셋은 카다피의 핵심 실세다.

카다피가 양고기를 손으로 뜯으면서 말했다.

"영원한 적도 없지만, 영원한 친구도 없는 법이야."

이동욱의 시선을 받은 카다피가 쓴웃음을 지었다.

"그건 국가 간 관계에서도 철칙이야. 이해가 맞지 않으면 언제든지 변할 수가 있네."

이동욱이 고개를 끄덕였다.

"이해할 것 같습니다."

"나도 마찬가지야."

씹던 것을 삼킨 카다피가 측근들을 둘러보았다.

"그리고 이 사람들도 마찬가지고."

모두 숨을 죽였고 카다피의 말이 이어졌다.

"모두 주고받는 것이지. 무조건적인 의리, 충성을 기대한다면 그것은 곧 패가망신, 망국(亡國)의 지름길이 되는 것이네."

고개를 든 카다피가 이동욱을 보았다.

"주위의 측근들도 조심해야 돼. 목숨을 바쳐서 충성한다는 건 소설이나 영화에서나 나오는 이야기야."

"……."

"모두 조건이 있어. 배신을 하면 가족이 위험하다든지, 이미 같은 배를 탔기 때문에 어쩔 수 없이 끌려가고 있든지."

"그렇습니다."

이동욱이 고개를 끄덕였다.

이렇게 배우는 것이다. 카다피는 한때 미국의 주적이 되어서 제거 대상이었다. 그러다가 리스타와 제휴, '리스타 아프리카연방'의 대통령이 되면서 기사회생했다. 미국의 '이용물'이 되어서 살아난 것이다.

그때 카다피가 말을 이었다.

"내가 그 이야기를 이광 회장한테 한 적이 있어. 이제 다시 너한테 하는군."

그만큼 카다피의 경륜이 길다는 말이다.

밤, 사막의 모래 능선 위에 이동욱과 카다피가 나란히 앉아 있다. 별이 더 가깝게 내려와 있다.

카다피가 앞쪽 모래 능선을 바라보며 말했다.

"이 회장은 아프리카연방과 한반도의 통일을 원하는 것 같다."

카다피가 말을 이었다.

"이 회장은 인간은 야망을 품어야 한다는 교훈을 준 셈이지."

"……."

"그 야망을 위해 살다가 죽는 것이 인간다운 삶이라는 것이다."

이동욱이 잠자코 밤하늘을 보았다. 밤공기는 맑고 시리다. 서늘한 기운이다.

"리스타 아프리카연방이 더 확장될 수도, 그 도중에 깨질 수도 있겠지."

카다피가 밤하늘을 보면서 말했다.

"하지만 그 목표를 위해서 끝까지 달려가는 것, 그것이 아름다운 인생이다."

"그렇습니다."

이동욱이 대답했다.

이런 조언을 들으려고 리비아에 온 것이다. 그리고 다시 깨닫는다.

마음을 열면 길이 보인다는 것, 그것이 지도자의 자세다.

오전 1시가 넘은 것 같다.

사막의 천막 안, 모래 위에 양탄자를 깔고 그 위에 누운 간편한 침소다.

등에 닿은 모래 촉감까지 느껴졌기 때문에 이동욱은 만족한 숨을 뱉었다.

카다피와 헤어져 자리에 누운 참이다.

그때 천막의 문이 젖혀지더니 누군가 들어섰다. 검정 차도르를 걸친 여자다.

놀란 이동욱이 상반신을 일으켰을 때다. 다가온 여자가 낮고 맑은 목소리로 말했다.

"자이라입니다."

여자한테서 향내가 풍겨왔다. 옷자락이 흔들렸기 때문인 것 같다.

모포 위에 나란히 누운 이동욱과 자이라가 천장을 바라보고 있다.

자이라가 고개를 돌려 이동욱을 보았다.

"편안하게 만들어 드리라는 지시를 받았습니다."

자이라의 숨결이 턱에 닿는다.

"편안하셨어요?"

흑진주처럼 검은 눈동자가 이동욱을 바라보고 있다.

이동욱이 고개를 끄덕였다.

"좋았어."

"전 대학에서 동양사를 공부하고 있습니다. 이번에 모시라는 지시를 받았을 때 기뻤어요."

"정말이야?"

"그래요. 저도 '리스타 아프리카' 지지자거든요."

"지지하는 이유는 뭐야?"

"아프리카의 번영."

"리비아가 아니고?"

이동욱의 시선을 받은 자이라가 눈웃음을 쳤다.

"리비아는 곧 아프리카니까요. 그 리비아와 리스타는 동일체나 같습니다."

"그렇군. 리비아와 리스타는 발음도 비슷하고."

이동욱이 자이라의 허리를 당겨 안았다.

"리비아는 자부심을 갖고 있어요."

자이라의 얼굴이 상기되었다.

"리비아가 '리스타 아프리카'의 대표국이고 카다피 대통령께서 연방 대통령이라는 것이 말이죠."

"리스타도 자부심을 느끼고 있어."

이동욱이 웃음 띤 얼굴로 말을 이었다.

"이렇게 네 이야기를 들으니까 편안해진다."

"그럼 여기서 휴가 보내세요."

자이라가 이동욱의 가슴에 얼굴을 붙였다.

"저하고 같이."

자이라는 26세. 물론 카다피가 양성한 귀빈 '안내역' 중 하나다.

카다피는 자이라 같은 안내역을 양성하고 있는 것이다.

다음 날 아침, 자이라가 일찍 일어나 나갔기 때문에 이동욱이 8시쯤 일어나 천막을 나왔다.

이곳은 사막 한복판에 세워진 10여 개의 텐트가 카다피의 '사막 숙소'다.

이동욱이 '식당 텐트'로 들어서 자리에 앉았을 때다. 카다피의 부관 핫산이 다가오더니 말했다.

"각하께서는 일찍 돌아가셨습니다."

핫산이 말을 이었다.

"차를 대기시켜 놓았습니다, 사장님."

"차를?"

이동욱의 시선을 받은 핫산이 정색했다.

"예, 각하께서 지시하셨습니다."

"무슨 용도인가?"

"사막 여행용입니다, 사장님."

"내 수행원들은 놔두고 간단 말인가?"

이동욱이 웃음 띤 얼굴로 물었다.

이곳까지는 카다피가 보내준 헬기를 타고 온 것이다. 수행원들도 트리폴리에 남겨두고 혼자 왔기 때문이다.

"각하께서 사막을 며칠 여행하시면서 휴식을 취하는 것이 좋겠다고 하셨습니다."

"고맙군."

텐트의 주위는 모래사막이다. 지평선 끝까지 모래 언덕으로 이어져 있다.

트리폴리에서 서남쪽으로 300킬로쯤 떨어진 동그람에르그 사막이다.

식사를 마치고 천막을 나왔을 때 이쪽으로 자이라가 다가왔다.

바지에 샌들을 신었고 긴팔 셔츠를 입었지만 머리에는 히잡을 썼다. 히잡으로 감싼 얼굴이 웃음을 띠고 있다.

나가선 자이라가 물었다.

"가실 건가요?"

"어딜 가는데?"

"사막에 오아시스가 드문드문 있어요. 오아시스에 마을이 형성되어 있죠."

자이라의 목소리가 노래처럼 들렸다.

"사막에도 볼 것이 많아요. 모래만 있는 게 아니죠."

그때 밴 3대가 다가왔다.

"저도 같이 가요."

자이라가 밴을 가리키며 말했다. 들뜬 목소리다.

"이동욱이 지금 카다피와 같이 있어요. 카다피의 환대를 받았는데."

해밀턴이 안학태에게 말했다.

이곳은 리스타랜드의 리스타빌딩 안, 비서실장실에서 해밀턴과 안학태가 마주 앉아 있다.

해밀턴이 찾아온 것이다.

"리스타 아프리카연방의 대통령과 밀접한 관계가 될수록 좋은 거죠."

안학태가 웃음 띤 얼굴로 말을 이었다.

"이동욱이 리비아에 간 건 잘한 일입니다."

"이제 북한 관계도 정리되고 있으니까."

해밀턴이 말을 이었다.

"조금 쉴 때도 되었지."

"회장님께서 카다피한테 직접 연락을 하셨어요."

"아, 그래요?"

놀란 해밀턴의 시선을 받은 안학태가 말을 이었다.

"이동욱한테 '리스타 아프리카'의 미래에 대한 꿈을 심어주라는 부탁까지 하셨습니다."

해밀턴이 고개를 끄덕였다.

"그렇지. 카다피라면 그럴 만한 자격이 있지."

"이동욱이 카다피한테 간다는 보고를 받고 나서 바로 전화를 하신 거요."

안학태의 얼굴에 웃음이 떠올랐다.

"후계자 교육을 부탁하신 거지."

"그만큼 신경을 쓰시는군."

"그동안 기라성 같은 인물들이 등장했지만 제각기 기반을 굳혔고, 지금은 이동욱이야."

"막내아들한테 물려주는 기업주들과 비슷한 경우인가?"

해밀턴이 묻자 안학태가 고개를 기울였다가 쓴웃음을 지었다.

"글쎄, 그건 장담할 수는 없지만 맞는 것 같기도 합니다."

"결국 후계자가 되는 것도 운(運)인가?"

"인생은 다 그런 것 아닙니까?"

안학태의 눈이 흐려졌다.

"대통령을 봐도 능력 있는 자가 됩니까? 운이 따라야지요."

"그렇군요."

해밀턴이 고개를 끄덕였다.

"이동욱이 운이군요."

바람이 불고 있었기 때문에 모래가 휩쓸고 지나가고 있다. 사막에 뚫린 길 위를 모래가 훑고 지난다.

밴의 뒷좌석에 나란히 앉은 이동욱과 자이라가 창밖을 내다보고 있다. 냉방장치가 잘된 차 안은 서늘하다.

이동욱도 사막의 바람은 처음 본다. 마치 황금색 비가 뿌려지는 것 같다.

그때 자이라가 고개를 돌려 이동욱에게 말했다.

"저 능선이 바람에 따라 바뀌어요. 내일 보면 다른 모습이 되어 있지요."

자이라가 손으로 옆쪽 능선을 가리켰다.

"모래 폭풍이 부는 날은 아예 없어지기도 하죠."

"넌 꿈이 뭐야?"

불쑥 이동욱이 묻자 자이라가 시선을 주었다. 눈동자가 흐려진 것이 생각에 잠긴 것 같다.

이윽고 자이라가 말했다.

"대학교수가 되고 싶었죠."

자이라의 눈에 초점이 잡혔다.

"그런데 '리스타 아프리카' 중심국이 되고 나서 사업가로 바뀌었어요."

"그래서 지금도 노력하고 있는 거야?"

"네."

힐끗 운전사에게 시선을 준 자이라가 말을 이었다.

"관광사업을 할 거예요."

"아프리카 이민을 온 20퍼센트 가량이 관광사업을 시작했어."

"리비아는 오일도 나오지만, 가능성이 있는 사업은 관광업이에요."

자이라가 말을 이었다.

"이렇게 사막이 국토의 대부분이라 발전시킬 사업은 관광업이 적당해요."

이동욱이 고개를 끄덕였다.

자이라의 표정은 밝고 목소리도 활기에 차 있다. 꿈을 품은 태도다.

오아시스 마을.

마을 중심에 야자수에 둘러싸인 연못이 있고 도로가 사방으로 뻗어 있다. 30호쯤의 마을은 흰색으로 칠해졌고 주변은 농작물을 재배하고 있어서 푸르다.

밴이 멈춰 선 곳은 마을 위쪽의 3층 건물이다.

건물 앞에 종업원들이 기다리고 서 있는 호텔이다.

차에서 내린 자이라가 앞장서 호텔로 들어서면서 말했다.

"여기는 기온도 서늘하고 공기도 맑아서 별장 지역으로는 최적지죠."

그러나 3층짜리 호텔은 비었다. 손님이 이동욱 일행뿐인 것 같다.

예약을 했기 때문에 이동욱은 3층으로 안내되었다.

3층은 독채로 수영장까지 딸린 펜트하우스다.

베란다로 나온 이동욱의 옆에 서서 자이라가 웃음 띤 얼굴로 말했다.

"저도 여긴 처음 와요."

"지금 사막에 있습니다."

폴 게이든이 보고하자 지미 커튼이 고개를 들었다.

오후 8시 반, 이곳은 파리 몽마르트르의 작은 카페.

"사막 어디에 있다는 거야?"

"오늘 트리폴리로 돌아오지 않았다니까 텐트에서 가까운 오아시스 마을로 옮겨 갔겠지요. 카다피의 접대용 코스니까요."

지미 커튼의 눈이 흐려졌다.

지미는 CIA의 부국장이다. 파리에서 마이크 체임벌린을 만나기로 했던 장본인이다.

마이크가 카이로 공항에서 암살되자 이곳에서 사건을 수습하는 중이다.

지미가 물었다.

"드론은 보낼 수 있지?"

"예. 몰타 기지에서 보내면 됩니다."

"리비아 레이더에 잡히지 않을까?"

"알제리 쪽으로 돌아서 가면 됩니다."

폴 게이든이 번들거리는 눈으로 지미를 보았다.

폴 게이든은 CIA 작전국 소속의 파리 지역 보좌관이다.

폴이 말을 이었다.

"시간이 2시간쯤 더 걸리겠지요. 하지만 왕복 10시간 안에 드는 경로입니다."

"이동욱이 누구하고 같이 있지?"

"카다피의 접대용 여자와 오늘 사막 여행 중입니다."

"그놈 호강하는군."

"마이크 총영사를 제거하고 나서 자축하고 있는 거죠."

"미사일로 폭사시키면 우리 짓인 줄 다 알 거다."

지미가 눈썹을 모으고 폴을 보았다. 얼굴에 쓴웃음이 떠올라 있다.

"하지만 리스타나 카다피가 대놓고 우리한테 추궁할 수는 없지. 그것이 통례야."

"몰타의 드론 기지에는 추가 작전으로 지시하겠습니다."

"그래야지. 요즘은 몇 개가 떠 있나?"

"12개 정도입니다."

"담당자한테 기밀 엄수시키고."

"예, 부국장님."

"포상한다고 말해."

"알겠습니다."

"시간은 오늘 밤 12시로 하지."

마침내 지미가 시간까지 정하고 자리에서 일어섰다.

휴가지만 서정연이 CIA의 저택에서 전화를 한다.

이곳은 오후 1시, 서정연의 깔끔한 성품 때문이지만 지루했던 것이 더 큰 이유다.

다 일 때문에 나갔고 집에는 혼자 남아 있는 상황이다.

"아, 제인."

제인 스튜어트의 목소리를 들은 서정연이 반갑게 말했다.

"잘 지내지?"

"응. 나야 그저 그렇지만 넌 어때?"

제인이 되물었다.

제인은 CIA 본부 작전 상황실 요원이다. 4급, 서정연과 입사 동기, 서정연이 리스타로 옮겨 가자 곧 뒤따라가겠다고 했지만 잘 안 되었다. 본부에서 승인을 안 했기 때문이다.

서정연이 전화기를 고쳐 쥐었다.

"제인, 이거 보안 전화야?"

"아니, 네 전화라서."

제인이 태연하게 말했다.

"아무리 회사 안이라도 규정은 지켜줘야지."

"그래야지."

CIA 내부 규칙 위반이다.

그때 제인이 물었다.

"남자 생겼니?"

"아니. 그런데 파리에 간 부국장은 돌아온 거야?"

"누구?"

"지미 커튼."

"런던에 간다고 했는데?"

"지금 런던에 있어?"

"그런 모양이야. 그런데 왜?"

"요즘 내부 분위기 어때?"

"별일 없어."

제인이 한숨까지 쉬었다.

"내가 요즘 남자가 떨어진 것 빼고 다 잘 먹고 잘살아."

"파리 공항에서 사고 난 것 몰라?"

"무슨 사고?"

"그렇구나."

"교통사고야."

"아냐, 제인."

"싱겁기는."

"내가 남자 하나 소개시켜 줄게."

"그래, 다시 연락해."

전화기를 내려놓은 서정연이 잠시 벽을 쳐다보다가 다시 전화기를 들었다.

몰타의 '제17드론 사령부'.

그러나 실제 명칭은 창고의 앞쪽 시멘트벽에 '소란트 기계 부품'이라는 간판이 걸렸다.

반월형 시멘트 건물, 문은 셔터가 내려진 채 가끔 낡은 승용차 몇 대만 들락거려서 아무도 주목하지 않는 건물이다. 이곳이 바로 아프리카 이집트에서 알제리까지 북부 지역을 담당하는 '드론 사령부'인 것이다.

보유한 드론 공격기는 24대, 모두 4기의 미사일을 싣고 10시간 동안 4,000킬로 거리를 왕복할 수 있다. 또한 11대의 정찰용 드론은 10시간 동안 5,000킬로 거리를 왕복할 수 있는 것이다.

오후 9시 반, 제3공격팀의 마버스 대위가 작전실로 들어섰다.

제3공격팀의 작전실에는 요크만 상사가 근무하고 있었는데 들어선 마버스를 보더니 물었다. 요크만은 마버스보다 3살 위인 35세다.

"마버스, 무슨 일이야?"

"내가 4호 조종을 맡을게. 1급 작전 지시야."

"갓댐. 잘됐다."

벌떡 일어선 요크만이 머리에 쓴 헤드셋을 벗어 놓았다.

"지금 4호는 247, 168에 떠 있어. 저기야."

요크만이 손으로 앞쪽 레이더를 가리켰다.

"그럼 인계 끝났어, 대위."

"지금 어디야?"

서정연의 목소리가 수화구에서 울렸다.

밤 10시 45분.

이동욱이 베란다에서 전화를 받는다.

3층 베란다에 선 이동욱이 아래를 내려다보았다.

야자수에 둘러싸인 오아시스가 보인다.

"아, 난 지금 사막 한가운데의 오아시스에 있어."

이동욱이 고개를 돌려 안쪽을 보았다.

불을 밝힌 응접실에서 자이라가 TV를 보고 있다.

그때 서정연이 말했다.

"여긴, 낮 12시 50분이야."

지금 서정연은 미국 LA에 있는 것이다.

"그렇군."

"그런데, 잘 들어."

서정연이 말을 이었다.

"몰타의 17드론 사령부는 CIA가 직할로 운영하는 곳이야."

몰타는 리비아 바로 위쪽 지중해상의 섬이다.

서정연의 목소리가 이어졌다.

"조금 전에 공격용 드론 1대가 알제리에서 리비아로 진입했어."

"……."

"트리폴리나 리비아 군 기지 지역은 레이더가 깔려서 드론이 들어오면 바로 발각이 돼."

"……."

"드론에는 미사일이 4기씩 장착되어 있어. 1기가 건물 1동을 날릴 수 있는 위력이지."

"그래서 어떻다는 거야?"

"그 드론 기지에 B-13이 지시를 했어. 그래서 드론 1대가 알제리 국경을 넘어서 리비아로 들어갔어."

"……."

"위치를 좌표로 불러 주었는데 동그람에르그 사막이야."

"……."

"위치 좌표가 472, 124이고 거기를 확인해봤더니 사막 복판의 오아시스 마을이더군."

"B-13이 누구야?"

"직원 번호인데 폴 게이든이야. 부국장 지미 커튼의 심복으로 CIA 작전국 소속 파리 지역 보좌관, 몰타의 드론 기지에 지시를 내릴 수 있는 인물이지."

"갓댐."

"공항에서 죽은 마이크 체임벌린을 만나기로 했던 지미 커튼이 파리에 남아서 지시를 한 것이지."

"……."

"거기 몇 시야?"

"오후 11시가 다 되어가."

"12시가 공격 시간이야. 지금 드론이 그쪽으로 날아가고 있다구."

"1시간 남았군."

"호텔이야?"

"그래. 오아시스에 있는 호텔."

"여자 데리고 서둘러 나와."

"여자라니?"

"방에 있는 여자."

"알았어."

"휴가도 제대로 보내지 못하는군."

웃음 띤 서정연의 말을 들으면서 이동욱이 전화기를 귀에서 떼었다.

"여기가 좋아요."

자이라가 가리킨 오아시스 옆 벤치는 위치가 적당했다.

3층 호텔이 정면으로 보이는 위치다.

호텔과의 거리는 2백 미터 정도. 자이라에게 산책을 나가자면서 데리고 나온 것이다.

11시 20분.

한동안 호텔을 응시하던 이동욱이 자이라에게 말했다.

"여기 벤치에 앉아 있어, 내가 잠깐 다녀올 테니까."

"어디 가는데요?"

"거기 앉아 있어. 다른 데 가지 말고."

누르듯 말한 이동욱이 몸을 돌렸다.

주방 옆쪽 창고에는 기름통이 있었다.

호텔은 종업원들뿐이었기 때문에 비었다. 그러나 종업원만 해도 10여 명이 넘을 것이다.

이동욱은 망설이지 않았다.

기름통을 들고 나온 이동욱이 복도에다 쏟았다.

입구 쪽만 남겨놓고 단숨에 쏟아버린 이동욱이 빈 주방에 들어가 가스를 켰다.

그러고는 옆에 놓인 헝겊에 불을 붙이고는 들고 나와 복도에 던졌다.

"퍽!"

소리와 함께 불길이 순식간에 번졌다.

그때까지도 이동욱의 행동은 아무한테도 발각되지 않았다.

"불이야!"

이동욱이 3층 건물이 떠나갈 것처럼 소리쳤다.

"불이야!"

불길이 복도를 메우고 벽으로 타고 올라갔다.

그때 종업원들이 안쪽에서 뛰어나왔다.

"모두 밖으로!"

이동욱이 소리치면서 호텔 밖으로 뛰어나왔다.

종업원들이 미사일에 맞도록 할 수는 없다.

이동욱이 다가갔지만 자이라는 호텔의 불길에 정신을 빼앗긴 채 알아차리지도 못했다.

호텔은 이제 불길이 2층을 뒤덮고 3층으로 올라가는 중이었다.

"불이 났어요."

다가선 이동욱을 그제야 발견한 자이라가 놀란 표정으로 말했다.

호텔 주위로 종업원들과 주민이 둘러 서 있었지만 불을 끌 엄두도 내지 못하고 있다.

이동욱이 시계를 보았다.

11시 58분이다.

"우리가 밖으로 나오길 잘했어요."

자이라가 이동욱의 옆에 바짝 붙어 서면서 말했다.

"어디서 불이 났을까요?"

"아래층인 것 같아."

"사람들은 모두 피했겠죠?"

"그랬을 거야."

이제 불길은 3층을 뒤덮고 있다.

그 순간이다.

"꾸꽝꽝!"

호텔이 대폭발을 일으켰다.

둘러서 있던 구경꾼들이 비명을 지르면서 도망을 친다.

자이라도 놀라 이동욱의 몸에 바짝 붙었다.

이동욱이 어금니를 물었다.

미사일이 날아왔다.

서정연이 자신의 목숨을 살려준 것이다.

오전 8시.

이동욱은 카다피가 보내준 헬기를 타고 트리폴리에 돌아와 있다.

이곳은 트리폴리 바닷가의 '리비아호텔' 안.

자이라는 트리폴리에 도착하고 나서 돌아갔기 때문에 방에는 이동욱 혼자다.

문에서 노크 소리가 났다.

자리에서 일어선 이동욱이 문을 열자 리비아 정보국장 카심이 인사를 했다.

"놀라셨지요?"

9시에 만나기로 했기 때문에 이동욱이 웃음만 띠고는 몸을 비켰다.

카심은 보좌관과 동행이다.

셋이 자리 잡고 앉았을 때 카심이 먼저 입을 열었다.

"드론의 미사일 공격이었습니다."

이동욱이 고개만 끄덕였고 카심이 말을 이었다.

"목표는 사장님이었죠."

"그렇겠지요."

"사장님은 운이 좋으셨습니다."

"그런 것 같습니다."

이동욱의 얼굴에 웃음이 떠올랐다.

서정연의 전화를 받았다고 말할 필요는 없는 것이다.

그때 고개를 든 카심이 이동욱을 보았다. 긴장한 표정이다.

"CIA가 공격한 것입니다."

"압니다."

고개를 끄덕인 이동욱이 말을 이었다.

"내가 드론 발사 직전에 정보를 받고 몸을 피한 것이지요."

"정보를 받으셨습니까?"

"그래서 종업원들 피해를 주지 않으려고 내가 호텔에 불을 지른 겁니다."

놀란 카심이 숨을 들이켰을 때 이동욱이 말을 이었다.

"지금 파리에 있는 CIA 부국장 지미 커튼의 지시를 받고 몰타의 CIA 드론 기지에서 드론이 날아온 것이지요."

"……."

"알제리를 통해서 날아왔습니다."

그때 방에서 노크 소리가 들리더니 박기준이 들어섰다.

박기준이 이동욱을 수행하고 있었던 것이다.

다가온 박기준이 영어로 보고했다.

"지미 커튼의 위치를 파악했습니다."

이동욱이 고개를 끄덕였다.

"처치하라고 해."

"알겠습니다."

그제야 카심에게 눈인사를 한 박기준이 서둘러 방을 나갔다.

그때 '멍'한 표정의 카심에게 이동욱이 말했다.

"부국장 커튼은 반리스타 세력의 CIA 지휘자입니다. 지금까지 이집트에서의 작전을 관리하고 있었지요."

이동욱이 말을 이었다.

"오늘 중으로 마무리를 짓겠습니다."

카심은 긴장한 표정이다.

리스타와 CIA의 전쟁에 개입할 엄두를 내지 못했기 때문이다.

낮 12시 반.

지미 커튼이 마레지구에 위치한 '마르텡' 식당에 들어섰다.

보좌관 폴 게이든과의 동행이다.

지배인의 안내로 예약자 좌석으로 다가간 둘은 창가의 의자에 앉았다.

2층 창가의 좌석에서는 아래쪽 길이 보인다.

'마르텡' 식당은 특급 식당으로 미슐랭 마크가 4개나 있는 식당이다.

"화재가 일어난 건, 방화야."

창밖을 내다보면서 지미가 말했다.

"호텔 안 사람들을 대피시키려는 의도였어."

폴은 대답하지 않았고 지미가 말을 이었다.

"정보가 샌 거야."

"정보가 샜다면 내부에서 샌 겁니다."

"이동욱은 지금 어디에 있나?"

"트리폴리로 돌아갔을 겁니다."

그때 스프가 놓였기 때문에 지미는 입맛을 다셨다.

"맛있는 냄새군."

그 순간이다.

"퍽!"

창문이 깨지는 소리가 나더니 지미의 머리통이 부서졌다.

부서진 머리 조각이 스프 접시에 떨어졌다.

놀란 폴이 벌떡 일어섰을 때다.

"퍽!"

이번에는 폴의 머리 반쪽이 부서졌다.

"꺄악!"

옆쪽 테이블의 여자가 비명을 질렀다.

손님들이 밖으로 뛰쳐나갔고 수행해 온 경호원들이 권총을 빼 들었지만 테이블에 엎어진 두 시체 주변으로 다가오지도 못한다.

워싱턴에 와 있던 CIA 국장 윌슨이 지미와 폴의 암살 사건 보고를 받았을 때는 20분 후다. 보고자는 파리 지부의 2인자 마크 우드워드. 마크는 윌슨의 심복이다.

"지미와 보좌관 폴 게이든이 암살되었습니다."

마크가 차분한 목소리로 말했기 때문에 윌슨이 이맛살을 찌푸렸다.

윌슨은 회의에 참석하려고 차를 타고 가다가 전화를 받는다.

"무슨 말이야?"

"식당에서 저격을 당했습니다."

"저격을?"

"예, 마레지구의 식당에서 머리를 맞아 현장에서 사망했습니다."

"누구야?"

"저격수는 길 건너편 건물 3층에서 기다리고 있었던 것 같습니다."

"……."

"지미가 5시간 전에 예약을 했기 때문에 그 정보가 새어나간 것이지요."

"경솔했군."

윌슨이 어깨를 늘어뜨리면서 말을 이었다.

"방심했어."

전화기를 귀에서 뗀 윌슨이 옆에 앉은 보좌관 필립을 보았다.

"리스타군."

옆에서 대화 내용을 들은 필립이 고개를 끄덕이며 말했다.

"어젯밤, 리비아의 동그람에르그 사막에 있는 호텔이 폭파된 것과 관계가 있는 것 같습니다."

"그 호텔에 이동욱이 있었지?"

"예, 하지만 무사히 빠져나왔습니다."

"지미의 암살 시도가 미수에 그친 건가?"

"지미가 지시를 한 것입니다. 그래서 이동욱이 즉각 보복을 했구요."

윌슨이 창밖으로 시선을 돌렸고 필립이 말을 이었다.

"지미는 마이크를 만나려고 파리에 간 것이거든요."

윌슨도 알고 있었던 것이다.

카다피는 이동욱을 지중해가 보이는 바닷가의 별장으로 초대했다.

이곳은 파리와 1시간 시차가 난다.

오후 1시 반.

바다가 보이는 베란다의 식탁에 카다피와 이동욱, 정보국장 카심까지 셋이 둘러앉아 있다.

오늘의 메뉴는 스테이크와 스파게티다.

카다피가 입 안의 음식을 삼키고 나서 이동욱을 보았다.

"이번 호텔 폭발은 CIA 부국장 지미 커튼의 지시였나?"

"예, 각하."

포크를 든 채 이동욱이 카다피를 보았다.

"몰타의 CIA 드론 기지에서 드론 공격기를 발진시켰습니다."

카심한테서 보고를 들은 터라 카다피가 고개를 끄덕였다.

"내가 자네를 사지(死地)로 보낸 셈이야."

"아닙니다."

"자네가 재빠르게 빠져나오지 않았다면 큰일 날 뻔했어."

입맛을 다신 카다피가 말을 이었다.

"이건 미국 정부에 항의를 해야 돼."

"각하, 이젠 끝났습니다."

포크를 내려놓은 이동욱이 카다피를 보았다.

"그 주모자인 CIA 부국장 지미 커튼은 조금 전에 암살되었습니다."

카다피는 고개만 끄덕였고 이동욱이 말을 이었다.

"식당에서 보좌관과 함께 머리가 부서졌지요."

"그럼 끝났군."

카다피가 고개를 끄덕였다.

"미국 정부는 누구한테 항의할 수도 없겠지."

"제가 반역자들을 청소해준 셈이니까요."

"그렇군."

쓴웃음을 지은 카다피가 말을 이었다.

"휴가를 제대로 보내지 못한 것 같아서 내가 미안해."

"아닙니다. 이 기회에 CIA 내부의 반리스타 세력을 청소하게 되었습니다."

이동욱의 얼굴에도 쓴웃음이 떠올랐다.

"이곳으로 제가 놈들을 끌어들인 셈이지요."

고개를 든 이동욱이 자이라를 보았다.

"자이라, 난 오늘 밤 떠난다."

자이라가 잠자코 손에 든 찻잔을 내려놓았다.

검은 눈동자가 반짝이고 있다.

이곳은 바닷가의 식당, 베란다에 바닷바람이 휩쓸고 지나갔다.

파도 끝이 부풀어 올라 모래 위를 길게 덮는다.

오후 5시 반.

베란다 쪽 좌석에는 그들 둘뿐이다.

이동욱이 말을 이었다.

"널 다음에 또 보려면 리비아로 찾아와야겠구나."

"자주 오셔야죠."

자이라가 웃음 띤 얼굴로 말을 잇는다.

"호텔이 폭발하지만 않았다면 오늘도 사막 여행을 하고 있을 텐데, 아쉬워요."

"나도 아쉽다."

"저, 이젠 이 일을 그만해도 된다고 연락을 받았어요."

이동욱의 시선을 받은 자이라가 말을 이었다.

"그리고 보너스도 받았습니다."

"잘되었군."

이동욱이 고개를 끄덕였다.

"그래야지."

자이라의 처우는 이동욱이 카심에게 부탁해서 성사된 것이다.

"네 꿈이 이루어지기를 바랄게."

"이루어질 거예요."

자이라가 똑바로 이동욱을 보았다.

"사장님을 만나고 나서 좋은 일만 생기고 있어요. 불난 호텔에서 빠져나온 것이라든지, 이번에 보너스를 받고 그만두게 된 것까지 말이에요."

이동욱이 웃음만 띠었다.

그것이 다 자신이 배후에서 조종한 일이다.

그러나 자이라가 그렇게 알고 있는 것이 낫다.

이광이 이동욱의 사건을 들었을 때는 사건이 일어난 지 만 하루가 지났을 때다. 보고자는 비서실장 안학태다.

오후 5시 반.

이광은 바닷가 별장 베란다에서 보고를 받는다.

지미 커튼의 암살까지 보고했을 때 이광이 고개를 끄덕였다.

"드론까지 이용해서 폭격을 했지만, 이동욱이 운이 좋았군."

"서정연이 LA에서 정보를 주었기 때문입니다."

안학태의 얼굴에 웃음이 떠올랐다.

"그 정보가 없었다면 이동욱은 미사일에 맞아 재가 되었을 것입니다."

그때 옆에 앉아 있던 부회장 정남희가 말했다.

"이동욱은 호텔에서 여자하고 같이 있다가 서정연의 연락을 받았다는군요."

이광의 시선을 받은 정남희가 쓴웃음을 지었다.

"저도 정보망이 있어요."

"이런."

이맛살을 찌푸린 이광이 정남희를 보았다.

"카다피 대통령이 이동욱을 대접하는 방식이야. 이동욱이 요구한 건 아니라구."

"그건 알아요."

이제는 정남희도 정색했다.

"이동욱이 여자가 있었다면 카다피 대통령이 그렇게 여자를 보내주지 않았을 것 같아서요."

"이야기가 다른 방향으로 가는군."

"연관이 있습니다."

그때 안학태가 헛기침을 하면서 일어섰다.

"저는 이만 실례하겠습니다."

"아니, 잠깐만."

이광이 안학태를 보았다.

"이동욱을 서울로 보내."

"예, 회장님."

"그리고 서정연도 서울로 보내서 한국 측의 이민 관계, 남북한 관계까지 서울에서 정리하도록 해."

"예."

안학태가 대답부터 하더니 곧 커다랗게 고개를 끄덕였다.

"이민부 문제가 커지면서 과감한 숙정이 절실하게 필요한 상황이었습니다."

"이동욱한테 적극 협조하도록 해."

"알겠습니다."

안학태가 서둘러 베란다로 떠났을 때 정남희가 웃음 띤 얼굴로 이광을 보았다.

"제 말 듣고, 뜨끔했어요?"

"뭐가?"

"지금도 당신이 리비아에 가시면 카다피한테서 그런 대접을 받죠?"

"미친 소리."

쓴웃음을 지은 이광이 정남희를 보았다.

"우리 결혼식을 하는 게 어때?"

순간, 숨을 들이켠 정남희가 이광을 보았다.

눈동자가 흐려져 있다.

둘은 동거한 지 오래된 것이다. 이광의 부인과 두 자식이 앞쪽 술라웨시의 바다에 비행기와 함께 가라앉은 것이 벌써 10년이 되었다.

이광의 시선을 받은 정남희가 마침내 고개를 숙였다. 그러고는 고개를 저었다.

"아뇨, 사모님 허락을 받을 때까지는 안 될 것 같아서요."

이동욱이 서울에 도착했을 때는 오후 3시 반이다.

전용기로 트리폴리에서 곧장 날아왔지만 싱가포르, 방콕을 거쳐 도착한 것이다.

수행원은 박기준과 경호원 둘뿐이다.

이집트로 돌아가려다가 이광의 지시를 받고 곧장 날아온 것이다.

공항에는 리스타한국 법인 사장 오택근이 마중 나와 있었다.

"어서 오십시오."

오택근이 전용기에서 내리는 이동욱을 맞는다.

52세, 리스타상사 전무 출신. 리스타한국 법인의 사장이니 리스타를 대표해서 한국 정부를 상대해 왔다. 한국과 북한의 이민 작업도 오택근이 리스타 측 실무 책임자다.

인사를 마친 둘은 곧 오택근의 차 뒷좌석에 앉아 공항을 떠난다.

"오신다는 연락을 받고 전반적인 이민 사업 브리핑 준비를 해놓았습니다."

오택근이 말하자 이동욱이 놀란 듯 눈을 크게 떴다.

"아이구, 전 갑자기 서울로 가라는 지시를 받았는데 준비까지 다 해놓으셨단 말입니까?"

"저희들도 갑자기 연락을 받았습니다만, 준비는 해놓아야죠."

오택근이 얼굴을 펴고 웃었다.

"제가 서울에 있었어도 이 사장님 명성은 많이 들었습니다."

"저런, 기밀 업무였는데 다 들으셨단 말입니까?"

"윤곽이지만, 간부급들은 거의 다 알지 않겠습니까?"

"연합의 해결사 출신이 출세했지요."

"겸손하신 말씀입니다. 중국 작전은 전설이었습니다."

"저런."

"그러고 나서 아프리카 작전까지. 리스타 아프리카연방은 이 사장님 손으로 이룩해낸 것이나 같지 않습니까?"

"그건 과대평가가 된 것이지요."

이동욱은 어느덧 자신의 위상이 리스타 전체에 퍼져나간 것을 깨닫게 되었다.

지금까지 주변의 간부들만 만났기 때문에 이런 평가는 처음 듣는 셈이다.

이동욱은 심호흡을 했다.

회장이 서울로 보낸 것도 더 큰 사업을 익혀보라는 의미일 것이다.

그리고 곧 서정연도 이곳에 온다.

북한계 이민의 중심인 이집트를 평정해 놓았으니 당분간은 기반을 굳혀야 한다.

그동안 그 발원지인 서울과 북한의 정세를 체크하라는 회장의 지시인 것이다.

과연, 서울 분위기는 어떤가?

서울로 다시 돌아왔다.

오후 6시가 되었을 때 서정연이 도착했다.

이동욱의 숙소인 고려호텔에 투숙한 것이다. 물론 다른 방이다.

서정연이 이동욱의 방으로 들어섰을 때는 6시 반.

이동욱은 박기준과 함께 서정연을 맞는다.

"남북한 통일 작업의 기반을 굳혀야 되니까요."

인사를 마친 서정연이 자리에 앉으면서 말했다.

"저는 한국에서 태어나지 않았지만 제 부친한테서 끊임없이 교육을 받았지요."

"무슨 교육 말인가?"

이동욱이 묻자 서정연이 정색했다.

"한국인에 대한 자부심과 우수성, 그리고 통일에 대해서죠."

"부친이 애국자셨군."

"외국에 나간 한국인은 모두 애국자가 된다고 합니다."

서정연의 얼굴에 웃음이 떠올랐다.

"제 할아버지는 일제강점기에 하와이로 이민을 오신 분이니까 제가 이민 3대인 셈입니다."

그때 듣기만 하던 박기준이 끼어들었다.

"오랫동안 한국을 떠나 있었는데도 한국어가 유창하십니다."

"한국인 이민자는 다 그래요. 모국어를 잊은 한국계는 없어요."

서정연이 고개를 들고 이동욱을 보았다.

"저는 준비 다 되었습니다. 후세에 자랑스러운 한국을 만든다는 것이 리스타에 온 제 목표였으니까요."

이동욱이 숨을 들이켰다.

서정연의 자세야말로 지휘관으로 어울린다.

자신도 그런 생각을 해본 적이 없는 것이다.

박기준이 먼저 방을 나갔기 때문에 응접실에는 둘이 남았다.

이동욱이 정색하고 서정연을 보았다.

"내가 전화를 받지 못했다면 리비아 사막에서 죽었을 거야."

서정연은 웃기만 했고 이동욱이 말을 이었다.

"그때 여자가 옆에 있었어."

"여자 인사까지 받을게."

서정연이 말을 이었다.

"CIA가 협조해줄 거야. 신경 쓰지 마."

이제 둘은 자연스럽게 반말을 쓴다.

이동욱이 쓴웃음을 지었다.

"네가 휴가 때에도 나한테 신경 써준 것이 고맙다."

"그것도 회사 일이니까."

서정연이 말을 이었다.

"당신을 보좌, 보호해주는 것이 내 임무야. 그렇게 계약서에 적혀 있다구."

"그런가?"

"같이 자는 건, 내가 좋아서 한 것이고. 그러니까 부담 갖지 마."

"……."

"우리 사이는 아마 웟선에서도 다 알고 있을 거야."

고개를 든 이동욱을 향해 서정연이 웃어 보였다.

"모를 줄 알았어?"

"그건 아냐."

"이번에 나를 한국으로 보낸 것도 웟선의 지시야. 배려라고 해도 되겠지."

"……."

"둘이 다시 호흡을 맞추라는 것. 침대까지도 포함되겠지."

"됐다."

"혼자 살 거야?"

"무슨 말이야?"

"이렇게 혼자 살 거냐고 물었어."

"당분간은."

이동욱이 서정연을 보았다.

"누구하고 약속할 상황도 아니니까."

서정연이 고개만 끄덕였을 때 이동욱의 말이 이어졌다.

"그래. 이번 일 마칠 때까지 이렇게 살 거야. 그러고 나서."

이동욱이 어깨를 치켰다가 내렸다.

"알게 되겠지."

"내일 오 사장이 브리핑을 한다니까 회의 준비를 하지."

서정연이 일어나면서 말했다.

"나도 자료 준비를 해야겠어."

결혼? 이제는 피해를 주지 않겠다.

서정연이 방을 나갔을 때 이동욱의 머릿속을 채운 생각이다.

만나는 여자는 다 죽었다.

얼굴들이 스치고 지났지만 떠올리기도 싫다.

피해의식이라고 해도 된다. 어쨌든 혼자 견디고 살겠다.

좋아하는 여자가 생긴다고 결혼으로 묶여서 '당하게' 하는 일은 없도록 할 것이다. 그 이유를 구구절절 밝히고 '양해'를 구하는 것도 번거롭다.

다 알고 이해하는 상대도 부담이다. 서정연이 그렇다.

"당면 문제는 이민부가 중심을 잡지 못하고 있다는 것입니다."

오택근이 말을 이었다.

"구체적으로 말씀드리면 부패했고, 권력자들의 도구가 되어 있습니다."

상황실 안에는 오택근과 이동욱, 서정연까지 셋이 둘러앉아 있다.

비밀회의다.

그때 서정연이 물었다.

"부패한 사례는 뭡니까?"

"이민부 장관 강석호는 대통령 한대영의 비서실장을 지냈고 최측근입니다. 3선 의원 출신인데 이민부 예산을 착복하고 있다는 정보를 받았습니다."

오택근이 말을 이었다.

"이민부 예산의 65퍼센트를 우리 리스타가 지원해주고 있는데, 그 예산 집행에 비리가 많습니다."

오택근이 둘 앞에 놓인 서류를 손으로 가리켰다.

"그 조사 결과가 서류에 적혀 있습니다."

서류를 보던 이동욱이 고개를 들었다.

"우리 '리스타 아프리카연방' 측에서는 이런 사실을 모르고 있었는데."

"당연하지요."

오택근이 고개를 저었다.

"이 내용은 제가 본부에 보고를 했지만, 아프리카연방 측과는 보고 라인이 없었으니까요."

"……."

"더 심각한 것은 이 부정행위가 강석호 윗선으로 번져나간 것 같습니다."

"누굽니까?"

서정연이 서류에서 시선을 떼고 물었다. 서류에는 적혀 있지 않았기 때문이다.

그때 오택근이 숨부터 고르고 나서 말했다.

"대통령한테까지 닿은 것 같습니다."

"대통령?"

"대통령의 측근까지 선이 닿아 있으니까요."

이동욱이 고개를 끄덕였다.

이것은 다른 양상의 전쟁이다.

"우선 정보팀을 구성해야 되겠어요."

서류에서 시선을 든 서정연이 이동욱에게 말했다.

"강석호의 주변에서부터, 이 조사는 시간이 별로 안 걸립니다."

"제 기조실 정보팀을 활용하시지요."

오택근이 말을 이었다.

"기조실장을 인사시키겠습니다."

"부탁합니다."

대답은 이동욱이 했다.

"이런 세상이 있었다니."

회의실에 둘이 남았을 때 이동욱이 서정연에게 말했다.

"내가 갑자기 다른 세상으로 들어온 것 같구만."

"이것도 겪어보라는 배려 같은데."

서정연이 웃음 띤 얼굴로 이동욱을 보았다.

"부정과 협잡, 음모와 탐욕이 뒤덮인 세상을 말야."

"이민 보조 자금을 횡령하다니. 도대체."

"제가 죽을 때까지 다 쓰지도 못할 돈을 횡령하는 놈들은 이해할 수가 없어."

서정연이 맞장구를 쳤다.

오택근이 추정한 '이민 보조 자금'의 유출 금액이 120억 불이다.

1조 2천억쯤 된다.

이민부 장관 강석호가 앞에 앉은 윤필성을 보았다.

오전 10시 반, 이곳은 정부종합청사 안.

이민부 장관실에서 둘이 앉아 있다.

"이동욱이 왔다면 나를 만나자고 해야 할 것 아닌가?"

강석호가 묻자 윤필성이 고개를 기울였다가 세웠다.

"휴가 왔는지도 모르지. 아프리카에서 한바탕 피바람이 일어났으니까."

윤필성은 대통령 비서실장이다. 오늘 종합청사에 온 것은 행안부 장관과의 회의 때문이었는데 이민부에 잠깐 들른 것이다.

강석호가 말을 이었다.

"찜찜해. 그놈이 불쑥 여기에 온 것이, 그리고 나한테 연락도 없는 것이 말야."

"그놈이 뭘 하건 상관할 것 없어. 그놈은 아프리카에서 용병단이나 이끌고 전쟁하는 놈이야."

의자에 등을 붙인 윤필성이 얼굴을 펴고 웃었다.

윤필성은 55세. 역시 3선 의원으로 지난번에 낙선한 후에 놀다가 대통령 비서실장이 되었다. 대통령 한대영의 보좌관으로 정치에 입문했으니 심복 중 하나다.

윤필성이 말을 이었다.

"신경 쓰지 마. 이곳은 아프리카가 아냐."

고개를 끄덕인 강석호가 벨을 누르자 곧 방 안으로 한기정이 들어섰다.

장관 비서실장이다.

다가선 한기정에게 강석호가 물었다.

"그거 준비됐나?"

"예, 장관님."

"그럼, 드려."

그러자 한기정이 윤필성에게 주머니에서 꺼낸 쪽지를 내밀었다.

윤필성이 쪽지를 펼쳐보더니 고개를 끄덕였다.

계좌번호와 비밀번호까지 적혀 있다. 아래쪽에 적힌 건 금액이다.

5백만 불, 50억이다.

쪽지를 주머니에 넣은 윤필성이 자리에서 일어섰다.

오늘 종합청사에 온 목적은 이것이다.

“돈을 물 쓰듯이 쓰고 있습니다.”

리스타 법인의 기조실장 박영철이 보고했다.

서정연 앞에 서류를 내놓은 박영철이 말을 이었다.

“여기 그동안 수집한 자료가 있습니다. 자금 운용 주역이 이민부 장관 강석호입니다. 이자는 대통령 비서실장 윤필성과 연결되어 있습니다.”

고개를 끄덕인 서정연이 서류를 집었다.

부정과 부패는 어느 곳에서든 세균처럼 번식한다.

“1조가 넘는 돈이야.”

이동욱이 쓴웃음을 짓고 말을 이었다.

“이 돈이 손가락 사이로 줄줄 흘러내린 것 같다.”

“이곳으로 흘러온 것 아닙니까?”

주위를 둘러보면서 박기준이 말했다.

이곳은 강남 한강변의 한강호텔, 25층짜리 특급 호텔이다.

3년 전에 개업한 신축 호텔인데 경영난으로 작년 말에 폐업을 했다. 그러다 올해 초에 대경산업이 인수해서 대대적인 보수 공사를 한 후에 재개업을 한 것이다.

자리에서 일어선 이동욱이 커피숍을 나왔다.

오늘은 박기준과 함께 소문이 난 대경산업의 새 사업장 구경을 한 것이다.

대경산업은 ‘이민 자금’을 끌어들였다는 소문이 났다.

대경산업 회장 오방근은 이민 장관 강석호의 후원회 회장을 지낸 전력이 있다.

"어서 오십시오."

하리를 90도로 꺾은 사내가 이동욱과 박기준을 맞는다.

오후 7시 반, 이곳은 한강호텔 지하 1층의 한강클럽.

"예약하셨습니까?"

다가선 사내가 묻자 박기준이 대답했다.

"안 했는데. 방 있나?"

"예, 있습니다."

사내가 사근사근 대답했다.

홀 안은 어둑했지만 화려한 분위기다. 붉은색 양탄자가 깔렸고 조명이 은근하다.

홀의 테이블에는 드문드문 손님과 여자들이 앉아 있었는데 조용한 분위기다.

음악이 낮게 울리면서 바닥에 깔리는 느낌이 든다. 편안한 분위기다.

사내가 안내한 방은 조명이 조금 밝다. 가죽 소파가 놓였고 마호가니 탁자는 번들거리고 있다.

박기준이 술과 안주를 시키는 동안, 이동욱이 주위를 둘러보았다.

고급 룸살롱이다. 이런 곳에는 몇 번 와봤지만 가장 고급스럽다.

사내가 나갔을 때 박기준이 쓴웃음을 짓고 말했다.

"술 한 병이 1백만 원입니다. 저는 이런 곳이 처음입니다."

"그만한 가치가 있겠지."

이동욱의 얼굴에도 웃음이 떠올랐다.

"너도 그동안 고생한 대가로 즐긴다고 생각하면 돼."

"그러고 보니 지금까지 다른 세상에 있었던 것 같습니다."

"여긴 아직 겉만 훑고 있지만 시간이 지나면 아프리카보다 더 치열해질 수가 있어."

그때 방문이 열리더니 종업원들이 술과 안주를 가져왔다. 그 뒤로 여자들이 따르고 있다.

술과 안주가 놓였고 여자를 데려온 지배인이 이동욱과 박기준에게 물었다.

"아가씨들이 마음에 드십니까?"

"아, 그럼."

이동욱이 바로 대답하자 지배인이 주춤하더니 절을 하고 물러갔다.

여자들은 20대로 미인이다. 너무 미인이어서 둘의 얼굴이 비슷하게 보인다. 갸름한 얼굴형, 곧은 콧날, 큰 눈, 붉고 단정한 입술, 그리고 큰 키에 팔등신 몸매까지 비슷하다.

"이아영입니다."

"유미나입니다."

각각 이름을 말했는데 이름도 비슷해서 헷갈렸다.

이동욱이 고개만 끄덕였을 때 여자들은 술을 따르고 안주를 접시에 나누는 시늉을 했다.

이곳에서 조사할 게 있는 것도 아니다. 당분간 한국에서 이민 작업 과정을 체크할 예정이니 익숙해져야 한다. 첫술에 배부를 일도 아니어서 서두를 것도 없다.

술잔을 든 이동욱이 옆에 앉은 여자에게 물었다.

"넌 이민 안 가?"

"이민요?"

되물었던 여자가 이를 드러내고 웃었다.

"아유, 거긴 너무 더워요."

"케냐 기후는 여기보다 낫다."

"아유, 그래도 싫어요."

이동욱이 고개를 끄덕였다.

세상에는 비행기를 타기 싫어하는 사람도 있고 집 밖에서 밥을 먹지 못하는 사람도 있다. 그렇기에 한국에서 굶어 죽더라도 외국은 싫다는 사람도 많은 것이다.

술잔을 든 이동욱이 박기준을 보았다.

"우린 너무 바쁘게 살았어."

박기준은 시선만 주었고 이동욱이 말을 이었다.

"꼭 무슨 일을 할 때, 목적과 이유를 갖다 대었어. 그냥 쉬지는 못했다구."

"그런 것 같습니다."

"여기 이민 관계 사건도 급한 건 아냐."

이동욱이 방 안을 둘러보는 시늉을 했다.

"이 호텔이 어디로 날아가는 것도 아니니까."

영문을 모르는 박기준이 따라서 방 안을 둘러보았고 이동욱이 말을 이었다.

"나중에 이 호텔을 가져가면 되겠지. 그런 식으로 회수하면 돼."

아직 시작인 것이다.

그 시간에 이민 장관 강석호가 비서실장 한기정의 보고를 받는다.

"지금 이동욱이 한강호텔 지하 한강클럽에 있습니다."

순간, 강석호가 이맛살을 찌푸렸다.

"거기서 뭐해?"

목소리를 낮췄지만 앞쪽에 앉은 박철규는 긴장했다.

이곳은 소공동의 일식당 '오사카' 안.

휴대폰을 귀에 붙인 강석호의 귀에 한기정의 목소리가 울렸다.

"안에서 술 마시고 있습니다. 아가씨 둘을 불렀다고 합니다."

"……."

"발렌타인을 시켰다는데요."

"알았어."

휴대폰을 귀에서 뗀 강석호가 앞에 앉은 박철규를 보았다.

"이거 심상치 않은데. 이동욱이 한강클럽에 가서 술을 먹고 있어."

"……."

"그 자식이 핵심으로 바로 진입했군."

"어떻게 하지요?"

박철규가 눈을 가늘게 떴다.

박철규는 48세, 이민부 기획실장이다.

그때 강석호가 말했다.

"이동욱 이놈이 해결사 출신이야. 바로 한강으로 간 건, 무슨 의미가 있어."

강석호와 박철규의 시선이 마주쳤다.

이윽고 강석호의 얼굴에 쓴웃음이 떠올랐다.

"여긴 우리의 홈그라운드야. 이동욱 같은 놈이 마음대로 활개를 칠 수는 없어."

11시가 되었을 때 이동욱이 옆에 앉은 유미나에게 말했다.

"계산서 가져와."

유미나가 자리에서 일어섰을 때 이동욱이 물었다.

"팁 값은 얼마냐?"

유미나가 주춤거렸기 때문에 이동욱이 쓴웃음을 지었다.

"내가 처음이라 그런다."

"20만 원입니다."

이동욱이 고개를 끄덕였다.

"알겠어."

유미나가 방을 나갔을 때다.

박기준이 주머니에 든 휴대폰을 꺼내 보더니 이동욱에게 말했다.

"연락이 왔는데요."

이동욱이 고개를 끄덕이자 박기준은 방 안의 화장실로 들어가 전화를 하고 나왔다.

박기준이 여자를 내보내고는 이동욱을 보았다.

"감시자가 있습니다."

"……."

"클럽 안으로 들어와 감시를 하고 있다는군요. 둘인데 기관원 같답니다."

"……."

"제가 아프리카에서 버릇이 된 바람에 뒤를 미행 경호시켰더니 발견된 것입니다."

"누구야?"

"추적하라고 했습니다."

"여기서도 미행이 따르나?"

쓴웃음을 지은 이동욱이 의자에 등을 붙였다.

"싸움을 먼저 시작하는군."

숙소로 돌아왔을 때는 밤 12시 반이다.

방에 돌아와 서정연에게 전화를 했더니 곧바로 전화를 받았다.

"지금 왔어?"

"응. 그런데 미행이 있었어."

이동욱의 말을 들은 서정연이 목소리를 낮췄다.

"공권력을 동원시킬지도 모르겠군."

"그럼, 정부와 싸우게 되는 건가?"

"정부의 부패한 세력과."

"갓댐."

"더러운 싸움이 될지 몰라."

"지금 박 부장이 경호팀을 만나고 있으니까 누군지 알 수 있을 거야."

전화기를 내려놓은 이동욱이 쓴웃음을 지었다.

고인 물은 썩는다.

다음 날 오전 8시.

이동욱의 숙소로 박기준이 찾아왔다.

이곳은 장충동의 2층 저택으로 이동욱이 경호팀 5명과 함께 머무는 안가다. 서정연은 1백 미터쯤 떨어진 저택에 머물고 있다.

응접실에서 마주 앉은 박기준이 입을 열었다.

"예상했던 것과 같습니다. 용역 회사 직원으로 용역을 준 사람은 임방현이란 이름으로 가명입니다."

"……."

"돈만 주면 되니까요. 의뢰자 신원을 밝히지 않아도 됩니다."

고개를 든 박기준이 말을 이었다.

"사장님과 저, 서 실장님까지 24시간 감시를 맡겼더군요."

"……."

"매일 오후 5시에 전화 보고를 했다는데 테이프 전달 건이 있다면서 오늘 만나기로 했습니다."

이동욱이 고개를 끄덕였다.

이쪽은 전문가다. 전쟁을 치러온 전문가여서 행동이 치밀하다. 물어보지는 않았지만 박기준은 미행자들을 잡아서 주리를 틀었을 것이다.

아프리카를 정복해 온 박기준과는 레벨 차이가 난다.

"자료는 완벽해요."

서흥은행 부행장 윤두수가 정색하고 말했다.

"은행 금고를 열고 뒤져봐도 될 테니까요. 걱정하지 마십시오."

"그래, 믿겠어."

강석호가 의자에 등을 붙이면서 웃었다.

"리스타 아프리카의 연합 사장이란 놈이 와 있어서 그래. 그놈이 이민 책임자거든."

"그놈이 여기서 뭘 하는데요?"

"글쎄. 서울에 온 지 5일이 되었는데 날 만나지도 않으니까 더 궁금하지."

"불안하신 것 아닙니까?"

"내가 왜?"

이맛살을 찌푸린 강석호가 윤두수를 노려보았다.

"자네 말대로 자료가 완벽하다면 불안할 것 없지. 안 그런가?"

"당연하죠. 하지만……."

"하지만, 뭐냐?"

윤두수가 주위를 둘러보았다.

오전 10시 반, 서흥은행 부행장실 안이다.

이민 장관 강석호가 자주 찾아왔기 때문에 이상한 일은 아니다.

서흥은행이 이민부 사업 자금의 주 거래 은행이었고 리스타에서 기탁한 '이민 자금'을 관리하고 있는 것이다.

윤두수가 입을 열었다.

"소문이 좀 났습니다. 증권가에 말이죠."

"증권가?"

"그곳은 헛소문도 많은 곳 아닙니까. 하지만, 정보는 모두 그곳에서부터 나오거든요. 특히 돈에 대한 정보 말입니다."

"뭐라고 났는데?"

"대경이 이민 자금을 쓰고 있다는 소문이 흘러나오고 있습니다."

"……."

"이건 대경 측에서 흘러나왔을 가능성이 많아요. 돈 만지는 놈이 하나둘이 아니지 않습니까?"

"……."

"몇 단계 거치면 나올 수밖에 없지요. 물론 증거는 없지만 말입니다."

윤두수가 심호흡을 했다.

"대경으로 빠져나간 이민부 자금이 약 2,500억입니다. 알고 계시지요?"

"그건 자네하고 나만 알고 있는 비밀이야."

강석호가 누르듯 말했다.

"다른 루트는 입도 벙긋하지 마."

다른 루트도 있는 것이다.

오후 5시 10분이 되었을 때 백찬수가 커피숍으로 들어섰다.

입구에서 안을 둘러본 백찬수가 곧 안쪽 기둥 옆으로 다가갔다.

"아이고, 어서 오십쇼."

자리에서 일어선 유근수가 백찬수를 맞는다.

백찬수가 고개만 끄덕이며 앞쪽 자리에 앉더니 유근수를 보았다.

"테이프를 가져왔어요?"

"예, 여기."

유근수가 노란색 봉투를 꺼내 탁자 위에 놓았다.

"어젯밤에 만난 사람들의 테이프지요."

백찬수가 봉투를 집었을 때다.

뒤쪽 자리에 앉아 있던 두 사내가 일어나 다가오더니 백찬수의 어깨를 움켜쥐었다.

"같이 가십시다."

"누구야?"

놀란 백찬수가 눈을 치켜떴다.

"같이 가자구? 당신 누구야?"

"경찰이야."

사내 하나가 주머니에서 구겨진 종이를 꺼내더니 백찬수 눈앞에 흔들었다.

"불법 감시 혐의로 체포 영장 가져왔어."

"뭐라구?"

일어선 백찬수가 목소리를 높였을 때다.

사내 하나가 주먹으로 백찬수의 뒤통수를 내리쳤다.

"퍽!"

뒤통수를 가격당한 백찬수가 입을 쩍 벌리면서 늘어졌다.

그때 두 사내가 백찬수의 겨드랑이에 팔을 끼고 밖으로 나갔다. 뒤를 사내 하나가 따르면서 커피숍 손님들과 종업원들에게 말했다.

"미안합니다. 영장 집행으로 소란을 피웠습니다."

이러니 누가 말릴 수도 없다.

그동안 유근수는 자리에 앉아 있었는데 그들이 사라지자 아직도 탁자 위에 놓인 봉투를 쥐고 일어섰다.

봉투에 든 건 금주의 가요 테이프다.

대경그룹 회장 오방근이 비서실장 조기용의 보고를 받는다.

오후 6시, 회사 회장실 안이다.

"백찬수가 돌아오지 않았습니다."

이맛살을 모은 조기용이 말을 이었다.

"용역회사 사장한테 자료를 받으러 갔었는데 연락도 없습니다."

"어디 간 거야?"

"글쎄요. 어디로 간다는 말이 없었기 때문에……."

입맛을 다신 오방근이 자리에서 일어섰다.

백찬수는 비서실 차장으로 리스타의 감시를 맡고 있는 것이다.

"오늘 상의하지."

오방근이 말을 이었다.

"마침 오늘 밤 만나기로 했으니까."

오늘 이민부 장관 강석호와 대통령 비서실장 윤필성을 만나기로 한 것이다.

눈의 흰자위가 많아진 백찬수가 박기준을 보았다.

"예, 회장 지시라고 볼 수 있습니다. 제가 직접 보고를 합니다."

백찬수는 지금 몸이 의자에 묶여 있다. 이곳은 안가의 지하실.

백찬수의 상반신은 알몸이다. 머리는 헝클어졌고 얼굴은 땀과 눈물로 범벅이 되었다.

박기준에게 몇 대 얻어맞은 것이다.

박기준이 다시 물었다.

"너희들 자금 내역을 듣자. 언제, 어떻게, 얼마나 받아왔는지를 알아야겠다."

박기준이 손을 뻗쳐 탁자 위에 놓인 전지용 가위를 집었다.

"시간 끌어도 돼, 자를 게 많으니까."

박기준이 백찬수의 의자에 묶인 손의 손가락 하나를 집어 올렸다.

그러고는 전지용 가위에 끼었다.

"아무래도 우리가 대비를 해야 할 것 같습니다."

오방근이 강석호와 윤필성을 번갈아 보았다.

성북동의 일식당 '오카사' 안. 밀실에 셋이 둘러앉았다.

오방근이 말을 이었다.

"이동욱은 용병 출신입니다. 사람 죽이는 것이 직업이었던 놈이지요."

"출세한 거지."

강석호가 바로 맞장구를 쳤다.

비대한 체격의 강석호는 56세. 오방근보다 4살 연하지만 친구처럼 대한다.

오방근이 둘을 번갈아 보았다.

"그런 놈이 인사도 않고 돌아다니고 있는 것이 꺼림칙합니다. 저는 모르겠지만 말입니다."

"내 생각도 그래."

강석호가 이맛살을 찌푸렸다.

"그렇다고 내가 만나자고 할 수도 없고."

"놔둬."

윤필성이 말했다.

"며칠 놀다가 갈지도 모르잖아?"

그때 오방근이 입맛을 다셨다.

"그래서 내가 김철만이를 불렀습니다."

"누구?"

윤필성이 물었지만 강석호는 고개를 끄덕였다. 아는 눈치다.

오방근이 윤필성에게 대답했다.

"카스파 회장 말입니다."

"아!"

윤필성이 입을 쩍 벌렸다가 물었다.

"그 작자 교도소에서 나왔나?"

"예, 가석방 되었습니다."

"그런데, 왜?"

"그 친구한테 경호를 맡기려고 합니다."

"이보쇼, 오 회장."

윤필성이 정색했다.

"그 조폭 회장까지 고용할 필요는 없지 않소?"

"그럼 경찰한테 부탁할 수도 없지 않습니까? 사설 경호나 같습니다."

"난 찬성이오."

강석호가 고개까지 끄덕이며 말했다.

"이동욱이 용병 출신이니 미리 대비해야 돼. 역시 오 회장은 순발력이 뛰어나."

윤필성도 가만히 있었다.

셋은 '리스타 자금'의 관리 3인방이다.

여기에다 서흥은행 부행장 윤두수까지 포함하면 4인방이 된다.

"돈은 서흥은행 부행장 윤두수가 관리를 하지요."

백찬수가 죽은 생선 같은 눈으로 박기준을 보았다.

얼굴은 눈물과 땀으로 범벅이 되어 있고 손 하나는 피투성이다.

손가락 2개가 중간 부분에서 잘려나갔기 때문이다.

"지금까지 2천5백억쯤 빼냈습니다. 네. 그 돈이 대경그룹으로 일단 빠져나갔다가 다시 분배됩니다."

"어디로 얼마나 빠져나가는 거냐?"

"그건 비서실장이 압니다."

"손가락 하나를 더 떼지."

"아이구!"

신음부터 뱉은 백찬수가 온몸을 떨었다.

"아는 대로 말씀드리지요. 제가 왜 숨기겠습니까?"

"아는 것부터 말해라."

박기준이 말을 이었다.

"머릿속을 다 빼내, 살아나가려면."

밤 11시 반.

박기준의 보고를 받은 이동욱이 고개를 끄덕였다.

"수고했어. 이제 윤곽이 잡혔다."

"지금도 계속 빼내고 있습니다."

박기준이 한숨을 쉬고 나서 말을 이었다.

"현재까지 리스타가 이민부에 보낸 자금이 1조 2천억이라고 합니다. 그중에서 2천5백억을 빼내간 건 확실합니다."

"다 어디에다 쓴 거야?"

"일단 돈이 대경그룹으로 빠져나갔다가 수십 군데로 분산되어 지출되었습니다."

박기준이 적어놓은 종이를 탁자 위로 내놓았다.

안가의 응접실 안이다.

고개를 끄덕인 이동욱이 종이를 집어 들고 내역을 보았다.

"이렇게 되어 있는지도 몰랐어."

"현재 서울에 있는 조직으로는 수습하기가 힘들 것 같습니다."

"서 실장하고 상의를 해야겠어."

이동욱이 벽시계를 보았더니 박기준이 옆에 놓인 전화기를 집으면서 물었다.

"오시라고 할까요?"

이동욱이 고개를 끄덕였다.

5분 거리였기 때문에 서정연은 10분 후에 응접실로 들어섰다.

늦은 시간이었지만 서정연은 기다리고 있었던 것이다.

자리에 앉은 서정연에게 이동욱이 내용을 설명해주고는 물었다.

"아무래도 수습하려면 행동대가 필요하지 않겠어?"

"그래야 될 것 같아요."

고개를 끄덕인 서정연이 말을 이었다.

"이집트에 연락해서 1개 팀을 내일 중으로 도착하도록 하겠습니다."

종이를 집어 본 서정연이 한숨을 쉬었다.

"거악(巨惡)과의 전쟁이 되었습니다."

이동욱이 쓴웃음을 지었다.

한국에서는 다른 형태의 전쟁이다.

박기준은 이동욱과 함께 '리스타 아프리카'의 기반을 굳힌 측근이다.

보통 체격에 각진 얼굴, 32세, 미혼, 용병으로 시작해서 부장급 간부가 되었다.

박기준이 숙소로 내려왔을 때는 밤 12시 반이다.

이곳은 이동욱 숙소의 아래층이다.

응접실의 전화기를 든 박기준이 버튼을 눌렀다.

곧 지하실의 당번 윤성호가 전화를 받는다.

"예, 부장님."

"그놈 손가락 치료 끝났나?"

"예, 봉합 끝냈습니다."

윤성호가 말을 이었다.

"지금 잡니다."

손가락 3개를 잘린 백찬수는 리스타 전담 의사를 불러 봉합 수술을 시켜준 것이다.

"좋아. 묶어 놓고 넌 좀 쉬어라."

박기준이 말했다.

"내일 팀원들이 보강될 테니까 그때까지만 참아."

전화기를 내려놓은 박기준이 소파에 등을 붙였다.

그 순간, 문득 어머니의 얼굴이 떠올랐다.

엄청난 돈이 하늘에서 뿌려지는 그림도 떠올랐다. 그런데 어머니는 땅바닥에서 폐지만 줍는다.

한국을 떠난 지 6년, 그동안 외국을 떠돌면서 하루 이틀 한국에 들른 적이 있지만 어머니는 만나지 못했다.

시간 여유도 없었지만 만날 생각도 없었기 때문이다.

김철만이 웃음 띤 얼굴로 조기용을 보았다. 이곳은 서초동의 서울호텔 특실 안.

"뭐, 뒤만 받쳐주면 끝낼 수 있지."

김철만이 말을 이었다.

"아예 리스타를 없애버릴 수도 있으니까."

"아니, 그럴 것까지는 없고."

조기용의 얼굴에도 쓴웃음이 떠올랐다.

"그놈들이 방해만 하지 않게 해주면 돼요, 김 회장."

"난 별일 다 맡았어, 조 실장."

김철만이 말을 이었다.

"성남의 아파트 20개 동 건설 사업도 내가 밀지 않았다면 지금도 공사를 끝내지 못했을 거요. 내가 수백 가구를 맡아 처리했어요."

"……"

"그건, 정부 하청을 받은 거지. 나 같은 사람도 정부가 요긴하게 써먹는다고."

"어쨌든 이번 일은 리스타의 간부 이동욱과 그 측근들의 동정을 파악해서 필요한 때 처리하는 작업이오."

"알았어. 죽이라면 죽이지."

"어제부터 비서실 간부 하나가 실종되었어. 예감이 이상해."

조기용이 이맛살을 찌푸렸다.

조기용은 대경그룹 회장 비서실장이다. 심복 부하인 백찬수가 자료를 수집하러 나가서 실종된 것이다.

고개를 든 조기용이 김철만을 보았다.

"김 회장, 부하들을 경호 역으로 배치시켜 주시오."

"그러지요. 경호할 명단을 주시지."

그러자 조기용이 주머니에서 서류를 꺼내 내밀었다.

"여기 명단이 있어."

고개를 끄덕인 김철만이 조기용을 보았다.

"계약금은?"

조기용이 잠자코 다시 주머니를 뒤지더니 쪽지를 꺼내 내밀었다.

"여기 계좌번호, 비밀번호, 코드번호가 적혀 있어."

쪽지를 받은 김철만에게 조기용이 말을 이었다.

"계약금 15억이오."

잔금은 35억이다.

"썩었군."

보고를 들은 이광이 외면하고 말했다.

리스타랜드의 회장실 안.

소파에는 이광과 안학태, 정남희와 해밀턴까지 넷이 둘러앉아 있다.

방금 이광은 안학태로부터 한국 이민부의 '횡령 사건'을 보고 받은 것이다.

그때 안학태가 말을 이었다.

"이것은 대경그룹 비서실 간부의 자백을 받아서 파악한 내용이라 아직 증거가 부족합니다."

"그렇겠지."

고개를 끄덕인 이광이 해밀턴을 보았다.

해밀턴이 리스타의 이민 사업 총괄 지휘자다.

"해밀턴, 앞으로 이민 사업에 투입될 자금이 얼마나 되나?"

"현재까지 120억 불이 투입되었고 앞으로 약 300억 불이 더 투입될 예정입니다."

"……."

"정부에 투입된 자금이라 실사를 할 입장이 아닙니다."

"……."

"양심에 맡겼는데 이민부는 그것이 공짜 돈인 것처럼 부담 없이 횡령하는 것 같습니다."

"……."

"처음 자금 계약할 때 제 실수가 있었습니다. 우리 리스타에서 견제하고 심사할 장치를 마련해 놓지 않았거든요. 심사 후에 보고 받는 것으로 만들어 놓았습니다."

그때 정남희가 입을 열었다.

"이민부에서 이동욱이 한국에 가니까 지레 겁을 먹고 경계한 것 같습니다. 그러다가 미행이 잡혀서 엄청난 비리를 알게 된 것이죠."

정남희의 얼굴에 쓴웃음이 번졌다.

"과연 이동욱이 움직이면 사건이 일어나는군요."

안학태와 해밀턴이 입을 다물었을 때 이광이 고개를 끄덕였다.

"당연하지. 죄를 지은 놈들에게는 이동욱이 저승사자일 테니까."

그때 해밀턴이 이광을 보았다.

"이동욱이 이집트에서 용병 1개 팀을 차출했습니다. 오늘 12명이 서울에 도착할 것입니다."

해밀턴이 말을 이었다.

"용병이 필요한 것 같습니다."

"맡겨둬."

이광이 정색하고 말했다.

"이동욱이 다른 세상을 겪게 되겠지."

후계자 수업이다.

5장
거악(巨惡)과의 전쟁

국정원 1차장 장기용이 자리에서 일어나 이동욱과 박기준을 맞는다.

"어서 오십시오."

이곳은 소공동의 한식당 '아리랑'의 방 안, 오후 7시다.

장기용은 52세, 국정원에만 25년을 근무한 정보 전문가.

1차장은 대외작업의 책임자이며 '아프리카 이민 사업'을 담당하고 있다.

인사를 마치고 마주 앉았을 때 장기용이 굳은 얼굴로 이동욱을 보았다.

"해밀턴 사장한테서 말씀 들었습니다."

장기용이 말을 이었다.

"저는 해밀턴 사장이 CIA 해외작전국장으로 계실 때 만나본 적이 있죠."

"말씀 들었습니다."

이동욱이 고개를 들고 장기용을 보았다.

해밀턴이 이번 작전에 장기용의 지원을 받으라고 했던 것이다.

그때 다시 장기용이 말을 이었다.

"내막을 조사해놓고 있었습니다."

"알고 계셨지요?"

불쑥 이동욱이 묻자 장기용이 고개를 끄덕였다.

"알고 있었지만, 보고는 보류하고 있었습니다."

장기용의 얼굴에 쓴웃음이 번졌다.

"국정원이 모를 리가 있습니까?"

"그런데 왜 보류했습니까?"

"대통령 비서실장까지 연루된 사건이어서요."

이동욱이 고개를 끄덕였다.

그렇다면 대통령도 연관될 수도 있다. 국가가 흔들리는 사건이다.

장기용이 말을 이었다.

"대통령께서는 모르시는 일입니다. 그건 확인했습니다."

"……."

"하지만 이 사건이 터지면 대통령께서 치명상을 입고 정권이 전복될 가능성이 많습니다. 그래서 보류시키고 있었던 것입니다."

"이해가 안 가는데요."

이제는 이동욱이 정색하고 장기용을 보았다.

"우리가 먼저 말하지 않았다면 그대로 보류 상태로 두고 있었을 것 아닙니까."

"원장님도 고민이 많으셨죠."

"제가 알아보니까 원장도 대통령 계열이더군요."

"그렇게 봐도 되겠지요."

"원장이 대통령께 은밀히 보고했을 수도 있지 않겠습니까?"

"그럴 리는 없습니다."

장기용이 고개를 저었다.

"대통령이 알았다면 다 구속시켰을 테니까요. 그러고는 아마 자진 사퇴했을 겁니다. 그런 분이시니까요."

"……."

"우리는 그런 방법은 쓰지 않고 사건을 처리하려고 했지요."

"……."

"그런데 적당한 방법을 찾지 못했습니다."

이동욱과 박기준이 서로의 얼굴을 보았다.

이렇게 세월을 보낸 것이다.

다시 고개를 든 이동욱이 장기용을 보았다.

장기용과 국정원의 입장을 이해할 수는 있었던 것이다.

그때 장기용이 입을 열었다.

"변명 같지만, 어느 곳에나 병균이 있습니다. 그것을 처리하면서 살아가는 것이지요. 이 일도 언젠가는 처리될 일이었습니다."

"그래서 이번에 기회가 온 것이겠군요."

이동욱이 말을 받았다.

"우리가 그 해결사 일을 맡은 것 아닙니까?"

장기용의 얼굴에 쓴웃음이 번졌다.

입을 열지 않은 것은 긍정이다.

한정식 식사를 마치는 동안, 이동욱과 장기용은 신상 이야기를 나누었다.

장기용은 이동욱에 대해서 잘 알고 있었기 때문에 이야기가 끊이지 않고 이어졌다.

식사를 마친 후다.

장기용이 이동욱에게 탁자 밑에 내려놓았던 검정색 서류 가방을 내밀었다.

"이거, 그동안 우리가 조사했던 이민부의 자금 운용 내역입니다."

놀란 이동욱이 눈을 크게 떴지만, 받아서 박기준에게 넘겨주었다.

"고맙습니다. 도움이 많이 되겠네요."

"팀장 하나를 보내드리지요. 도움이 필요하시면 그 친구에게 말씀하시기 바랍니다."

이 정도면 국정원이 최선을 다한 셈이 된다.

이동욱이 고개를 끄덕였다.

그 팀장은 국정원에 상황 보고도 할 것이다.

오후 8시 반.

김철만이 고속버스 터미널 옆의 야경클럽으로 들어섰다. 이곳은 고급 클럽으로 김철만의 소유다.

지배인, 종업원이 모두 '카스파' 회원인 것이다.

"기다리고 있습니다."

다가온 지배인 고창수가 김철만에게 보고했다.

고창수는 거구로 카스파의 간부다.

고개를 끄덕인 김철만이 안쪽 룸으로 들어섰다.

그러자 기다리고 있던 백남규가 자리에서 일어섰다.

"어서 오십시오."

백남규가 허리를 기역자로 꺾었다.

"조사해 왔어?"

털썩 앞쪽 자리에 앉은 김철만이 묻자 백남규가 대답했다.

"이동욱이 '리스타 아프리카'의 리스타 측 핵심 실세입니다. 거물이죠."

"그건 대충 들었어."

탁자에 놓인 위스키 병을 쥔 김철만이 지그시 백남규를 보았다.

백남규는 44세, 12년 동안 리스타에 근무하다가 퇴직했는데 1년간 교도소에서 복역하고 나왔다. 공금을 횡령했기 때문이다.

그러고 나서 김철만의 국도상사에 비공식으로 채용된 것이다.

직책은 비서실 총무부 소속 비상근 부장, 실세 업무는 리스타한국 법인의 정보 취득이다.

백남규가 리스타한국 법인 총무부 부장으로 근무했기 때문이다.

백남규가 말을 이었다.

"이번에 이동욱이 보좌관과 기조실 부장을 데려왔는데 둘 다 심복입니다. 보좌관은 참모장 역할을 하고 기조실 부장은 행동대장이죠. 그 팀으로 아프리카를 평정해 왔으니까요."

"한국은 다르다."

김철만이 자르듯 말했다.

"리스타가 아프리카에서는 주도권을 쥐었는지 몰라도 한국은 달라, 우리가 권력을 다 쥐고 있으니까."

김철만은 48세, 120킬로의 거구에다 185센티의 장신이다.

그동안 김철만은 세 번 구속되고 10년 가깝게 교도소 생활을 했지만 오뚝이처럼 재기했다.

현재는 국도상사의 사주로 카스파 회장, 휘하에 24개의 영업장과 6백여 명의 조직원을 거느리고 있다.

그때 백남규가 말했다.

"리스타에 있는 제 정보원의 보고에 의하면 이동욱이 아프리카에서 행동대를 불러들였습니다. 용병팀이죠."

"용병팀?"

"예, 전쟁용 팀으로 12명이 입국했어요. 모두 이동욱 직속팀으로 이번에 같이 온 박기준이 팀장입니다."

"……."

"숙소부터 따로 구했기 때문에 기밀로 처리했습니다."

"리스타 총무부에서도 모른다고?"

"예, 이동욱, 박기준, 그리고 보좌관인 서정연의 숙소로 회사에서는 모릅니다."

"……."

"일정도 리스타 법인 측에 알려주지도 않고 일이 있으면 사장한테만 연락한다는군요."

백남규가 말을 이었다.

"리스타 서울 법인에 소문이 났습니다."

"뭔데?"

"곧 대숙청이 일어날 것이랍니다."

"대숙청? 북한처럼?"

"북한 이야기는 없구요. 한국입니다."

"한국 어디?"

"이민 관계 사업이겠지요. 한국 정부와 연관된 사업은 이것뿐이니까요."

"어떻게 숙청한다는 건데?"

"그건 모르지요."

"이 새끼가 간이 배 밖으로 나왔구만."

쓴웃음을 지은 김철만이 의자에 등을 붙였다.

"한 팀 갖고 뭘 어쩌겠다는 거야? 어쨌든 서둘러서 그놈들 숙소를 찾아내."

"대경산업에서 국도상사 회장 김철만을 고용했구만."

서류를 본 이동욱이 고개를 들고 말했다.

장기용이 준 정보다.

"그쪽도 대비를 하고 있는 셈이야."

"백찬수가 회사에 전화로 사직 신청을 했습니다."

박기준이 대답했다.

"이번 작전이 끝날 때까지 백찬수는 우리 일을 도와주기로 했습니다."

이동욱이 고개를 끄덕였다.

성북동의 2층 저택 안, 오후 6시 반.

밖에 나갔던 박기준이 돌아와 보고하고 있다.

점점 윤곽이 드러나면서 사건의 규모가 커져가고 있다. 자금 횡령의 규모뿐만이 아니라 얽힌 용의자들의 규모가 커진 것이다.

그때 옆에 앉아 있던 서정연이 말했다.

"대경이 고용한 김철만은 국도상사를 간판으로 내세우고 카스파를 이끌고 있어요. 카스파는 조직원이 6백 명으로 한국에서 가장 강한 조직입니다."

"대경의 배후는 이민부 장관 강석호야."

이동욱의 얼굴에 웃음이 떠올랐다.

"강석호의 배후는 윤필성인가?"

"각하, 한국의 아프리카 이민은 '한국 역사'에 기록될 것입니다."

윤필성이 정색하고 말했다.

"각하께서 주역이 되시는 것입니다."

"이것 봐, 윤 실장."

대통령 한대영이 심호흡을 하고 나서 말을 이었다.

"난 욕심 부리지 않기로 했어. 재주는 곰이 부리고 돈은 중국 놈이 먹는다는 속담이 있지?"

한대영의 얼굴에 쓴웃음이 번졌다.

"내가 중국 놈이 안 되기로 했어. 리스타가 한민족의 아프리카 이민사의 주역이야.”

“각하, 드릴 말씀이 있습니다.”

윤필성이 목소리를 낮췄다.

“리스타 이광이 술라웨시해의 손톱만 한 섬인 리스타랜드에 만족할 것 같습니까?”

“무슨 말야?”

“이광이 한반도까지 흡수할 수도 있다는 소문이 있습니다.”

이제는 시선만 주는 한대영을 향해 윤필성이 말을 이었다.

“현재 아프리카 22개국이 리스타의 연방입니다. 그리고 또 늘어나겠지요.”

“…….”

“남북한에서 1천만이 넘는 한국인이 아프리카로 나갑니다. 그들의 지도자는 이광이죠. 이광이 리스타 아프리카만으로 그치겠습니까?”

“…….”

“영향력은 역수출도 되는 법입니다. 이광은 뒷전에 물러나 있는 시늉을 하지만 주변에서 밀어붙이면 이광이 대통령이 되는 것은 하루아침입니다.”

“…….”

“북한도 밀어줄 테니까요.”

숨을 고른 윤필성이 한대영을 보았다.

“각하, 내년이 대선입니다. 이러다간 각하의 재선이 불가능해집니다.”

한대영의 얼굴에 쓴웃음이 번졌다.

한국의 대통령제는 3년 전부터 헌법이 개정되어서 4년 연임 재선이 가능하도록 되어 있다.

그래서 한대영은 내년에 재선에 도전할 계획이었던 것이다.

"아직도 출근을 안 했어?"

오방근이 묻자 비서실장 조기용이 이맛살을 모았다.

"예, 전화로 사직 신청을 했습니다."

"그놈이 리스타 뒷조사를 한 놈이지?"

"예."

"뭐가 무서웠나?"

오방근의 시선을 받은 조기용이 고개를 숙였다.

"모르겠습니다. 그놈은 집에 들어오지도 않았습니다."

"이동욱한테 잡힌 것 아냐?"

"그것은……."

말을 멈춘 조기용이 어금니를 물었다.

백찬수는 리스타 뒷조사를 전담했던 책임자다.

대경이 어떻게 조사했는가를 가장 잘 아는 직원인 것이다.

"전화 왔습니다."

비서실장 강영만이 말했기 때문에 김철만이 고개를 들었다.

"누구야?"

"리스타 부장이라고 하는데요."

"누구?"

"이름은 밝히지 않았습니다."

그때 김철만이 벌떡 일어섰다.

낮 12시 반, 막 점심을 먹으려고 사무실을 나가려던 참이다.

김철만이 일어서서 다시 물었다.

"누구냐고 물어봐. 이름 말야."

"예."

당황한 강영만이 전화기에 대고 묻더니 곧 김철만을 보았다.

"박기준이라고 합니다."

"박기준?"

고개를 기울였던 김철만이 전화기를 넘겨받았다.

"아, 나 김철만인데, 누구시라고?"

반쯤 반말을 넣은 것은 '리스타 부장' 직위가 가소로웠기 때문이다.

김철만 '급'은 리스타 사장이 되어야 격이 맞는다고 생각해왔다.

그때 수화구에서 목소리가 울렸다.

"김 회장, 오늘 오후 8시에 야경클럽에서 봅시다."

"뭐라구?"

놀란 김철만이 숨을 골랐다. 말문이 막혔기 때문이다.

그때 박기준이 말을 이었다.

"이야기 할 것이 있어요. 그러니까 김 회장 가게에서 만나자는 거요."

"감히, 누구 앞에서."

어깨를 부풀렸다가 내린 김철만이 잇새로 말했다.

"너 리스타 부장이라고 했지? 너희들 사장 데려와. 그렇지, 이광이를."

"……."

"이 새끼, 내가 누군지 알고."

"김 회장, 당신 목숨에 관한 일인데. 안 나와도 괜찮겠어요?"

"이 새끼가 뭐라고?"

"8시, 야경 클럽. 내가 혼자 갈 테니까."

"너희 회장 데려와, 이 새꺄."

그때 박기준이 낮게 말했다.

"김 회장, 당신 오른쪽에 화분 있지요?"

김철만이 탁자 옆쪽에 놓인 화분을 보았다.

난(蘭) 화분이다. 1미터쯤 옆이다.

그 순간이다.

"퍽!"

충격음과 함께 난 화분이 박살이 났다.

"윽!"

놀란 김철만이 뒤로 몸을 눕혔다가 의자에 걸려 벌떡 넘어졌다.

"으악!"

앞쪽에 서 있던 비서실장 강영만이 대경실색을 하면서 물러났다. 화분 파편이 튀어서 얼굴에 맞았기 때문이다.

김철만은 넘어지면서 전화기를 놓쳐서 통화가 끝났다.

"가자."

325미터 거리에서 김철만을 저격한 박기준이 망원경을 눈에서 떼면서 말했다.

옆에 엎드려 있던 저격수 오근삼이 저격총을 분해해서 가방에 담았다.

이곳은 김철만의 국도상사가 보이는 세종호텔의 8층 객실 안.

곧 박기준과 오근삼은 방을 나갔다.

건물 지하 1층의 커피숍 안.

이곳도 김철만의 아지트다.

사건이 생길 때 피신하는 방공호 역할을 하는 곳이다.

1시간 후, 커피숍 안으로 백남규가 들어섰다.

김철만이 부른 것이다.

서둘러 다가온 백남규가 김철만의 앞자리에 앉았다.

"부르셨습니까?"

백남규가 손등으로 이마의 땀을 닦았다.

커피숍은 손님이 20명쯤 되었는데 그중 절반 이상이 김철만의 경호원이다.

비서실장 강영만은 아예 문 옆자리에서 지키고 앉아 있고 바깥쪽 복도와 계단, 엘리베이터 입구까지 경호원이 배치되어 있다.

화분이 산산조각 난 것은 총탄이 날아왔기 때문이다.

김철만의 48년 인생, 강영만의 43세 인생에서 옆에 총탄이 박히는 꼴은 처음 보았다.

"응, 내가 물어볼 것이 있어."

김철만이 앞에 앉은 백남규를 보았다.

눈이 흐려져 있었기 때문에 백남규가 긴장했다.

김철만이 말을 이었다.

"그, 뭐시냐. 그놈들이 총을 쏘나?"

"무슨 말씀입니까?"

"그놈들, 박기준이 일당 말이다. 이번에 온 놈들."

"그런데 총을 쏘다니요?"

"박기준이가 나한테 총을 쏘았단 말야!"

버럭 소리쳤던 김철만이 주위를 둘러보았다.

옆자리의 남녀 둘이 이쪽을 보더니 얼른 외면했다.

"총을 쏘았단 말입니까?"

백남규가 다시 물었을 때 김철만이 부르르 몸을 떨었다.

"그래. 그놈이 내 옆의 화분을 쏴서 박살을 냈어."

"그건 보통입니다."

백남규가 말을 이었다.

"아시겠지만, 아프리카에서 총격전이 예사로 일어납니다."

"그렇다고 한국에서 총질을 해?"

"놀랄 일도 아닙니다."

숨을 고른 백남규가 말을 이었다.

"여기서도 못 할 것이 없죠."

"그놈들이 총을 갖고 있나?"

이제는 김철만의 두 눈이 번들거렸다.

"여기서도 말야. 내가 그거 알려고 너를 부른 거다."

"갖고 있을 겁니다."

백남규가 자신 있게 말했고 김철만은 숨을 죽였다.

"저격총쯤 들여오는 건 일도 아닙니다. 기관총, 수류탄, 다 사용할 겁니다."

"옆의 화분을 맞췄습니다."

박기준이 보고했다.

"다음에 전화를 하면 그 반응을 알 수가 있겠죠."

이동욱이 고개를 끄덕였을 때 서정연이 말했다.

"시간을 좀 두고 연락을 해요. 시간이 지날수록 긴장감이 늘어날 테니까."

"알았습니다."

박기준의 얼굴에 웃음이 떠올랐다.

"김철만이 지금 어떻게 하고 있을지 짐작이 갑니다."

"김철만이 떠들어대면 그 효과가 날 겁니다, 불을 지른 셈이 될 테니까요."

서정연이 말을 이었다.

"그때까지 기다리는 거죠."

김철만의 사무실 화분을 박살낸 것은 서정연의 발상이다.

불을 지르면 집 안의 벌레들이 다 튀어나온다.

박기준이 거처로 돌아왔을 때 최윤호가 물었다.

"2차는 안 합니까?"

오근삼의 저격에 이은 작전을 말한다.

"기다리라는 지시야."

응접실로 들어선 박기준이 최윤호를 향해서 웃었다.

"야, 여긴 아프리카가 아냐. 한국이다."

"조폭 놈들한테는 주먹이 약입니다."

"그놈들이 어떻게 나올지 기다리는 거야."

소파에 앉은 박기준이 말을 이었다.

"지금쯤 비상 회의를 하고 있겠지."

고려호텔 라운지의 회의실로 이민부 장관 강석호가 들어섰을 때는 오후 2시다.

강석호는 비서실장 한기정과 동행이었는데 안에서 기다리던 대경산업 회장 오방근과 비서실장 조기용이 일어나 맞는다.

오늘은 오방근이 요청해서 모인 것이다.

"갑자기 무슨 일이오?"

강석호가 앉자마자 물었을 때 오방근이 입맛을 다셨다.

"문제가 생겼습니다."

"무슨 문제인데?"

"리스타 놈이 총을 쐈습니다."

"총을?"

눈썹을 치켜 올린 강석호가 오방근을 노려보았다.

"누구한테?"

"김철만의 사무실에다 쏜 겁니다. 통화를 하다가 김철만 옆에 놓인 화분을 박살냈다는군요."

"화분을?"

"예, 박기준이란 부장 놈이 만나자고 했다가 안 만나겠다고 했더니 총을 쐈다고 합니다."

"통화를 했다면서?"

"통화를 하면서 겨누고 있었던 거죠. 멀리 떨어진 건물에서 말입니다. 한 놈은 통화를 하고 한 놈은 겨누고 있었을 것입니다."

"이런."

"저격총으로 쏜 것이랍니다."

"김철만이를 맞추지 못한 거요?"

"일부러 겁만 준 것 같습니다."

"이놈들이."

"경찰에 신고는 하지 않았습니다. 일이 시끄럽게 될 것 같아서요."

"그건 잘한 일인데……."

다시 눈썹을 모은 강석호가 말을 이었다.

"이놈들이 어디까지 알고 있는 건가?"

"내가 그것 때문에 만나자고 한 겁니다."

오방근이 목소리를 낮췄다.

"김철만을 만나자고 한 것부터가 우리들에 대한 시위라는 생각이 듭니다."

"그 우리들이란 누구야?"

"그거야 장관까지 포함되지 않겠습니까?"

"그 증거가 있소?"

강석호의 두 눈이 번들거렸다.

"오 회장, 정보가 새나간 건, 오 회장 책임 아니오?"

"정보가 나한테서 새나갔다는 증거도 없지 않습니까?"

둘이 말을 주고받는 동안, 비서실장들은 숨을 죽이고 있다.

그때 강석호가 말을 이었다.

"이동욱이 한국에 와서 지금까지 나한테 연락 한 번 안 한 것이 수상했는데 결국 이렇게 되었군."

"김철만은 기세등등하더니 총 한 방에 꼬리를 말고 나한테 연락을 해왔습니다. 어떻게 할까요?"

오방근의 시선을 받은 강석호가 쓴웃음을 지었다.

"여기서 물러나면 죽는 거야."

강석호의 두 눈이 번들거렸다.

"오 회장도 정신 똑바로 차리시오. 이미 우리는 수렁에 발이 빠졌어. 벗어나려면 어떻게 해야겠소?"

그때 오방근도 얼굴을 일그러뜨리며 웃었다.

"과연, 칠전팔기의 강 장관이십니다. 무슨 말씀인지 압니다."

"리스타는 우리한테 공개적으로 항의하지 못해."

강석호가 어깨를 폈다.

"비공개로 처리하게 될 테니까, 우리도 그 대책을 세우기로 합시다."

"회수는 불가능합니다."

안학태가 서류를 내려놓으면서 말했다.

"강석호가 주역이 되어서 횡령한 자금이 약 2,700억입니다."

이광은 서류만 보았고 안학태가 말을 이었다.

"처음보다 200여억 원이 늘어났습니다."

"……."

"현재 횡령 자금 내역을 추적하는 중인데 행방을 알 수 없는 자금이 약 1천억입니다."

"……."

"이 자금은 대통령 비서실장 윤필성을 통해 들어간 후에 행방이 묘연해졌습니다."

이광이 고개를 들었다.

"대통령은 모르고 계셨겠지?"

"제 생각입니다만, 모르고 계셨을 것입니다. 그럴 분도 아니시구요."

"내가 대통령을 만나는 것이 나을까?"

"그것은 최후의 수단으로 남겨 두시지요."

이광이 고개를 끄덕였다가 물었다.

"이동욱이 이번 작전을 처리할 수 있을까?"

"옆에 서정연이 있으니까요."

안학태가 말을 이었다.

"국정원의 도움도 받고 있으니까 일단 맡겨두는 것이 낫겠습니다."

"이건 지금까지 처리해 온 방식과는 달라. 정치권, 권력층과 연루된 사건이야. 정권 전복을 시키려는 것이 아냐."

"알고 있습니다."

"예민한 사건이라구. 치밀한 작전이 필요해."

"이번에 이동욱은 새 경험을 하게 될 것입니다."

그러자 이광이 쓴웃음을 지었다.

"돈은 또 벌면 돼."

이광의 눈이 흐려졌다.

"부정과 부패는 어느 곳, 어느 세상에도 있었어."

"……."

"그러다가 새 물결에 씻겨가고 다시 시작되고는 했지. 지금이 그 시기야."

안학태는 입을 다물었다.

이광은 서둘지 말라는 것이다.

예전의 이광이라면 즉각 반응했다. 그런데 지금은 달라졌다.

"너, 좀 쉬어라."

불쑥 이동욱이 말했기 때문에 박기준이 고개를 들었다.

뜬금없었기 때문이다.

저택의 응접실 안, 오전 10시 반.

박기준은 막 일일 보고를 마친 참이다.

"무슨 말씀입니까?"

박기준이 묻자 그 대답을 서정연이 했다.

"그동안 정보를 더 수집해놓을 테니까, 박 부장은 휴가를 가도 된다는 말씀이죠."

"아, 괜찮습니다."

"빈둥거리지 말고 고향에 내려가서 쉬다가 와, 며칠 후부터는 바쁠 테니까."

이동욱이 말을 받았다.

"그래. 3일 휴가를 주겠다."

"날 내보내는 것 같은데."

이동욱을 만나고 나온 박기준이 팀장 최윤호에게 말했다.

둘은 저택 마당에 서 있다.

"휴가 갔다 오라는 거야. 사흘 간."

"갔다 오시죠."

최윤호가 쓴웃음을 짓고 말했다.

"여긴 저한테 맡기시고."

박기준이 시선을 내렸다.

휴가를 보낸 지 2년도 더 되었다. 갑자기 고향 이야기를 듣고 다른 세상처럼 느껴졌다.

그때 최윤호가 말했다.

"우리도 사람입니다. 부장님, 가끔 일에서 떠날 필요가 있어요."

최윤호는 박기준이 어떻게 살았는지를 아는 것이다.

전주까지 4시간 걸렸다.

고속도로를 달려 4시간 만에 새 세상으로 온 것이다. 새 세상이란 일에서 떠난 지역을 말한다.

박기준의 고향은 전주에서 남원 방향으로 30킬로쯤 떨어진 임실이라는 곳이다.

임실에서 다시 산골짜기의 마을에 도착했을 때는 오후 6시가 되어갈 무렵이다. 10여 호의 농가가 있는 마을 경로당 앞에서 박기준이 탄 택시가 멈춰 섰다.

이곳이 박기준의 생가(生家)가 있다.

"아이구, 기준이냐?"

마당에 있던 노영숙이 들고 있던 부지깽이를 내던지며 반겼다.

노영숙, 58세, 박기준의 숙모다.

"아이구, 네가 여기 웬일이냐?"

"휴가 왔어요."

들고 온 선물 보따리를 넘겨준 박기준이 집 안을 둘러보았다.

"작은 아버지는 어디 계세요?"

"아이구."

한숨부터 쉰 노영숙이 박기준의 손을 잡아 마루에 앉혔다.

"넘어져서 엉덩이뼈가 부러졌어. 그래서 지금 전주 예수병원에 있어."

"저런."

"애옥이가 병원에 왔다 갔다 하면서 봐주고 있어. 난 고추 농사 때문에 이틀에 한 번 꼴로 병원에 다녀온다."

애옥은 숙모의 큰딸이다. 박기준의 사촌 누나가 된다. 결혼해서 전주에 살고 있는 것이다.

"그렇군요. 제가 알았다면 병원부터 들렀다가 오는 건데."

"아이구, 내 정신 좀 봐. 밥통에 밥 넣어두고."

노영숙이 벌떡 일어나 부엌으로 달려갔기 때문에 박기준이 기둥에 등을 기대고 앉았다.

저녁때여서 나무 타는 냄새가 난다.

이 냄새는 얼마 만인가?

박기준은 4살 때 부모를 사고로 잃었다. 부모가 교통사고로 동시에 사망한 것이다. 그래서 박기준은 10살 때까지 외할머니하고 살았다. 10살 때 외할머니가 돌아가신 후에 숙부가 데려와 키웠던 것이다.

박기준이 마당과 앞쪽 외양간, 열린 대문 밖의 밭을 둘러보았다.

이곳에서 고등학교를 졸업할 때까지 9년을 살았다.

그때 노영숙이 부엌에서 나왔다.

"기준아, 방에 들어가서 옷 벗고 씻어라. 내가 고기 사 와서 저녁 해줄게."

노영숙의 목소리가 활기를 띠었고 두 눈이 반짝였다.

노영숙은 잔정은 없는 성품이었지만 학대는 하지 않았다. 숙부 박상철이 자꾸 매질을 하면 말리는 사람이 노영숙이었다.

박기준이 노영숙에게 선물 보따리를 내밀었다.

그래서 노영숙의 선물만 사온 것이다.

"작은 어머니, 선물요."

"아이구, 이거 비싸겠네."

겨울 파카를 본 노영숙이 반색했다. 시골에서 살아도 명품은 안다.

"아이구, 내 나이에 이걸 입어도 될까?"

파카를 몸에 붙여 보면서 노영숙이 들뜬 목소리로 묻는다.

"아, 그럼요."

"명수 어머니가 자랑하던 파카보다 더 비싼 것 같다."

이제는 노영숙이 파카를 입어보면서 말했다.

박기준은 잠자코 노영숙을 보았다.

순간, 밀물처럼 지난날의 장면이 머릿속에 쏟아져 들어왔다.

너무나 생생해서 들떠 말하는 노영숙의 목소리도 들리지 않았다.

"너 이 자식, 나가!"

숙부 박상철은 술을 마시면 고래고래 소리를 질렀다.

특별한 이유가 있는 것도 아니다.

밭 1천 평쯤으로 고추, 고구마, 감자 농사로 네 식구가 먹고 살다가 입 하나가 늘었으니 그럴 만했다. 더구나 식욕도 대단해서 두 사람 몫은 먹는 박기준이다.

박상철에게 아들 하나가 있었는데 박영준, 박기준과 동갑이다.

박영준과 박기준은 같은 중학교, 같은 고등학교를 다녔다.

박기준은 공부도 잘했고 싸움도 잘했기 때문에 6년 동안 박영준의 보호자 노릇을 했다.

그래서 박영준을 이용하지 않았다면 박기준은 제대로 학교를 마치지 못했을 것이다.

밤, 10시 반이다.

거실의 TV 앞에 나란히 앉은 박기준에게 노영숙이 물었다.

"영준이가 결혼한 거 알지?"

"예, 누나한테서 들었어요."

박기준이 TV에서 시선을 돌려 노영숙을 보았다.

"광주에서 회사 다닌다고 했는데 여기 자주 와요?"

"아니, 오기는 뭘 와, 그 나쁜 놈이."

노영숙이 어깨를 늘어뜨리면서 외면했다.

"그놈이 네 절반만 닮았어도 좋았는데."

박기준은 외면했다.

박영준은 지방 대학이지만 대학도 졸업한 것이다. 박기준은 고등학교를 졸업하고 바로 군대에 갔다. 고등학교까지는 벌어먹으면서 겨우 졸업은 했지만, 대학은 꿈도 꾸지 못했기 때문이다. 그래서 고등학교를 졸업하고 이곳을 떠난 셈이다.

노영숙이 말을 이었다.

"1년 전에 그놈이 밭 3백 평을 팔아먹었단다, 우리 모르게."

"……."

"집에 와서 인감도장까지 훔쳐 가서 팔아먹은 거야. 그래서 지금은 밭이 6백

평 정도밖에 안 남았어."

"……."

"다니던 회사가 망해서 분식집을 1년쯤 하다가 작년 말에 손해만 보고 문 닫았다더라."

"지금도 광주에 있대요?"

"그런 모양이야. 애옥이한테는 연락을 하니까 우리는 그놈 소식을 애옥이한테서 듣는다."

"아들 낳았다지요?"

"응, 그놈이 세 살 되었어."

"……."

"둘 사이도 안 좋아. 상수 어미가 이혼을 하자고 한대."

상수는 손자 이름인 것 같다.

노영숙이 이제는 방바닥이 꺼질 듯이 한숨을 쉬었다.

"애는 놓고 가야 할 텐데, 그년이."

노영숙이 잠이 들었을 때 박기준이 방에서 나왔다.

밤 12시가 넘은 시간이다.

마당을 건너 열린 대문 밖으로 나온 박기준이 밭두렁을 걸었다.

밭두렁 건너편은 산기슭이다.

흐린 날씨여서 별도 떠 있지 않은 밤이다.

산기슭의 바위 위에 앉은 박기준이 길게 숨을 뱉었다.

낯익은 풍경이다.

여기서는 집이 지붕만 보인다.

9년 동안 이곳에서 살면서 아마 사흘에 한 번은 이곳에 왔을 것이다.

숙부한테 맞거나 서러웠을 때 밤이 되면 이곳에 나와 앉았다.

한 시간이고 두 시간이고 앉았다가 집에 들어갔던 것이다.

서럽고 외로웠다. 그리고 얼른 벗어나서 '성공'하겠다고 다짐하고 또 다짐했다.

이곳이 박기준의 '수련의 장소'였던 것이다.

과연 나는 '성공'했는가?

과연 나는 열심히 살았는가?

박기준은 심호흡을 했다.

열심히 산 것은 맞다. 그러나 성공했는지는 모르겠다.

그런데 성공이란 무엇인가?

이렇게 열심히 살고 일하는 것에 보람을 느낀다면 그것이 성공한 것 아닌가?

폐에 선선한 공기가 가득 찼다가 뱉어졌다. 냄새가 향기롭다. 문득 휴가를 잘 왔다는 생각이 들었다.

본래 '가족'에 대한 개념부터 없었던 박기준이다. 돌아갈 고향이 없다고 믿었던 것이다.

그런데 돌아와서 '자신'을 돌아보게 되었다. 돌아와서 '자신'을 만나보게 된 것이다.

다음 날 아침.

노영숙과 작별한 박기준이 전주로 나왔다.

오전 10시.

예수병원 입원실로 들어선 박기준이 병상에 누워 있는 박상철을 보았다.

박상철 옆에는 사촌 누나 박애옥이 앉아 있었는데 들어선 박기준을 보더니 놀라 일어섰다.

"기준이 아니냐?"

박애옥과는 만난 지 10년쯤 되었다.

3살 연상인 박애옥은 가장 박기준을 생각해준 가족이었다.

박상철에게 맞고 집에서 쫓겨난 박기준한테 몰래 밥을 차려준 것도, 용돈을 쪼개 준 것도, 옷을 꿰매어 준 것도, 운동화를 사준 것도 박애옥이었다. 머리까지 깎아주기도 했다.

“응, 누나. 잘 있었어?”

박상철의 시선을 옆으로 받으면서 박기준이 먼저 박애옥과 인사를 했다.

“아이구, 네가 여길 오다니.”

“누나가 여기 있다고 해서.”

박애옥을 만나려고 왔다고 한 셈이다.

그러고 나서야 박기준이 박상철을 내려다보았다.

박상철과는 19살 때 집을 나간 후로 14년 만이다.

10년쯤 전에 박애옥을 한 번 만났을 뿐, 14년 동안 아무도 만나지 않았다.

“숙부, 어떠세요?”

박기준이 묻자 박상철이 헛기침을 했다.

“어, 괜찮다.”

“빨리 나으셔야죠.”

“응.”

지은 죄가 있는 터라 박상철이 어물거렸다.

박상철은 62세. 기억도 안 나고 사진도 없는 박기준의 아버지 박영철과는 3살 차이라고 했다.

박영철은 전기 기술자로 늦게 결혼해서 외아들 박기준을 낳았다. 그러다 아내와 함께 시장에 가다가 교통사고를 당한 것이다.

버스가 떨어져 20여 명의 사상자를 낸 대형 참사였다.

박상철과는 할 말이 없었기 때문에 박기준은 곧 입원실을 나왔다.

박애옥이 따라 나왔다.

"네가 와줘서 고맙다."

박애옥이 눈물이 담긴 눈으로 박기준을 보았다.

"그동안 어디 있었어?"

"아프리카."

"지금도 군인이냐?"

"아니, 리스타에 있어."

"리스타?"

박기준이 명함을 꺼내 박애옥한테 건네주었다.

"무슨 일 있으면 누나가 나한테 연락해."

명함을 본 박애옥이 놀라는 시늉을 했다.

"부장이네."

"근데, 누나, 요즘 어떻게 지내?"

박기준이 말머리를 돌렸다.

박애옥의 남편은 그릇 만드는 회사 기술자다.

박애옥이 한숨을 쉬었다.

"회사가 잘 안 돼. 그래서 지금 공사장 일당 노동자로 나가고 있어."

"……."

"그래서 세 식구가 먹고는 살아."

"아이는?"

"지금 시어머니한테 맡겨놓고 왔어."

"몇 살이지?"

"7살."

"영준이는 연락을 끊었다던데."

"그놈 말도 하지 마라."

박애옥이 고개를 저었다.

"어머니한테도 말 안 했지만 그놈이 나한테도 돈 가져갔다. 1,300만 원이다."

"……."

"열흘만 빌려달라고 하더니 벌써 1년이 넘었어. 나쁜 놈. 그 돈이 어떤 돈인데."

"……."

"우리 전셋집을 담보로 대출받은 돈이야. 그런데……."

"누나."

말을 막은 박기준이 박애옥의 어깨를 한 손으로 짚었다.

"그만해, 누나."

"알았다."

성품이 착한 박애옥이 고개를 끄덕였다.

이것도 인생이다.

이런 세상, 이런 관계도 있는 것이다.

박애옥과 헤어져 시내로 나온 박기준이 커피숍에 앉았을 때 떠오른 생각이다.

지금까지 이런 '사건'과는 담을 쌓고 살아왔다.

열심히, 격렬하게 살아왔지만 어쩐지 다른 세상에 살았던 느낌이 든다.

소외된 것 같은 것이다.

휴가 하루 만이다. 그런데 빨리 돌아가고 싶다.

오후 1시 반이 되었을 때 커피숍 안으로 김용수가 들어섰다.

"야, 이게 누구야?"

눈을 커다랗게 뜬 김용수가 두 손을 내밀면서 다가왔다.

"몰라보겠다."

박기준의 손을 움켜쥔 김용수가 떠들썩한 목소리로 말했다.

주위를 의식하지 않는다.

장신에 각진 얼굴, 가는 눈이 영락없는 조폭 분위기였는데 실제로 조폭이다.

김용수는 박기준과 동창으로 유일한 친구였다. 그러나 고등학교 졸업 후에는 만나지 못했다.

14년 만에 만난 셈이다.

김용수가 박기준을 부둥켜안더니 자리에 앉지도 않고 말했다.

"야, 나가자. 나가서 한잔하자."

한낮인데도 그런다.

그러나 박기준도 싫지 않았다.

둘은 서로 어깨를 감싸 안은 채 커피숍을 나왔다.

오후 2시에 룸살롱에 들어왔다.

물론 룸살롱은 텅 비었지만, 김용수가 종업원들을 불러 탁자 위에는 술과 안주가 가득 놓였다. 그러더니 잠시 후에 시중드는 아가씨들까지 들어왔다.

김용수는 조폭 간부가 되어 있는 것이다.

명함에는 '합동투자 사장'으로 찍혀 있었는데 고리대금 사업인 것 같았다.

룸살롱 안에만 굽실거리는 부하들이 7, 8명이 되었다.

술잔을 든 김용수가 박기준을 보았다.

"네가 용병으로 외국을 돌아다닌다는 소문은 들었어."

김용수가 말을 이었다.

"너한테 딱 어울리는 직업이라고 생각했지. 그래, 지금은 어디 있냐?"

"서울로 출장 온 거야."

한 모금에 술을 삼킨 박기준이 김용수에게 물었다.

"나도 소문 들었는데. 너 교도소에 들어갔었다면서?"

"그거야, 세 번 들어갔다 나왔지."

"그게 자랑이냐?"

"3번에 5년쯤 살다가 나왔어."

"죄명이 뭐야?"

"폭력이지 뭐."

김용수가 빙글빙글 웃었다.

"이제는 먹고 살 만은 하다."

"고리대금업으로?"

"그것도 사업이야. 다 알면서 빌려가니까 괜찮아."

둘이 이야기를 주고받는 동안 여자들은 시중만 들었다. 김용수의 '포스'를 느끼게 하는 분위기다. 여자들이 김용수에게 압도당하고 있는 것이다.

박기준이 방을 둘러보는 시늉을 했다.

"이 가게도 네 거냐?"

"그래. 오늘 밤, 너 호강시켜 줄게."

김용수가 술기운이 번진 눈으로 박기준을 보았다.

김용수와 박기준은 중, 고등학교 때 일진이었다.

둘이 전교생을 장악했는데 체격은 김용수가 컸지만 싸움은 박기준이 잘했다.

박기준이 독종인 데다 끈기가 있어서 당해낼 '장사'가 없었다.

태권도, 유도, 킥복싱까지 닥치는 대로 배웠다.

돈이 없었기 때문에 도장 청소, 관원을 끌어오는 조건으로 배운 것이다.

결국 박기준이 술잔을 들고 말했다.

"너 출세했구나."

이것은 김용수 식 출세다. 김용수도 열심히 살아서 이렇게 이루었다.

박기준은 휴가를 나와서 또 깨닫는다.

성취의 잣대는 제각기 다른 것이다. 자신 위주로 타인을 판단할 수는 없다.

그날 밤, 박기준은 파트너 정인아하고 호텔방에 들어와 있다.

밤 11시 반.

김용수와 양주를 3병이나 마셨지만 취하지는 않았다.

김용수는 술값, 2차 값까지 다 계산하고 방문 앞에서 돌아갔다.

"물 받아 놓을게 씻으세요."

정인아가 말하더니 욕실로 들어섰다.

특실이어서 응접실이 컸고 베란다도 넓다.

조폭 행동대장이 된 친구한테서 수백만 원 상당의 접대를 받을 줄은 예상하지 못했다.

이제는 휴가가 실감난다.

즐기는 휴가다. 즐기는 방식은 조폭 수준으로 노는 것이 적성에 맞는다.

더운물을 가득 채운 넓은 욕조에 들어가 눈을 감고 있을 때 욕실 안으로 정인아가 들어섰다.

눈을 뜬 박기준이 빙그레 웃었다.

정인아는 태어났을 때의 모습으로 나타났다.

그래서 그런지 두 손을 늘어뜨린 채 아무것도 가리지 않는다.

"들어가도 돼요?"

박기준의 시선을 받은 채 정인아가 물었다.

긴 머리를 어깨까지 늘어뜨린 모습이 여신(女神)의 조각상 같다.

"어, 그럼."

옆으로 비켜주는 시늉을 했더니 정인아가 다가와 박기준 옆에 나란히 앉았다.

"내일 서울 가세요?"

정인아가 상기된 얼굴로 박기준을 보았다.

물기에 젖은 상반신이 대리석 같다. 맑은 눈, 화장을 지운 얼굴이 더 아름답다. 화장했을 때는 김용수 파트너하고 똑같이 보이더니 지금은 다르다.

"내일 하루 더 쉬고 갈 거야."

"그럼 저하고 내일 놀러가요."

"어디?"

"내장산, 무주, 변산."

"거길, 내일 하루에 다 가자는 거야?"

"차를 갖고 가면 되죠."

정인아의 두 눈이 반짝였다.

"변산에서 자구요."

"너하고 또 자?"

박기준이 팔을 벌려 정인아의 어깨를 당겨 안았다.

그래, 휴가다.

오전 8시 정각.

박기준이 서성연에게 전화를 한다.

하루 한 번, 아침에 보고를 하는 것이다.

그때 기다렸다는 듯이 서성연이 말했다.

"지금 음모가 무르익고 있어. 박 부장, 기다려."

"예, 실장님."

"이건 상처가 곪기까지 기다리는 상황이나 같은 거야."

"알겠습니다."

그 상처를 준 것이 바로 박기준이다.

총 한 방으로 벌레들을 움직이게 만들었다.

"박 부장, 며칠 더 쉬어도 돼."

"내일 올라가겠습니다."

"서둘러 올라올 것 없으니까 내일 아침에 다시 연락해."

"예, 실장님."

어깨가 가벼워진 박기준이 길게 숨을 뱉고 나서 몸을 돌렸다.

침대에서 상반신만 일으킨 정인아와 시선이 마주쳤다.

정인아하고 오전 11시에 다시 만나기로 한 박기준은 시내로 나왔다.

박기준이 인후동의 연립 주택 앞에 섰을 때는 10시 10분이다.

이곳이 박애옥의 집이다. 101동 103호실 앞에 선 박기준이 현관 벨을 눌렀다. 낡은 연립 주택이다. 20평형으로 작다.

벨을 한 번 눌렀는데 문이 열리면서 박애옥이 나왔다.

미리 전화를 했기 때문에 박애옥이 웃음 띤 얼굴로 맞는다.

"찾는 데 힘들지 않았어?"

"아니. 택시 탔더니 바로 와주던데."

집 안으로 들어선 박기준이 구석에 앉아 있는 아이를 보았다.

"애 선물 사 왔어."

박기준이 들고 온 선물 봉투를 박애옥에게 내밀었다. 초콜릿 상자다.

"아이구, 네 초콜릿이다."

박애옥이 말했지만 아이는 수줍어서 몸을 비틀기만 했다.

"매형은?"

"일 나갔어, 아침 일찍."

냉장고에서 주스를 꺼낸 박애옥이 박기준에게 잔을 내밀면서 말했다.

"시댁이 여기서 5분 거리야. 이만한 연립 주택에서 시부모님이 살아. 그래서 아이도 봐주시고 그래."

박애옥이 말을 이었다.

"힘들어도 열심히 살고 있어. 윤석이 아빠가 정직해."

"누나가 가장 행복한 것 같다."

"내가?"

"남편을 믿고 열심히 사는 것이 말야."

"걱정이 있어."

"뭔데?"

"일당 노동자로 나가다가 사고라도 날까 걱정이야. 공사장이 위험하다고 해서."

고개를 끄덕인 박기준이 박애옥을 보았다.

"누나한테 부탁이 있어."

"뭔데?"

"내 부탁 들어줄 거지?"

"그럼, 내가 누군데?"

"무슨 부탁인지 묻지도 않아?"

"내가 할 수 있는 건 다 할 테니까."

그때 고개를 끄덕인 박기준이 주머니에서 봉투를 꺼내 내밀었다.

"이거 받아."

"뭔데?"

봉투를 받은 박애옥이 내용물을 꺼내 보고는 숨을 들이켰다.

1억짜리 수표다. 수표에 시선을 준 채 박애옥이 숨만 쉬었을 때 박기준이 말을 이었다.

"내 부탁을 들어줘야 돼."

"……."

"그 돈은 누나 혼자 써야 돼. 그 돈을 누구한테 나눠주지 말란 말야. 영준이, 숙부, 숙모한테라도 나눠주지 마."

"……."

"그 돈으로 숙부 병원비는 내도 돼. 숙모 용돈은 줘도 돼."

박기준의 두 눈이 번들거렸다.

"내가 목숨을 걸고 번 돈을 떼어 주지는 말란 말야, 누나. 알겠어?"

"응."

박애옥이 낮게 대답했을 때 박기준이 말을 이었다.

"나는 누나한테 빚 갚으러 온 거야. 그러니까 이 돈을 나눠주면 안 돼. 알겠지?"

"응."

"제각기 해준 만큼만 받아야 돼."

그러고는 박기준이 자리에서 일어섰다.

아직도 정신이 반쯤 나간 박애옥과 헤어진 박기준의 얼굴에 쓴웃음이 번졌다.

박애옥이 그 부탁을 들어줄지 말지는 확인할 수 없을 것이다. 그러나 이제 빚은 갚았다. 이건 박기준 식이다.

정인아는 차 안에서 얌전히 기다리고 있다가 박기준을 보더니 활짝 웃었다.

박기준이 옆자리에 앉자 정인아는 차를 발진시켰다.

"먼저 내장산으로 가요."

정인아가 차에 속력을 내면서 말했다.

"거기서 바닷가로."

"천천히 가."

의자에 등을 붙인 박기준이 말을 이었다.

"서둘지 마, 시간 있으니까."

아침에 서정연이 한 말이다.

"내일도 너하고 같이 있을 수도 있어."

"정말?"

차의 속력을 줄인 정인아가 박기준을 보았다.

"내일 회사 안 가도 돼요?"

"응, 안 가도 될 것 같아."

"신난다."

"너 일 안 해도 돼?"

"사장님한테 휴가 받았어요."

힐끗 박기준에게 시선을 준 정인아가 얼굴을 펴고 웃었다.

"사장님한테서 일당 다 받았거든요."

"솔직하구나."

"사장님 친구한테 숨길 게 뭐가 있어요?"

"그렇구만."

정인아는 밝은 성품이다. 밝은 성품과 함께 있으면 전염이 된다.

어젯밤에도 자신의 내력을 숨김없이 털어놓았다. 여자 경험이 많지 않지만 꾸며서 하는 이야기인지 아닌지는 구분할 수 있는 것이다.

정인아는 26세, 호스티스 생활을 한 지는 1년 반. 광주에서 대학을 졸업하고 직장을 다니다가 호스티스가 된 경우다. 김용수가 경영하는 룸살롱에서 일한 지 5개월이 되었다는데 그동안 모은 돈으로 차도 샀다는 것이다. 이렇게 3년 동안 돈을 모아서 여행사를 차리겠다고 했다.

정인아의 끝없이 이어지는 이야기를 들으면서 박기준은 내장산으로, 이어서 변산 바닷가까지 갔다.

그동안 정인아가 겪은 남자 이야기도 들었는데 도무지 끊이지가 않아서 몇 명인지 숫자를 세는 것도 잊어버렸다.

밤 9시 반.

이곳은 변산의 바닷가 모텔.

특실을 찾았더니 4층 '옥상방'을 주었다.

1백 평도 넘는 옥상을 마당처럼 사용하는 대(大)특실이다.

베란다에 의자를 갖다 놓고 바다를 보니 장관이다.

이런 특실이 없다. 옥상 전체를 둘이 사용하고 있다.

탁자에 술상을 봐놓고 둘이 바다를 향한 채 앉아서 술을 마신다.

"무역 회사 비서실에서 근무했는데 일주일 만에 사장한테 당했지요. 술 마시고 호텔로 끌려간 거죠."

위스키 잔을 든 정인아가 두 다리를 뻗어 난간에 걸치고는 말을 이었다.

"그 후로 일주일에 한 번씩 사장의 침대 파트너가 되니까 월급이 2배가 되더군요."

한 모금에 술을 삼킨 정인아가 환하게 웃었다.

"그러다가 아예 정직하게 돈 버는 것이 낫겠다는 생각이 들었죠. 그래서 룸살롱으로 옮겨왔어요."

"잘했다. 결혼은 언제 할래?"

"생각 없어요."

정인아가 웃음 띤 얼굴로 박기준을 보았다.

"이런 생활을 하다가 시치미 뚝 떼고 보통 남자를 만나 시집갈 수는 없죠."

"그렇군."

"돈 버는 것에 집중할 거예요."

"열심히 벌어라."

박기준이 웃음 띤 얼굴로 말을 이었다.

"네가 용수한테서 일당 받았다고 했지만, 나도 따로 일당 줄 테니까."

"정말요?"

눈을 크게 뜬 정인아가 활짝 웃었다.

"서비스 2배로 해드릴게요."

박기준이 따라 웃었다.

더 바란다면 파렴치한 놈이다. 이것이 정직한 대접이고 정상적인 관계인 것이다.

가족 관계 정리에 이어서 준 만큼 받는 휴가를 즐기게 되었다.

박기준이 돌아왔을 때는 다음 날 오후 5시 무렵이다.

인사를 하러 온 박기준에게 이동욱이 말했다.

"그동안 정보가 수집되었고 저쪽에서도 연락이 왔다. 기다린 보람이 있었어."

응접실 안에는 서정연까지 셋이 둘러앉아 있다.

서정연이 입을 열었다.

"대통령 비서실장 윤필성이 7백억 가량을 바하마 은행에 예치시켜 놓았어요. 차명으로 8개 계좌입니다."

서정연이 얼굴을 찌푸리고 웃었다.

"윤필성은 대통령의 최측근으로 재선 준비 위원장이기도 하죠."

그때 박기준이 고개를 들었다.

"선거 자금을 준비한 겁니까?"

"그런 명목으로 가져갔겠지."

이동욱이 고개를 끄덕였다.

"대통령 모르게 자금을 모은 것 같다."

이것으로 부정의 양대 축 중 하나인 윤필성의 의혹이 풀렸다.

다음은 2천억 가까운 자금을 가져간 이민부 장관 강석호의 통로다.

그때 이동욱이 말했다.

"김철만이 리스타 법인에 연락을 해왔어. 만나겠다는 거야."

이동욱의 얼굴에 웃음이 떠올랐다.

"네가 쏜 총 한 발의 효과다."

"그럼 제가 만나보지요."

이동욱이 고개를 끄덕였다.

"지금부터 좀 바쁠 거야."

김철만이 이맛살을 찌푸리고 오방근을 보았다.

"내가 왜 그놈들을 만납니까?"

"그럼 누가 만난단 말야?"

오방근이 되묻자 김철만이 고개를 저었다.

"난 빠져야겠어."

"계약까지 하고 나서 이러면 안 되지."

"그럼 계약금을 올려주든지."

"기가 막혀서."

헛웃음을 지은 오방근이 의자에 등을 붙였다.

대경산업의 회장실 안이다. 안에는 비서실장 조기용과 김철만의 비서실장 강영만까지 넷이 둘러앉아 있다.

그때 김철만이 오방근을 보았다.

"10억 더 올려주소."

"좋아. 잔금에 10억 추가시켜주지."

오방근이 고개를 끄덕였다.

"내일 저녁 8시, 야경클럽이야."

오후 8시가 되었을 때 야경클럽 현관으로 박기준과 차한상이 들어섰다.

"잠깐만."

앞을 막아 선 두 사내가 박기준에게 말했다.

"몸수색을 해야 되겠습니다."

야경클럽은 손님이 많았기 때문에 둘은 구석 쪽으로 다가가 수색을 받았다.

공항에서처럼 발목까지 조사를 한 사내들이 비켜섰을 때 기다리고 있던 사내가 앞장을 섰다.

복도 안쪽의 밀실로 다가가면서 박기준이 주위를 둘러보았다.

150평쯤 되는 홀 안에 김철만의 부하가 20명도 더 들어와 있다.

그것을 본 차한상이 박기준을 향해 쓴웃음을 지어 보였다.

밀실 안으로 들어서자 자리에 앉아 있던 김철만이 시선만 주었다.

옆쪽에 앉은 비시실장 강영만이 엉거주춤 일어서다가 다시 앉는다.

박기준과 차한상이 잠자코 앞쪽에 앉았다.

따라 들어온 사내 셋은 박기준의 뒤쪽에 서 있다.

그때 김철만이 물었다.

"네가 날 보자고 했어?"

박기준이 시선만 주었을 때 김철만이 코웃음을 쳤다.

"네가 내 방 화분을 총으로 쏜 놈이야?"

"……."

"가소로운 놈."

"……."

"나이도 어린놈이 얻다 대고."

"……."

"무슨 일로 보자고 한 거냐?"

그때 박기준이 고개를 돌려 차한상을 보았다.

박기준의 눈짓을 받은 차한상이 휴대폰을 꺼내 버튼을 눌렀다.

그러더니 몇 번 응답을 하고 나서 스피커 버튼을 누르고는 탁자 위에 놓았다.

그때 방 안에 목소리가 울렸다.

"여보세요."

김철만이 이맛살을 모았다. 여자 목소리, 귀에 익은 목소리다.

그때 여자가 다시 말했다.

"여보세요, 철만이냐?"

그 순간, 김철만이 숨을 들이켰다. 어머니다. 어머니가 웬일인가?

그때 여자가 다시 물었다.

"철만아, 대답 좀 해라. 너 지금 어디냐?"

마침내 김철만이 소리쳤다.

"어머니, 지금 어디요?"

"어디긴? 네가 오라고 해서 나 지금 차 타고 간다."

"어, 어디로?"

"여기는 강가인데 잠깐 차가 멈췄네."

"어, 어디 강요?"

어머니는 경기도 광주에 있는 것이다.

어머니가 대답했다.

"다리 옆이야. 밑에 강물이 있네."

그때 사내의 목소리가 방 안을 울렸다.

"할머니, 차에서 내려 강 구경 좀 하시지요. 강물이 깊으니까 조심하시구요."

"어, 그러지. 근데 철만이가 곧 여기로 온다는가?"

그때 통화가 끊겼기 때문에 방 안에 정적이 덮였다.

"이, 이 새끼."

김철만이 이를 악물더니 눈을 치켜뜨고 박기준을 보았다.

"네놈이 이 방을 살아서 나갈 것 같으냐?"

"이런 호래자식."

박기준이 마침내 입을 벌리고 말했다.

얼굴에 웃음이 떠올라 있다.

"제 어머니가 곧 강물에 빠져 죽을지도 모르는데, 공갈을 치고 있군. 불효막심한 놈 같으니."

그때 차한상이 다시 전화기의 버튼을 누르더니 귀에 붙였다.

그러고는 응답하고 나서 다시 휴대폰을 탁자 위에 놓았다.

그때 스피커에서 여자의 목소리가 울렸다.

"아빠야?"

김철만이 이번에는 입을 딱 벌렸다.

딸, 고1짜리 딸 김아영이다.

"아빠, 나 지금 아빠한테 가."

김아영의 목소리가 방에 울렸다.

그때 차한상이 휴대폰의 버튼을 누르고는 주머니에 넣었다.

방 안에 정적이 덮였다.

이제 김철만은 눈만 부릅뜨고 숨소리도 내지 않는다.

옆에 앉은 강영만, 뒤쪽 세 사내는 말할 것도 없다.

김철만의 어머니, 그리고 딸이 박기준의 수중에 들어간 상황이다.

그때 박기준이 입을 열었다.

"너, 아직도 나를 어떻게 할 수 있다고 생각하는 거냐?"

김철만이 입을 열기도 전에 박기준이 말을 이었다.

"자, 이 상황에서 협상을 하지. 네 가족은 협상하는 동안 관광을 할 테니까 걱정하지 말고."

"너."

김철만이 손가락으로 박기준을 가리켰다.

손가락 끝이 떨렸고 두 눈이 번들거리고 있다.

"너, 이 새끼……."

"한 번만 더 손가락질을 하거나 욕을 한다면 네 어머니, 딸은 목뼈가 부러져 죽을 줄 알아."

김철만의 시선을 받은 박기준이 말을 이었다.

"내가 10분 후에 연락 안 하면 다 죽는다."

"……."

"그리고 넌 날 어떻게 못 해, 내 뒤에 있는 세 놈까지 싹 죽일 테니까."

"……."

"가소로운 놈."

박기준이 자리에서 일어섰을 때 뒤에 있던 사내가 바짝 다가섰다.

그 순간이다.

박기준이 수도(手刀)로 사내의 목을 쳤다.

"컥!"

신음을 뱉은 사내가 허리를 굽혔을 때 박기준의 수도가 날아 오른쪽 사내의 뒤통수를 쳤다.

"퍽!"

뒤통수에서 바가지 깨지는 소리가 났다.

그와 동시에 차한상이 후려친 주먹이 뒤에 선 사내의 턱을 부쉈다.

그동안, 김철만과 강영만은 일어나 있었지만 이쪽으로 건너오지 못했다. 입구가 박기준 쪽이었기 때문이다.

셋이 쓰러진 것은 5초 정도밖에 안 걸렸다.

그때 박기준이 다시 자리에 앉았다.

차한상은 쓰러진 셋을 치우고 있다.

"자, 이야기 좀 할까?"

김철만이 대답하기 전에 차한상이 말했다.

"이놈들이 무기를 갖고 있습니다."

차한상이 사내 하나의 주머니에서 꺼낸 잭나이프를 들여다보았다.

사내가 옅은 신음을 뱉었지만 늘어져 있는 것이 죽은 문어 같다.

고개를 든 박기준이 김철만을 보았다.

"결정을 해. 협상할 거야, 말 거야?"

1시간이 지난 오후 9시 10분, 대경산업 회장 오방근이 김철만의 전화를 받는다.

이곳은 일식당 '후쿠오카'의 방 안.

오방근은 이민부 장관 강석호와 함께 회를 안주로 술을 마시는 중이다. 술을 마시면서 강석호와 함께 김철만의 연락을 기다렸던 것이다.

"아, 김 회장, 어떻게 되었어?"

오방근이 묻자 김철만이 대답했다.

"이야기가 지금 끝났는데 어디요?"

"장관님하고 같이 있는데."

"내가 그쪽으로 갈 테니까, 어딥니까?"

"소공동의 후쿠오카라는 일식당이야."

"그럼 10시 반까지 가지요."

"알았어."

늦은 시간이었지만 보고를 한다니까 기다리기로 작정한 오방근이 강석호를 보았다.

"김 회장이 온다니까 이야기 들으시지요."

"그럽시다."

강석호가 선선히 대답했다.

김철만과 박기준의 회동이 궁금했기 때문이기도 했다.

10시 반이 되었을 때 후쿠오카의 방 안으로 김철만이 들어섰다.

김철만의 뒤로 중키에 평범한 용모의 사내가 들어섰다.

오방근과 강석호는 수행원으로 보았다.

"어서 와요."

강석호가 좌장이어서 먼저 알은체를 했다.

술기운으로 둘의 얼굴은 상기되어 있다.

김철만과 동행은 테이블의 옆쪽에 나란히 앉았다.

그때 오방근이 먼저 물었다.

"어때요? 박기준이라는 놈을 만났나?"

"그놈이 뭐라고 합니까?"

이어서 강석호가 물었을 때다.

김철만의 동행이 말했다.

"내가 박기준이오."

순간, 둘이 숨을 들이켰다.

술잔을 들고 있던 강석호는 탁자 위에 내려놓다가 술잔이 엎어졌다.

박기준이 둘을 번갈아 보았다.

"김 회장이 두 분에 대해서 이야기를 해주더군요. 50억에다가 10억을 추가로 더 받고 용역을 받았다는 이야기도 들었습니다."

"아니, 이것 봐요."

먼저 오방근이 박기준의 말을 잘랐다.

"당신, 인사도 없이 무례하잖아?"

그때 박기준이 쓴웃음을 지었다.

"무례는 개뿔."

"뭐라고?"

"너희들 둘을 이 자리에서 그대로 죽여 버리고 갈 수도 있어."

그때 박기준이 가슴 주머니에서 권총을 꺼내 오방근을 겨눴다.

소음기를 끼어서 총신이 10센티나 늘어나 있다.

"이봐, 지금 이 식당은 내가 장악하고 있어."

"아니, 이런."

마침내 강석호가 불쑥 몸을 일으켰을 때다.

박기준이 쥔 총구에서 둔탁한 발사음이 울렸다.

"퍽!"

방 안에서 총성이 크게 울렸다.

그 순간, 탁자 위에 놓여 있던 술병이 박살 나면서 술이 사방으로 튀었다.

기겁한 강석호가 상반신을 젖혔다가 뒤로 넘어졌다.

"쿵!"

뒤쪽 벽에 몸을 부딪치는 소리가 크게 울렸다.

"꼼짝 말고 앉아."

박기준이 권총을 겨누면서 말했을 때다.

방문이 열리면서 차한상을 선두로 사내들이 방 안으로 들어섰다. 모두 네 명이다.

그때 김철만이 자리에서 일어서며 말했다.

"박 선생, 난 먼저 나가 있겠습니다."

"내가 다시 연락하지요."

박기준이 말했을 때 차한상이 먼저 강석호의 어깨를 움켜쥐었다.

"같이 가시지."

"놔! 사람 살려!"

그때 강석호가 벽력같이 소리쳤다.

"사람 살려!"

그 순간이다.

차한상이 주먹으로 강석호의 뒷머리를 강타했다.

"퍽!"

둔탁한 소리와 함께 강석호가 고개를 숙였다.

그것을 본 오방근이 입을 쩍 벌렸다가 어깨를 늘어뜨렸다.

"갑시다."

사내들이 둘씩 달려들어 강석호와 오방근을 일으켰다.

강석호는 이미 늘어져 있다. 오방근은 붉었던 얼굴이 새파랗게 굳은 상태다. 김철만은 먼저 사라져 보이지 않는다.

박기준은 먼저 방을 나왔다.

홀은 텅 비었다.

박기준의 부하들이 손님들을 다 내보냈기 때문이다.

오전 1시 반, 이동욱이 앞에 앉은 박기준을 보았다.

이곳은 성북동 저택의 응접실 안.

소파에는 서정연까지 셋이 둘러앉아 있다.

"강석호는 생전 처음 그런 꼴을 당했을 테니까, 지금도 정신을 차리지 못하고 있습니다."

박기준이 말을 이었다.

"오방근은 다 털어놓을 것 같습니다. 이제는 완전히 겁에 질려 있거든요."

"뒷수습은 다 해놓았지?"

이동욱의 시선이 박기준과 서정연에게로 옮겨졌다.

이번 작전은 서정연이 기획한 것이다.

자료 수집하고 미행하면서 시간을 끄느니 과격한 방법으로 단시간에 매듭짓는 것이 이롭다고 주장한 것이다. 이동욱도 동의했기 때문에 김철만을 위협, 포섭하여 강석호와 오방근을 납치하는 작전을 세웠다.

그때 서정연이 대답했다.

"강석호는 오늘 휴가로 만들어 놓았습니다. 수행비서 안상민까지 납치했기 때문에 안상민을 시켜 일정을 취소시킬 겁니다. 오늘은 일정이 한가한 날입니다."

서정연이 탁자 위의 서류를 펼쳤다.

"그리고 강석호가 직접 연락을 할 곳도 있지요. 그것도 준비해 놓았습니다."

"오방근은?"

"오방근도 비서실장까지 납치했기 때문에 2, 3일은 자리를 비워도 될 것 같습니다."

그동안 서정연은 준비를 철저히 해놓은 것이다.

고개를 끄덕인 이동욱이 자리에서 일어섰다.

이번 작전에 자신의 몫도 있는 것이다.

고개를 든 강석호가 앞쪽에 앉은 이동욱을 보았다. 흐려졌던 두 눈에 초점이 잡혔다.

"넌 누구야?"

강석호는 이동욱과 초면이다.

지하실의 방 안에는 셋이 앉아 있다. 이동욱이 서정연과 함께 왔기 때문이다.

이동욱이 입을 열었다.

"난 이동욱입니다. 장관, 이렇게 모시고 와서 미안합니다."

"당신이 이동욱이야?"

강석호가 눈을 치켜떴다. 얼굴이 금세 상기되었다.

"날 이렇게 납치해서 무사할 것 같아?"

"장관께서 무사히 나가시려면 나한테 협조해주셔야 될 겁니다."

"날 뭐로 보고."

"도둑놈으로 봅니다."

강석호의 시선을 받은 이동욱이 빙그레 웃었다.

"여기 횡령의 증거가 있지요."

그때 서정연이 앞쪽 탁자에 서류를 내려놓았다.

"우리가 조사한 내역입니다. 한번 보시지요."

서정연이 말을 이었다.

"보시고 숙고해보세요. 리스타에서 이걸 터뜨리고 다 끝낼 수도 있으니까."

박기준은 오방근을 맡았다. 지하실의 옆방이다.

박기준이 앞에 앉은 오방근에게 말했다.

"자금 횡령 내역에 대해서 진술해준다면 정상 참작이 될 수도 있어."

오방근은 외면한 채 들은 척도 안 했고 박기준이 말을 이었다.

"우리가 작성한 자료를 보고 사인을 하면 돼."

"……."

"당신한테 흘러간 금액이 대략 750억이야. 강석호가 900억 정도이고. 그래서 비서실장 윤필성이 1천억 가깝게 가져갔지. 도둑놈들이야."

"……."

"당신하고 강석호가 1700억 가까운 자금을 횡령한 것이지. 이건 해외 토픽감이야."

"……."

"어때? 구체적 내역을 말해주면 정상을 참작할 수도 있어."

"날 어떻게 할 수는 없어."

고개를 든 오방근이 말했다.

"너희들 마음대로 해봐."

"그러지."

박기준이 선선히 고개를 끄덕였다.

"넌 곧 죽어서 어딘가에 매장될 거야."

"이민 장관과 그 브로커 역할을 한 기업체 사장을 잡았다고?"

놀란 이광이 이맛살을 모으고는 안학태를 보았다.

리스타랜드의 이광 별장 안이다.

"예, 회장님. 하지만 둘은 일식당에서 잡았는데 작전을 잘 짜놓아서 납치된 사실은 밝혀지지 않았습니다."

이광의 얼굴에 쓴웃음이 번졌다.

"강수(强手)를 쓰는군."

그때 옆에 앉아 있던 정남희가 대답했다.

"시간 끄는 것보다 나은 것 같은데요. 그리고 그 방법이 효과적이기도 하구요."

"서정연이 계획을 세웠습니다."

안학태가 말했다.

"대경산업이 고용한 국도상사의 김철만을 먼저 끌어들이고 나서 둘을 잡은 셈이지요."

이광의 눈이 흐려졌다.

오전 8시 반, 셋은 베란다에서 바다를 향하여 나란히 앉아 있다.

이윽고 이광이 입을 열었다.

"그렇다면 비서실장 윤필성이 남은 셈인가?"

"윤필성은 거물입니다. 대통령의 위세를 업고 호가호위하면서 사방에 인맥을 쌓아두고 있어서요."

안학태가 말을 이었다.

"모두 인연으로 연결되어 있어서 위험합니다. 치밀하게 처리해야겠지요."

"서정연이 잘하고 있나?"

그때 안학태가 입을 다물었고 정남희가 입을 열었다.

"맡겨 봐야죠. 서정연이 지금까지 잘하고 있는 것 같잖아요?"

이광이 고개를 끄덕였다.

"해밀턴한테도 연락했겠지."

먼저 허물어진 것은 '배 째'라고 했던 오방근이다.

그 결정적인 동기는 국도상사 김철만을 데려왔기 때문이다.

김철만은 이제 완전히 리스타 하수인 역할을 수행했는데 계약금도 받지 않았다.

"오 회장님, 털어 놓으쇼."

박기준의 옆에 앉은 김철만이 안쓰러운 표정을 짓고 말했다.

"그래야 짐이 덜어질 것 아뇨? 다 짊어지고 가겠단 말요?"

오방근이 배신자를 보는 것처럼 이를 악물기까지 했지만 맞는 말이다. 잘못하다가는 책임을 다 뒤집어쓸 가능성이 있기 때문이다.

"내가 어떻게 하란 말야?"

마침내 오방근이 그렇게 물었다. 물론 김철만에게.

윤필성이 사정비서관 천기수의 보고를 받았을 때는 오전 11시 반이다.

천기수는 경찰 출신으로 윤필성의 심복이다.

비서실 안이다.

"실장님, 이민부 장관이 어젯밤부터 행적이 불분명합니다."

천기수가 목소리를 낮췄다.

"집이나 이민부에는 출장이라고 전했는데 수행비서하고 둘이 연락도 안 됩니다. 그리고……."

숨을 고른 천기수가 말을 이었다.

"대경산업 오 회장도 안 보입니다."

윤필성이 고개를 들었다.

"오 회장도?"

"예, 실장님."

"비서실에 연락해봤어?"

"예. 그런데 비서실장하고 둘이 출장 중이라고 합니다."

"그럼 출장 중이겠지."

그때 고개를 든 천기수가 윤필성을 보았다.

"제 정보원한테서 들은 정보입니다."

윤필성은 쳐다만 보았고 천기수가 말을 이었다.

"오 회장이 고용한 카스파 회장 김철만이 리스타 측에 붙었다는 것입니다."

"……."

"김철만이 리스타 행동대에 잡힌 후에 배신했을지도 모릅니다."

천기수는 경찰 정보원을 활용하고 있다. 천기수는 정보통이다.

그때 윤필성이 천기수를 보았다.

"그렇다면 오방근과 강석호는 무방비 상태가 아닌가?"

"그런 셈입니다."

"리스타가 그들을 잡았을까?"

"그럴 가능성도 있지요."

"오방근이면 몰라도 일국의 장관인 강석호를 납치해?"

"이동욱이라면 그러고도 남을 위인이죠."

"납치해서 뭘 하게?"

"자백을 받아내려고 할 겁니다."

그때는 윤필성이 얼굴을 굳혔고 천기수가 말을 이었다.

"실장님, 심각합니다."

"어떻게 하는 것이 낫겠나?"

"우리도 적극적으로, 공세적으로 나서는 것이 유리합니다."

"……."

"경찰에 실종 신고를 할 필요는 없습니다. 우리도 이동욱을 찾아서 제거하는 거죠. 당하고만 있으면 안 됩니다."

고개를 든 윤필성이 천기수를 보았다.

천기수는 윤필성의 수족 같은 존재로 지금까지 자금 관리를 해오고 있었다.

"후유증은 없을까?"

"리스타가 공식적으로 대항할 것 같지는 않습니다."

"그럴까?"

"정부를 상대로 전쟁을 벌이겠습니까?"

"리스타는 아프리카에서 수십 개 정부를 상대로 전쟁을 했어."

"여긴 한국입니다. 리스타 이광의 모국이죠, 뿌리고요. 이광은 한국의 일개 시민에 불과합니다."

천기수의 두 눈이 번들거렸고 목소리가 단호해졌다.

"이 기회에 이광을 잡아야 합니다."

그때 윤필성의 얼굴에 웃음이 떠올랐다.

"과연."

윤필성이 천천히 고개를 끄덕였다.

"너는 내 심장 같은 인물이다."

"제가 실장님 모신 지 3년입니다."

천기수가 쓴웃음을 지었다.

"실장님과 함께 숨 쉬다 보니까 제가 적응된 것이죠."

실장실에서 나온 천기수가 사정비서관실에 들어섰을 때 뒤로 행정관 박동배가 따라왔다.

"어떻게 되었습니까?"

천기수 앞쪽에 앉은 박동배가 물었다.

"우리가 이렇게 나올 줄은 예상하지 못했겠지."

천기수가 말을 이었다.

"팀을 소집해."

"어떤 팀입니까?"

"해결사."

목소리를 낮춘 천기수가 박동배를 보았다.

"이동욱을 제거하는 거야."

숨을 죽인 박동배를 향해 천기수가 말을 이었다.

"이동욱과 그 심복들을 제거하면 리스타는 멘붕이 되겠지."

천기수의 얼굴에 일그러진 웃음이 떠올랐다.

"피에는 피야. 장관까지 납치하는 놈들에게 대가를 주는 거지. 놈들은 알면서도 대놓고 항의하지는 못할 거다."

박동배가 고개를 끄덕였다.

과연 순발력이 뛰어나다. 이러니까 대통령 비서실장 윤필성의 신임을 받는다.

천기수는 49세. 현직 경찰 치안감이다. 경무관으로 청와대에 왔다가 작년에 치안감으로 승진했다. 윤필성과 함께 이번 비자금 관리를 주모하면서 실세가 되었다.

장신에 잘생긴 얼굴, 야심만만한 성품으로 주위의 신망도 얻고 있다.

박동배는 44세. 사정비서관 소속의 행정관으로 역시 현직 경찰 총경이다.

정보 전문가로 지금까지 천기수와 손발을 맞춰왔는데 리스타 비자금 관리는 윤필성, 천기수, 박동배 라인으로 집행되었기 때문에 같은 배를 탄 입장이다.

그날 밤, 광화문 근처의 한정식 식당 방 안에 세 사내가 둘러앉았다.

상석에 앉은 사내가 박동배, 앞에 앉은 두 사내는 최상복, 고재용이다. 둘 다 평범한 인상과 체격으로 40대다. 옷차림도 수수해서 눈에 띄지 않았고 박동배와 시선을 부딪치지 않는다.

둘은 1개 조(組)로 해결사이다. 조선족이어서 중국 국적, 박동배가 필요한 때 불러서 '일'을 시키는 관계다.

박동배가 옆에 놓인 봉투를 집어 최상복에게 건네주었다.

"여기, 자료가 있어."

최상복이 봉투를 받자 박동배가 말을 이었다.

"처리하고 나서 바로 떠날 것."

"알겠습니다."

"선금으로 오늘 5만 불, 일 끝나면 15만 불 송금해주겠다."

"장비 값이 좀 듭니다. 10만 불을 더 주시죠."

최상복이 그제서야 똑바로 박동배를 보았다.

그러나 두 눈이 흐려서 먼 곳을 보는 것 같다.

"한국은 장비가 비싸요. 중국의 2배가 넘습니다."

"좋아."

박동배가 고개를 끄덕였다.

"30만 불이 드는구만."

앞에는 한정식이 차려져 있지만 모두 젓가락도 들지 않았다.

밤 11시 반.

마침내 강석호가 입을 열었다.

"내가 사용한 금액은 2백억 정도야. 나머지는 예비자금용으로 오 회장한테 위탁한 거야."

이동욱은 듣기만 했고 강석호가 말을 이었다.

"그 2백억도 내가 착복한 게 아냐. 모두 환수가 가능하게 만들었다구."

이동욱과 서정연이 서로의 얼굴을 보았다.

말도 안 되는 변명이다.

이동욱의 얼굴에 쓴웃음이 번졌다.

강석호를 잡은 것은 윤필성과의 관계를 알려는 것이다.

강석호와 오방근의 횡령 내역은 거의 드러났다. 윤필성에게 흘러간 1천억 내역이 모호한 것이다.

그때 이동욱이 말했다.

"오 회장도 이미 내역을 밝혔어. 그러니까 당신하고 맞춰봐야겠어."

강석호가 시선만 주었고 이동욱이 말을 이었다.

"엄청난 돈이 쏟아지니까 욕심이 일어났겠지."

"그래서 폭로하겠다는 건가?"

"폭로하면 이민 사업이 무너질 것 같나?"

되물은 이동욱이 웃었다.

"당신은 과대망상증에 걸린 것 같군. 좀도둑 주제에 말야."

이동욱이 자리에서 일어섰다.

"당신이 아니라 비서실장이 어떻게 되더라도 이민 사업은 계속돼."

"어디 두고 볼까?"

"내가 그 말 하려고 했어."

이동욱이 고개를 끄덕였다.

"당신은 자살한 시체로 내일 아침에 발견될 거야. 북한산 나무에 목을 매단 시체로 말이지."

"……."

"당신 수행비서가 상황 진술을 할 거야. 이민자금 횡령한 것으로 고민하다가 갑자기 숙소를 나갔다고 말야."

"……."

"당신은 유서를 쓰고 자살한 거지. 횡령한 자금 내역을 쓰고 말야."

이동욱이 서정연과 함께 몸을 돌렸다.

그때 뒤에서 강석호가 소리쳤다.

"잠깐, 잠깐만!"

그러나 이동욱은 돌아보지 않고 문을 열었다.

서정연과 함께 밖으로 나왔을 때다.

요원이 다가와 말했다.

"장 차장이 왔습니다."

국정원 1차장 장기용이다.

"윤 실장의 라인이 있습니다."

응접실에 셋이 앉았을 때 장기용이 말했다.

고개를 든 장기용이 이동욱과 서정연을 번갈아 보았다.

"사정비서관 천기수와 행정관 박동배인데 이 셋이 비자금을 관리하는 것 같습니다."

"용도를 알아야겠어요."

이동욱이 말을 이었다.

"조금 전에 강석호는 핑계를 대었지만, 자백한 것이나 같아요. 아마 내일 날이 밝기 전에 뱃속에 든 똥물까지 다 털어낼 겁니다."

"대통령 재선 자금을 모은 것이라고 대통령한테 변명할 겁니다."

장기용이 탁자 위에 서류봉투를 내려놓았다.

"여기 천기수와 박동배에 대한 자료입니다. 그런데 박동배가 위험합니다."

"……."

"경찰청에 있을 때 정보팀장을 지내면서 특수 작전을 기획한 놈이지요."

서류봉투에서 사진을 꺼낸 이동욱이 보는 동안 장기용이 말을 이었다.

"조선족 해결사를 고용해서 여러 번 작전을 치른 적이 있습니다. 해결 전문가죠."

이동욱의 얼굴에 쓴웃음이 번졌다.

"윤필성이 그런 놈을 심복으로 둔 것을 보니, 비자금 용도가 짐작됩니다."

"진술서에다 녹음까지 다 했습니다."

박기준이 서류와 녹음기를 탁자 위에 놓으면서 말했다.

오전 8시 반, 응접실에 서정연까지 셋이 둘러앉아 있다.

박기준이 말을 이었다.

"오방근에게 흘러간 자금 중에서 550억 정도는 회수 가능합니다."

"나머지는?"

"이미 탕진했습니다. 되찾기 힘듭니다."

이동욱이 고개를 끄덕였다.

오늘 오전에 강석호도 두 손을 든 것이다.

횡령한 자금을 다 내놓겠다고 제가 먼저 술술 불었는데 지금 정리 중이다.

이동욱이 입맛을 다셨다.

"온몸이 지저분해진 것 같다. 오물 구덩이에서 허우적대는 느낌이야."

"저도 그렇습니다."

그때 박기준이 이동욱을 보았다.

"윤필성은 어떻게 합니까?"

이것이 주(主) 전선이다. 강석호, 오방근은 적의 전초부대 정도밖에 안 된다.

"588미터야."

고재용이 스코프를 눈에 붙이고 말했다.

"좀 멀어. 앞쪽 상가 건물로 가는 건데."

"거기선 바로 눈에 띄어, 병신아."

드라구노프의 스코프에 눈을 붙인 채로 최상복이 말했다.

그렇다. 주택 2층 유리창까지의 거리가 588미터. 끝 쪽은 595미터다.

박동배한테는 장비 값이 비싸다면서 10만 불을 더 뜯어냈지만, 이 드라구노프는 진즉 들어와 숨겨놓았던 장비다.

이곳은 모텔 6층의 방 안.

더럽고 악취가 밴 방이었지만 건물 사이로 이동욱의 저택이 다 드러났다.

유리창을 절반쯤 열어놓고 탁자를 창가에 붙여놓으니까 최상의 사격 조건이 되었다.

"응접실에 셋이 있군."

관측병 역할을 하는 고재용이 느긋하게 말했다.

"유리창 각도가 3도쯤 된다."

"2도야, 병신아."

"그래. 그 자리에서는 2도겠다."

지금 고재용은 옆쪽 창가에 서서 저택을 보고 있다.

"저게 이동욱일까?"

얼굴은 보이지 않아서 고재용이 혼잣말로 묻는다.

"여자가 있는데, 서정연이겠지?"

"그렇겠지."

"둘이 잤겠지?"

"아마도."

"얼굴이 안 보이는데, 그 스코프로는 보이냐?"

"아니."

"지금 쏠 거야?"

"아니, 확인하고."

스코프에서 눈을 뗀 최상복이 고재용을 보았다.

"한꺼번에 셋은 힘드니까 첫 발에 이동욱이야."

그 이동욱을 찾아야 하는 것이다.

전화벨이 울리자 유봉수가 전화기를 들었다.

"리스타 비서실입니다."

"여긴 종로경찰서인데요. 정보과 윤창현 경위입니다."

"예, 그러세요?"

"이동욱 사장을 고발한 고발장이 접수되었는데요. 좀 오래되었어요."

유봉수가 숨을 죽였을 때 사내가 말을 이었다.

"인권을 침해했다는 내용인데 변호사나 보내주시면 좋겠습니다. 물론 이동욱 사장의 위임장은 지참해야겠지요."

"알겠습니다."

"지금 바로 연락 바랍니다. 정보과로 연락하시면 됩니다."

"누구라고 하셨죠?"

"정보과 윤창현 경위입니다. 정보과에 물어보시면 됩니다."

통화를 끝낸 유봉수는 비서실장 박근수에게 보고했다.

박근수가 유봉수를 데리고 법인 사장 오택근에게 보고했을 때는 10분쯤 후다.

"어떤 놈이 그랬나?"

이맛살을 찌푸렸던 오택근이 박근수에게 말했다.

"양 변호사 대기 시켜. 대충 이야기 해주고."

"예, 사장님."

"변호사가 위임 받고 가면 끝난다고 했지?"

오택근이 묻자 유봉수가 대답했다.

"예, 변호사나 보내면 된다고 했습니다."

"알았어."

고개를 끄덕인 오택근이 둘을 내보내고 나서 전화기를 들었다.

이동욱에게 상황을 보고해야 될 것이다.

<끝>